GECE SESLERİ

YAPITLARI

Güneşe Dön Yüzünü (Öykü), 1984
(*Kırık Bebek* adıyla senaryolaştırdığı "Gülizar" adlı öyküsüyle Kültür Bakanlığı Ödülü)
Bir Tatlı Huzur (Yaşamöyküsü), 1996
Foto Sabah Resimleri (Öykü), 1996
(Haldun Taner Öykü Ödülü ve Sait Faik Hikâye Armağanı)
Adı: Aylin (Biyografik roman), 1997
(İÜ İletişim Fakültesi tarafından yılın yazarı)
Geniş Zamanlar (Öykü), 1998
Sevdalinka (Roman), 1999
(İÜ İletişim Fakültesi tarafından yılın yazarı)
Füreya (Biyografik roman), 2000
Köprü (Roman), 2001
İçimde Kızıl Bir Gül Gibi... (Anı), 2002
Babama (Şiir), 2002
Nefes Nefese (Roman), 2003
Kardelenler (Araştırma), 2004
(Bu kitabın telif haklarının geliri, "Çağdaş Türkiye'nin Çağdaş Kızları" projesine bağışlanmıştır.)
Gece Sesleri (Roman), 2004

AYŞE KULİN

Gece Sesleri

2. Basım

Remzi Kitabevi

GECE SESLERİ / Ayşe Kulin

Kapak: Ömer Erduran

ISBN 975-14-0989-6

BİRİNCİ BASIM: Temmuz, 2004 *(10 000 adet)*
İKİNCİ BASIM: Temmuz, 2004 *(10 000 adet)*

Remzi Kitabevi A.Ş., Selvili Mescit Sok. 3, Cağaloğlu 34440, İstanbul
Tel (212) 513 9424-25, 513 9474-75, Faks (212) 522 9055
WEB: http://www.remzi.com.tr E-POSTA: post@remzi.com.tr

Remzi Kitabevi A.Ş. tesislerinde basılmıştır.

Yolculuk

Pencereden dışarıya bakıyorum içim daralarak. Zamanı durduran bembeyaz bir duvar var camın ardında. Ufuk gözükmüyor. Ufuksuz bir mekâna hapsolmanın iç sıkıntısıyla koltuk aralarına yığılmış çantaların üzerinden atlayarak yerime geri dönüyorum. Aniden bastıran karın altüst ettiği seferlerden dolayı, yaklaşık iki saattir Esenboğa Hava Alanı'nın rahatsız koltuklarından birinde oturmaktan bacaklarım uyuşmuş. Girip çıkan yolcularla kapılar açılıp kapandıkça içeri sızan soğuk içime işliyor, taş zeminden rutubet geçiyor ayaklarıma. Kuş gibi tünediğim plastik koltukta, açlıktan olsa gerek başım dönerek, midem bulanarak, derviş sabrıyla bekliyorum. *Türk Hava Yolları'nın duyuru Türkçesi* adını taktığım o tuhaf vurgulamayla, yer hosteslerinden birinin kelimeleri yuta yuta, *"Uçak seferleri kar yüzünden iptal edildi,"* dediğini duymamak için, birkaç saat daha oturmaya razıyım, yeter ki gün yarına kavuşmadan, bu soğuk, sevimsiz ve nem kokan bekleme salonundan kurtulayım. Yeter ki sabahın köründe başlayan beklenmedik yolculuğum, bir sonraki güne sarkmadan bugün bitsin!

Yanımdaki koltuğa bıraktığım seyahat torbam, üstüne yığılmış gazete ve dergilerle bir tepecik oluşturmuş. Ayakta dolananlar, eşyalarımı koyduğum koltuğa ters ters bakıp duruyorlar. Onları başka bir yere yeniden istifleyecek gücüm olmadığı için, gözlerimi kaçırıyorum insanlardan. Can sıkıntısından patlamak üzereyim. Gazetelerin her birini, tekrar tekrar ilk sayfalarından son sayfalarına kadar, neredeyse cenaze ilanları da dahil olmak üzere okuduğum halde resimlere ve başlıklara aceleyle bir kez daha göz atıyorum vakit geçsin diye. Yanımda taşıdığım kitabı okumaktan çoktan vazgeçtim. Sabaha karşı çalan telefonla sıçrayarak uyandığımdan beri yollarda olduğum için, dikkatimi kitabıma veremeyecek kadar yorgunum çünkü.

Erzurum'dan sabah yedide kalkan uçakla Ankara üzerinden İstanbul'a varmak için sabahın beşinde başladı yolculuğum. Semineri yarıda bırakarak İstanbul'a dönmek zorunda kalınca, tebliğimi benim yerime sunması için, geldiğimizden beri bizlere yardımcı olan son sınıf öğrencisi Ata'yı görevlendirmeyi düşündüm. Dosyamı, ona verilmek üzere otel resepsiyonundaki genç kıza emanet ettim. Bir türlü alışıp sevemediğim, hatta nefret ettiğim cep telefonlarından bu kerelik Allah bin kere razı olsun. Yerli yersiz çalan, insanları en olmadık yerlerde en gereksiz haberleşmeler için rahatsız eden bu bücür alete bir gün şükran duyabileceğimi rüyamda görsem inanmazdım. Ata'yı sabahın beşinde uyandırmak yerine, Ankara'da uçak değiştirirken, çoktan uyanmış olacağını tahmin ettiğim bir saatte numarasını tuşlayıp işimi halledivermek ne kadar da kolaymış meğer.

"Hocam, tebliğinizi elbette okurum ama sizin yerinizi dolduramam ki," dedi Ata, "kötü oldu gitmeniz."

"Mecbur kalmasam gider miydim hiç! Elinden geleni yap, oğlum," dedim, "bu işe seni memur ettim."

Memur etmek! Esir etmek gibi bir şey. Vakit geçsin diye, memura yakışacak M harfi ile başlayan başka sözcükler bulmaya çalıştım. Memur ve mahmur. Memur ve mahzun. Memur ve memnu. Memur ve muhtaç. Memur ve memnun... ah, o mümkün değil işte! Hem memur hem de memnun olmak olası değildir, bilirim, ben de bir memurum çünkü. Memurluk bir iş veya meslek değil, bir 'insanlık hali'dir benim ülkemde. Bu dünyaya, düzeyli bir yaşamı az parayla kotarmayı, tok gözlü ve sabırlı olmayı öğrenmek için yollandıklarını düşünmüşümdür memurların. Elbette bir zamanlar boyu kısa aklı uzun bir başbakanın sahip çıktığı cinsten *işini bilen memur*'lardan değillerse eğer.

Torbamın üzerine yığılı gazetelerden en üsttekini kimbilir kaçıncı kez çekerken, saatlerdir beklediğim duyuru çın çın ötüyor salonda. Bana o anda bal gibi gelen bir kadın sesi, "*DİKKAT! DİKKAT! TK, yüz - otuz bir - sefer sayılı - uçak ile - İstanbul'a gidecek - yolcuların - polis kontrolüne - gelmeleri...*" diye sesleniyor hoparlörden...

Fırlıyorum. Mantomun kuşağı torbamın altında kaldığı için ayağa kalktığımda haşır huşur yerlere saçılan gazetelere çaresizlikle bakarak, yerden aldığım kitabımı torbaya tıkıştırıp sol omzumdaki çantamı savurarak telaşla koşuyorum. Merdivenlerden inmek üzereyken duralıyorum bir an; hiç sevmiyorum uçaktaki daracık tuvaleti kullanmayı. Alandakine girecek vaktim var mı acaba? Kimbilir kaçıncı neskafeyi bitirmiştim az önce. Ağzımın içi zehir gibi. Ağzımı çalkalamak, yüzüme su çarpmak istiyorum. Hızlı adımlarla geri dönüyor, üzerine kadın silueti resmedilmiş kapıyı itip içeri giriyorum ve tam karşımdaki aynada yüzümü görüyorum!

Aman Allah'ım! Tuvaletin çiğ ışığında, yaşlı, yorgun, kızgın ve bezgin bir cadı var aynada. Bu ben miyim? Gözlerimin altı mosmor, sabahın altısından beri tarak yüzü görmemiş saçlarım diken diken, iki kaşımın arasındaki derin çizgi bıçak yarası gibi alnımda. Dün gece iyi çıkaramadığım rimel kirpiklerimde top top duruyor. Sabaha karşı gelen telefondan sonra içinde çalkalandığım duyguların karmaşası ise yüzüme yapışıp kalmış. Yorgunluk ve keder gözlerimde, dudaklarımda, bütün çizgilerinde yüzümün. Aynada sergilenen çirkinliğimi silmek ister gibi defalarca su çarpıyorum yüzüme. Şişko bir sosisi andıran bordo torbamı kavrayıp el çantam omzumda asılı, çıkıyorum tuvaletten. Aceleyle merdivenlere yürüyorum, polis kontrolünden geçmek için.

Biz, beklemekten bezgin yolcular, çileli yolculuğun ilk merhalesini tamamlayıp polisten geçtikten sonra, uzun bir kuyruk oluşturuyoruz kapının önünde. Sarışın hostese kimlik göstererek kapıdan sırayla uslu uslu geçip otobüse biniyoruz. Tıkıştığımız otobüste birbirimize yaslanmış, öne arkaya kaykıla kaykıla gidiyoruz bir süre. Rüzgâr suratımıza tokat gibi çarparken itiş kakış uçağın dik merdivenlerini tırmanıyoruz. Yer numaramı bulup elimdeki bordo sosisi zar zor baş üstü dolabına sıkıştırıyorum ve oturuyorum nihayet.

Tütünle karışık ter kokan ve kendi koltuğuna sığamayacağı için üzerime taşacak bir vatandaşın yanıma oturacağı beklentisiyle iyice büzüşüyorum koltuğumda. Omuz başları, kasketleri, başörtüleri kar tutmuş ıslak yolcular teker teker geçip arka tarafa doğru gidiyorlar. Kimse oturmuyor yanıma. Üç kişilik sırada yalnız kalacağım için seviniyorum. En karamsar durumlarda bile küçük ve anlık şeylerle mutluluk duyabiliyor demek ki insan! İkinci otobüsün boşalttığı yolcular uçağa binmeye başlayınca, sevincim kursağımda kalıyor. Yanımdaki yere, korktuğum gibi ter ve sigara kokan şişman bir adam değil de, vızıldayan küçük kızıyla baş etmeye çalışan gençten bir kadın ilişiyor. Pencere kenarında oturan ve önündeki koltuğa ayaklarını vurup duran çocuğa yalvarıyor âdeta.

"Yapma canım, yapma evladım, bak önde oturan amcayı rahatsız ediyorsun."

"Çişim var," diyor çocuk.

"Uçak havalanmadan müsaade etmezler. Hele bir kalkalım hemen götürürüm seni tuvalete."

"Şimdi gidelim, şimdi gidelim. Çok çişim geldi."

"Yalan vallahi! Daha yeni yaptırdım çişini." Kadın, özür dileyen bir sesle bana açıklama yapma gereğini duyuyor nedense.

"Hep onunla meşgul olunsun istiyor. Çişi geldiğinden değil, ilgi çekmek için... zor işmiş çocuk büyütmek."

"Bilmez miyim," diyorum. "Ben de bir kız büyüttüm."

"Yaa, kaç yaşında kızınız?"

“Kocaman. Üniversiteye gidiyor.”

“Ah o günleri bir de ben görebilsem,” diyor genç anne.

“Görürsünüz...” sözümü bitiremiyorum. Çocuk annesinin kolunu çekiştirerek bir şeyler söylüyor ve yüksek sesle konuştuğu için, yakınımızda oturanlar bizden tarafa bakıyorlar. Hep rahatsız olmuşumdur yabancı bakışlardan. Sanki bana bakıyorlarmış gibi huzursuz oluyorum... Küçük bir kızla annesini irdeleyen meraklı bakışlar... bildiğim bir şey bu benim. Bir anne, bir küçük kız... bakışlar... Ne tuhaftır bazı anıların hayat boyu belleklerimize pul gibi yapışıp kalması.

Gözlerimin önünde bir ada vapuru sahnesi beliriyor.

“Anne, niye bu insanlar bize bakıp duruyorlar?”

“Sana bakıyorlar, kızım. Uslu durmadığın için.”

“Ama uslu duruyorum anne.”

“Ben ne demiştim sana... koltuğun üzerinde ayağa kalkmak yok, demiştim. Bak, ayaktasın.”

“Oturunca göremiyorum denizi.”

Annemin yanına çöküyorum ama herkesin gözü hâlâ bizim üzerimizde.

“Anne, bak oturdum işte. Ama hâlâ bize bakıyorlar.”

“Elbisene bakıyorlardır.”

“Elbisemi babam getirdi bana.” Bunu yüksek sesle söylüyorum ki yanımızda oturan herkes duysun. Babamdan hayatım boyunca alıp alacağım iki armağandan birinin bu elbise olduğunu sanki o yaşta sezmiş gibi, onu bana babamın getirmiş olduğunu dünya âlem bilsin istiyorum.

“Avrupa’dan getirdi,” diye bağırıyorum yine.

“Şşş, bağırma böyle.”

“Neden şu adam hep bize bakıyor, anne?” Bu kez fısıldıyorum annemin kulağına.

“Söyledim ya, elbise sana çok yakışıyor da ondan.”

Annemin söylediği yalanı yutuyorum. Beş yaşındayım çünkü. Üzerimdeki, yurtdışından getirilmiş aşırı süslü rüküş elbiseyle kendimi şık ve güzel sanıyorum. Bir süre daha inanmayı sürdüreceğim annemin bana söylediklerine. Sonra, dokuz-on yaşından itibaren bileceğim artık, sokakta, vapurda, trende ve uçakta bana değil de ona baktıklarını; onun porselen teninden, bal rengi saçlarından, dünya güzeli yüzünden kimsenin gözlerini alamadığını. O yanımda olduğu sürece, bana değil de hep ona bakılacağını anladıktan sonra, kızgınlığım giderek kabaran bir dalga gibi yükselip şiddetlenerek beni alıp uzağa götürecek annemden. Yaşım ilerledikçe beni daha, daha, daha da uzağa taşıyacak annemin güzelliğine duyduğum öfke; sonunda ıssız bir sahilde sıcak kumların üzerine bırakıverecek. Tenime değen kızgın kumda öylesine yanacağım ki, yüreğim eriyecek âdeta ve içimde bir nokta hep annesiz kalacak.

Camın kenarında oturan küçük kızın kıvırcık saçları var. Taranırken canı ne kadar çok acıyordur kimbilir. Çocuğun tarağa gelmez ince saçları bir perde daha açıyor gözlerimin önüne.

"Anneeee, tarama saçımı n'olur. Acıyo anne!"

"Böyle de olmaz ki gülüm, biraz dayan, şu kurdeleyi taktım mı tamam."

"Benim saçlarım niye dümdüz değil seninkiler gibi?"

"Sen babana çekmişin."

"Ben de düz saç istiyorum."

"Büyüyünce berbere gider düzleştiririz."

"Nasıl?"

"Fön çekerler."

"Ben şimdi istiyorum."

"Çocukların saçına çekilmez fön. Hem ne güzel böyle kıvırcık... keşke benim de saçlarım böyle olaydı."

Yalancı, diyorum içimden, koca sarışın yalancı. Yalancı, yalancı, yalancı. Yalancı anne!

Kıvırcık saçlı velet, kolasının yarısını yere, yarısını annesinin eteğine döküyor. Yanımda değil de, pencere kenarında oturduğu için, benim üstüm başım kurtulmuş durumda ama verdiği rahatsızlıktan ben de alıyorum nasibimi. Yolculuk boyunca dört kere ayağa kalkmak zorunda kalıyorum, çocukla annesine yol vermek için. İkinci kalkışımda kolaçan ediyorum etrafı, bir boş yer görürsem kaçacağım. Ne yazık ki bütün koltuklar dolu. Saatlerdir uçak bekleyen yolcuların hepsi bu uçağa doluşturuldu anlaşılan. Tıkış tıkışız. Çaresiz tekrar oturuyorum yerime. Uyumaya çabalıyorum. Çocuk sürekli konuştuğu, hiç durmadan kıpırdandığı ve sık sık tuvalete gitmek istediği için uyumak mümkün değil. Aksi gibi kitabım da çantamda kalmış, önümüze açılan masalarda içecekler durduğundan, eğilemiyorum çantama. Gözlerimi kapatıp bekliyorum öylece. Gidiyoruz. Uzun bir süre sonra açıyorum gözlerimi, başımı eğerek dışarısını görmeye ve nerede olduğumuzu anlamaya çalışıyorum. Alçalmaya başladığımız halde kurtulamamışız bulutlardan. Dışarısı hâlâ bembeyaz. Hiçbir şeyin gözükmemesi önemli değil, ben ilk uçak yolculuğumun her anını çocuk hafızama öylesine kazımışım ki, onlarca yıl sonra bile, bindiğim uçak hangi şehre doğru alçalırsa alçalsın, benim gözlerimin önüne hep Ege kıyılarının danteli gelir.

"Bulut, bulut, bulut! Her yerde bulut var, baksana anne!" diyor küçük kız, annesinin kolunu çekiştirerek.

Ben de öyle demiştim anneme. Uçakla Anadolu yarımadasının güney batısına uçuyorduk, evleneceği adamın ailesini görmeye. Annem kıvırcık saçlarımı acıta acıta örmüş, uçlarına kırmızı kurdeleler takmıştı o sabah. Üzerimde kırmızı bir elbise, ayağımda kırmızı ayakkabılar vardı. Kendinden çok beni beğendirme telaşında olduğunun farkındaydım. Çünkü, gezmeye giderken saçlarını köpük köpük omuzlarına dökmeyi seven annem bu kez sımsıkı bir at kuyruğu yapmıştı ve hiç boyanmamıştı. Olduğundan da genç görünmek istediğini bilemezdim elbette. Uçakta, tıpkı şimdi olduğu gibi, bulutlardan ne yeri ne de göğü görmek mümkündü. Pamuk kümelerinin arasında uçarken annem sürekli tembih ediyordu bana,

"Sakın arsızlık yapma, emi canım! Herkesin teker teker elini sık, sana sorulanlara güzel güzel yanıt ver."

Uslu duracağıma söz veriyordum. Birazdan görücüye çıkacaktık annemle birlikte. Annesiyle beraber görücüye çıkan ilk çocuk bendim herhalde. Annem evleneceği adamın ailesiyle tanışmaya giderken beni de yanında götürmek için ısrar etmişti. Ben onun ayrılmaz bir parçasıyım ne de olsa. Nedim Ortaçlı, annemle birlikte beni de almak zorundaydı. Pakete dahildim ve bana rağmen vazgeçilir gibi değildi paket. Yirmili yaşların sonunda olmasına rağmen hâlâ on dokuz yaşının tazeliğini taşıyan dünya güzeli bir kadındı annem. Babamdan ayrıldığında yirmi iki yaşındaymış ancak. Babaanneme sorarsanız, masum ve kırılgan görüntüsünün ardında, inanılmaz bir çetin cevizdi. Budala ve şımarıktı üstelik, kucağında iki yaşını yeni doldurmuş minicik kızıyla, yakışıklı, genç ve zengin kocasını pat diye bırakıp gittiği için. Kocasını bırakmıştı da, üniversiteyi bırakmamıştı. Deliydi işte, zır deliydi! Hiç bıkmadan tekrarlardı bu lafları, her seferinde evinde babamı da bulacağımı umarak ayda bir ziyaretine götürüldüğüm babaannem. Babam orada olmazdı. Nedense hep seyahatteydi. Seyahatin, aslında yeni bir eş ve yeni bir çocuk anlamına geldiğini öğrendiğimde ilkokul üçteydim. Daha sonraki yıllarda babaanneme, oğlunun neden hiç evde değil de hep seyahatte olduğunu alaylı bir tarzda sorduğumu hayal meyal de olsa hatırlıyorum.

"Babaanne, benim babam kaptan mı?" demiştim.

"Onu da nereden çıkardın, çocuk?"

"Babası kaptan olan bir arkadaşım var, onun babası da yok hep, benimki gibi."

"Senin baban ticaretle uğraşır," demiş ve içini çekerek devam etmişti babaannem, "Ah kızım ah, insan evlatlarına laf geçirebileydi keşke ama geçiremiyor. Az mı söyledim ben annene, dişisi uçan kuş babalığını unutur, dedim, dinletemedim. Aileyi bir arada tutan, dişi kuştur. Yuva bozuldu muydu ne baba bilir babalığını ne de çocuk çocukluğunu..." Her zamanki tiradlarından birine daha başlamıştı oğluna toz kondurmayan ve hep annemi suçlamayı seçen babaannem. Annemle babamı ayıran nedenleri çok merak ettiğim halde, bir daha babamla ilgili hiçbir şey sormadımdı babaanneme.

Babama dair içimde biriktirdiğim yüzlerce sorunun yanıtını öğrenmek için üniversite giriş sınavlarına çalıştığım bir geceyi seçmiştim. Erken gelmiş bir yaz gecesiydi. Pıtrak pıtrak çiçeğe durmuştu evin önündeki ağaçlar. Açık pencereden içeri, mis gibi yasemin kokusu doluyordu. Çalışmaktan yoruldukça hayaller kuruyordum. Sevdiğim gençle evlenecek olursak mutlu olabilir miydik acaba? Evliliğimizi en azından çocuklarımız büyüyene kadar sürdürebilir miydik? Yıkılmış yuvalarda büyüyen çocukların tüm endişelerini ben de taşıyordum elbette. Yıllardır mutlu bir ailede yaşamakta olduğum, üvey çocuk yerine konmadığım halde, bana haksızlık yapıldığı düşüncesini söküp atamıyordum içimden. Soyadım bile değişikti ailemin tüm fertlerinden. İşte en çok buna içerliyordum!

Annem, saat on ikiyi vurduktan sonra, kapıdan kafasını uzatıp,

"Ben yatıyorum birazdan. Yatmadan sana bir çay daha getireyim mi?" diye sormuştu.

"İyi olur, anne."

Az sonra, elinde bir fincanla yatağımın üzerinde bağdaş kurmuş oturuyordu annem.

"Bu kadar yorma kendini, her şeyi oluruna bırak. Yat uyu artık. Kısmet neyse o oluyor, kızım."

Annemle aramızda pek ender oluşan yakınlaşma duygusuna sığınarak birdenbire sormuştum kafamı yıllardır kurcalayan soruyu,

"Babamla niye ayrıldınızdı, anne?"

"Bu da nereden çıktı şimdi, bunca yıl sonra?"

"Bilmem, aklıma geliverdi."

“Çok uzun zaman oldu canım. Hatırlamıyorum.”

“Doğru söylemiyorsun. Böyle bir şey unutulmaz. Bunu bilmeye hakkım var benim.”

“Sana ne faydası olacak ki?”

“Söylemezsen, kafamın içi sadece babaannemin tıkıştırdığı bilgilerle dolu kalacak. Bunu istemezsin herhalde.”

“Umurumda bile değil.”

“Ama ben bilmek istiyorum anne. Babaannem bana babamı senin bıraktığını söylemişti.”

“Olabilir.”

“Neden bıraktın babamı?”

“Dedim ya, hatırlayamıyorum. Yıllar önceydi.”

“İnsan böyle bir şeyi hiç unutur mu?”

“Hiçbir işe yaramayan bu konuyu kapatalım mı, ne dersin?”

“Lütfen anne. Anlat bana.”

“Kızım sırası mı şimdi bunun?”

“Bak sana bir şey söyleyeyim mi, babamdan niye boşandığını öğrenene kadar aklımı derslerime veremeyeceğim.”

“Pekâlâ, öğren bakalım! Kişiliksiz ve akılsızdı. İpleri her zaman annesinin elindeydi. Biz evlenince, ipler annesinin elinden kayıp benim elime, benden sonra da ikinci karısının eline geçti. Birinin onu sürekli yönlendirmesi, idare etmesi gerekiyordu. Benimse bilirsin, aptallığa tahammülüm yoktur. Kimseyi gütmek, eğitmek istemiyordum. Tek istediğim hayatı paylaşmaktı, baktım ki paylaşmak istediğimiz hayat çok farklı, yolun henüz başındayken vazgeçtim.”

“Baştan niye evlendin o halde?”

“Benim gençliğimde, sizlere tanınan hakların hiçbiri tanınmıyordu bize. Erkeklerle gezmemize, flört etmemize, hoşlandığımız kişilerin karakterlerini öğrenmemize fırsat verilmiyordu. Bir arkadaş toplantısında tanıştık. Yakışıklılığına kapıldım, birkaç kere buluştuk, sinemaya, tiyatroya gittik. Sonra annesi beni istemeye evimize geldi. Onu tanımaya zamanım olmadı.”

“Gezmişsiniz ya bir kış boyunca.”

"Neler biliyorsun sen böyle!"

"Babaannem anlattıydı."

"Gezmek bir insanı tanımaya yetmiyor. Aynı evde yaşamaya başlayınca anlıyor insan Hanya'yı Konyayı."

"Âşık olmuşsun babama."

"On dokuz yaşındaydım Ayda. İlk kez flört ediyordum. Etkilendim elbette."

"Kıymetli kızlarını nasıl oldu da hemen verdiler anneannemle dedem?"

"Hemen verdiler sayılmaz doğrusunu istersen. Deden nişanlanmamızı kendi istemişti ama üniversiteyi bitirmeden evlenmemden yana değildi. Gençtim, dinlemedim babamı. İnsan gençken her şeyi bildiğini zanneder oysa hiçbir şey bilmez. Gençlik biraz da aptallık ve hırçınlıktır."

"Sen de aptal ve hırçındın, öyle mi anne?"

"Elbette."

"Eee, madem ikiniz de aptal ve hırçındınız, babamın günahı neydi?"

"İnsan kendi kendinden boşanamaz, öyle değil mi?"

"Olgunlaşmasını bekleyebilirdin. Bir çocuğun vardı. Sorumluluğun vardı bana karşı."

Ciddileşmişti sesi, "Babaannen beynini iyi yıkamış anlaşılan," demişti annem, "bak canım, babanın içi boştu, yüz yıl bile yaşasa, içinde asla doldurulamayacak bir boşluk vardı, tıpkı dipsiz ve karanlık bir kuyu gibi. Tüm iyiliklerin, güzelliklerin, değerlerin hiçbir anlam kazanamadan yitip gittiği bir uçurum vardı içinde. O uçuruma ben de düşmeden, kaçmak istedim babandan. Yoksa onunla birlikte, nerede akşam orada sabah, güle eğlene yaşayıp gider ve bol paranın getirdiği bu anlamsız hayattan kopamayacak hale gelebilirdim. Gitmek, sana karşı olan sorumluluğumdu aynı zamanda."

"Babamı bir canavar yaptın yani…"

"Abartma Ayda, canavar filan değildi baban. Sadece parayı iyi taşıyamayan, boş ve şımarık bir genç adamdı, hepsi bu."

"Madem parayı sevmiyordun, neden kendine zengin bir koca daha buldun?"

"Parayı sevmiyorum, dedim mi ben? Aptallığı sevmiyorum, dedim. Parayı kim sevmez?"

"Ben."

"Laf! Hele hayata atıl da o zaman gör, parasız oluyor mu. Ekmek elden su gölden yaşarken öyle gelir insana. Hem Nedim'i ben bulmadım ki, o beni buldu."

"Evlenme teklifini geri çevirmedin ama..."

"Çevirmek ne kelime, nazlanır gibi yaptım ama aslında zil takıp oynadım. Tek başıma mücadele etmekten yıpranmaya başlamıştım. Sen büyüyordun, masrafların artıyordu. Baba disiplinine ihtiyaç duyacağın döneme yaklaşıyordun hızla. Öz babanın umurunda bile değildin, ne arıyordu ne soruyordu seni. Yılın büyük bir kısmını yurtdışında geçiriyordu zaten."

"Yani Nedim babayla sırf beni düşündüğün için mi evlendin?"

"Hayır efendim, sadece senin için değil elbette. Âşık olmuştum Nedim'e. Aradığım her şey vardı onda. İyi eğitim görmüştü, ilk kocam gibi görgüsüz ve ham değildi, para şımarığı da değildi. Babama sonunda tahsili, terbiyesi olan adam gibi bir damat adayı tanıştırabilecektim. Nedim zenginliğini hazmetmiş, olgun, kibar, duygulu bir insandı. Çok hoştu... Yarın sınavın var, sana Nedim'in sıfatlarını sormayacaklar kızım. Haydi, madem uyumuyorsun, çalış biraz daha." Annem, boşalan çay fincanını elimden yumuşak bir hareketle alıp çıkmıştı odadan. Doğru söylüyordu, gerçekten çok hoş bir insandı Nedim babam.

Bulutlar dağılınca, benim, daracık pencereden nefesim kesilerek seyrettiğim içiçe geçmiş adacıklarıyla masmavi deniz ve danteli anıran kıyı şeridi giderek yakınlaşmış, yer yer turuncuya çalan toprak alanlarıyla parçalı bohçayı andıran yeşil arazi giderek genişlemiş ve nihayet bizleri sarsalayarak yere vurmuştu uçağın tekerlekleri. Annemin elinden tutmuş alan binasına doğru yürürken, yüreğim ağzıma gelecek gibi çarpıyordu. Yeni bir baba edinmek üzere olan küçücük bir kızdım. Korkuyordum. Baba namına bildiğim tek şey, sadece birkaç kez birlikte olduğum, yatağımın başucunda duran çerçevedeki resim ve o birkaç kucaklaşmada, burnuma yapışıp kalmış, genzimi gıdıklayan tarçın kokusuydu. Bir de küçüldüğü halde dolabımdan çıkarılmasına izin vermediğim rüküş bir tafta elbise.

Yeni baba bizi hava meydanında karşılamış, anneme çiçekler, bana oyuncaklar ve çikolata getirmişti. Bir saati aşan araba yolculuğu boyunca hep benimle ilgilenmişti. Arabayı şoför kullanıyordu ve ben arkada annem ile yeni babanın arasında oturuyor, sağ gözüme dayadığım çiçek dürbününü sürekli çevirerek rengârenk parçacıkların değişik çiçeklere dönüşüvermesine bakıyordum. Yeni baba ara sıra saçlarımı okşuyordu. Bir ara dizlerinde de oturtmuştu beni, dışarısını daha iyi görebilmem için. Ekili toprakların, zeytinliklerin ve pespembe zakkumların arasında döne döne akan ana yoldan ayrılıp toprak yola saptıktan sonra da uzun süre yol almıştık. Bozova çiftliğine varınca, yediveren güllerinin sarmaladığı ferforje kapıdan geçip ahşap konağın önünde durmuştu araba. Arabadan inmiş, yavaş yavaş köşkün merdivenlerine yürürken bir atlı belirivermişti yanımızda. Sarı bıyıklı bir adam, atının üzerinde arkaya kaykılmış, bir elinde kırbaç, diğer elinde dizgin, bembeyaz dişlerinin tümünü göstererek gülümsüyordu.

"İşte bu da sana hep bahsettiğim Yusuf amcam," demişti anneme, yeni babam. Adam atından yere atlarken annemin elini tutmuştum sıkıca. Terden sırılsıklamdı annemin eli.

Ne çok kadın vardı o kocaman evde. Hanımdan hizmetçiye, yaşlı, orta yaşlı ya da genç bir sürü kadın, akrabalar, hizmetkârlar, dadılar, dadı çırakları... ve seksenine yaklaştığı söylenen, kulakları az duyan, yine de gözlerinden hiçbir şey kaçmayan bir Sultan Hanım! Gözlüğünü takıp uzun uzun yüzüme baktıktan sonra anneme dönerek söylediği sözleri anlayamamıştım. Dişleri olmadığı için, ne dediği kolay anlaşılmıyordu çünkü. Etrafını çevreleyen kadınlardan biri bize tercüme etmişti.

"Kendi de adı gibi güzelmiş, Rengigül kızımın," demiş.

Annem el üstünde tutulmasına rağmen tedirgindi o gün. Ben de o güne kadar babasız kaldığım yetmiyormuş gibi yakında bir de annesiz kalacağım için hırçındım. Annemle birlikte bize ayrılan odamıza çekildiğimizde ağlamaya başlamıştım.

"Saçmalama," diyordu annem, "ben her zaman senin annenim. Evlenmem hiçbir şeyi değiştirmeyecek. Ben nereye gidersem, sen de yanımda geleceksin."

"Ama ben İstanbul'da kalmak istiyorum, anne."

"İstanbul'da kalacaksın zaten. Fabrika burada ama, Nedim'in başında olduğu dağıtım şirketi İstanbul'da. Bozova'ya, sadece yazları ve tatillerde geleceğiz. Üstelik seni çok seven ve her istediğini yapmaya çalışan bir baban da olacak bundan böyle."

"Ama sen beni unutacaksın evlenince. Hem de benimle yatmayacaksın artık."

"Ayda, anneler çocuklarını unutmaz, bu biir, sen zaten kendi odanda kendi yatağında yatıyordun, bu ikiii..."

"Ama bazen koynuna geliyordum, anne. Hafta sonları yine seninle mi yatacağım?"

"Bakarız."

Annem ne derse desin, pabucumun dama atılacağı günün yaklaştığını hissediyordum. Annesiz kalmayacaktım belki ama, canım çektikçe annemin yatağında yatamayacaktım. Hem seveceği ne malumdu üvey babamın, öz babam dahi sevmekten acizken beni. Üstelik en iyi babaların bile hep işleri olurdu, öyle çocuklarına ayıracak, onları sevecek zamanları olmazdı. Kandırıyordu beni annem. Yalancı kadın!

Annemin bu kez bana yalan söylemediğini çabuk öğrendim. Yeni babamın bana olan ilgisi ilk günle sınırlı kalmamıştı. Bozova çiftliğinin, belki de onun talimatıyla, el üstünde tutulan, şımartılan küçük kızıydım artık. Kardeşim doğduktan sonra bile hep öyle kalacaktım, Nedim Bey'in sevgili küçük kızı olarak... Dertlerimi üvey babama anlatıp ondan medet umacaktım, sorunlarımı onunla birlikte çözecektim, acı çektiğimde sadece onun omzunda ağlayacaktım, annemi incittiğimi hiç düşünmeden. Üvey babam anneme karşı da koruyacaktı beni, annem isteklerime set çektiği zamanlar.

Annem, kocasına olan düşkünlüğüme olgunlukla yaklaşmıştı. İki yaşından itibaren babasız kalmış olmamın acısını çıkarmamı anlayışla karşılıyordu. Giderek ondan uzaklaşmamın esas nedenini, aramıza güzelliğinin girdiğini hiç bilmedi. Onu öz babamdan boşandığı için suçladığımı sandı hep. Oysa, annem babaların en iyisini armağan etmişti bana; yaşadığı sürece hep benim tarafımı tutan ve beni gerçek bir baba gibi seven... Yetmişli yılların kanlı üniversite olaylarında bıkıp usanmadan ve adına gölge düşmesine aldırmadan beni karakollardan toplamaya gelen de Nedim babam olacaktı, tutuklandığımda ilişkilerini kullanıp beni özgürlüğüme kavuşturan da. Bir keresinde karakoldan, bitkin bedenimin ağırlığını, onun kollarına bırakmış çıkarken,

"Benimle birlikte sen de çekiyorsun bu azabı baba, oysa senin hiç günahın yok?" demiştim. Yorgun sesiyle verdiği yanıt hiç çıkmadı belleğimden,

"Hepimiz bir günahın bedelini ödüyoruz, Ayda. Hepimiz suçluyuz bir şekilde." Yüzünde derin bir keder vardı. Şaşırmıştım. Sorumsuz ve sevgisiz bir başka adamın evladına yüreğinin ve evinin kapılarını ardına kadar açmış Nedim Ortaçlı'nın hayatta ne günahı olabilirdi ki!

Kıvırcık saçlı kızın, annesine bağıra çağıra sorduğu sorularına, "Alçalıyoruz, kemerlerinizi bağlayın," anonsu karışıyor. Az sonra bu geveze çocuktan kurtulacağım için seviniyorum. Tekerlekler yere vurur vurmaz bir telaş başlıyor dört bir yanımda. Yolcular, uçağın duracağı yere varmasını beklemeden ayaklanıyorlar. Yanımdaki çocuğu durdurmak mümkün olmayacağı için, sosis torbamı dolaptan alıp ben de dikiliyorum ayakta. Uçak nihayet duruyor. Kapıların açılmasını bekliyoruz uzun bir süre. Uçaktan inip itiş kakış otobüse biniyoruz. Allahtan bagaj için beklememe gerek yok, neyim varsa hepsi yanımda benim! Yolcular bagaj bandının başına üşüşürken, ben doğru taksi kuyruğuna gidiyor, elimi sallıyorum sıradaki arabaya. Ön kapıyı açıp ağır torbayı şoförün yanına bırakıyor, arka koltuğa yığılıyorum ve derin bir nefes alarak gevşiyorum takside.

"Amerikan Hastanesi'ne, lütfen."

"Nerede bu hastane abla?"

Tekrar yay gibi geriliyor sinirlerim. "Bir şoför olarak, en azından şehrin hastanelerini bilmeniz gerekmiyor mu?"

"Ben karşı tarafın arabasıyım da, abla."

Sanki karşı taraf ayrı bir şehir. Hatta ayrı bir ülke. Karşı taraf, köprünün öteki yakasında değil de başka bir gezegende sanki!

"Nişantaşı'nda." Lanet akıyor âdeta sesimden. Yolcusunu beklediği için önünü tıkayan arabayı hızla sollayarak ve beni yana savurarak, düzülüyor yola karşı tarafın şoförü.

"İyi kalkabilmiş sizin uçak, bu havada," diyor. Dostça bir sohbet başlatmaya çalışan şoförü yanıtlamıyorum. Niye böyleyim ben, öğretmen olduğum için mi? Neden kızıyorum Allah'ın köylüsüne adresi bilmiyor diye! Memleketinde hayvanını güdecekken, gelmiş oturmuş bir arabanın direksiyonuna, tanımadığı şehrin karmaşık sokaklarında, kendine Marslılar kadar yabancı gelen insanları oradan oraya taşıyarak ekmek parası kazanmaya çalışıyor. O mu yaptı ithal eti serbest bırakıp et fabrikalarını kapatarak doğuda hayvancılığı öldüren hükümet politikasının mimarlığını? O mu başlattı adı konmamış iç savaşı? O mu istedi toprağını bırakıp bu keşmekeşe göçmeyi ve burada sefalet çekmeyi? Başımı koltuğa yaslamış, uykusuzluktan yanan gözlerimi kapatmışım, hepimiz suçluyuz diye düşünüyorum, Nedim babamın söylediği gibi, suçluyuz hepimiz...

Hepimiz suçluyduk; biz öğrenciler de, idareciler de hükümet de. Genlerimize işlemiş suçumuz, asırlar öncesine aitti. Otoriteye sorgusuz teslim olmak ile hiçbir düzene boyun eğmemek arasında gidip gelen zırdeli insanlarıydık çileli memleketin. Ne tarihten ders alıyor ne de yaşarken öğrenebiliyorduk işin doğrusunu. Sürekli kavga, sürekli uyuşmazlık, sürekli başkaldırı, aşırı kıskançlık, pire için yorgan yakmak ve bunu marifet sanmak, istediklerimizi şiddete başvurarak elde etmek, başkaldıranı şiddetle yola getirmek... bu kısırdöngünün içinde yuvarlanıp gidiyorduk.

Nedim babayla karakollardan eve dönüşlerimin bir seferinde, annem suratıma bir tokat atmamak için zor tutmuştu kendini. Bana sarılmasını beklerken, havaya kalkan ve yüzüme inemeyen eline bakıp, "Az daha vuruyordun bana anne!" demiştim.

"Geç kaldım kızım. Sana vurmakta geç kaldım. Seni, bir şehir eşkıyasına dönüşmeden önce dövmeliydim."

"Yok canım! Sen değil miydin 27 Mayıs öncesinde Allah'ın günü Harbiye'den Taksim'e yürüyen?"

"Yürüdüm de ne oldu? Üç kişinin başı gitti, ülkenin siyasi itibarı o gün bugündür yerden kalkmadı. Üstelik hiçbir şey de değişmedi."

"Hani Türkiye'nin en çağdaş anayasası 27 Mayıs sonrasında yazılmıştı. Hani bu ülkenin görüp göreceği en aydınlık günlerdi onlar."

"Ben, öyle zannettiğim yıllarda gençtim Ayda! Tıpkı senin gibi; ben de, doğruları sadece ben biliyorum sanıyordum."

"Kaç yıl önce sen bile düzeni değiştirmek için yollara düşmüşsen, şimdi benim bir şeyleri değiştirmek isteğime neden kızıyorsun?"

"Ben, düzeni değil iktidarı değiştirmek için yürümüştüm. Bizim elimizde sadece Atatürk'ün nutku ve resimleri vardı; silah, sopa, bomba yoktu. Böyle kırarak dökerek, yakarak bir yere varamazsınız. Sokun bunu kafanıza. Vurulup vurulup gidiyorsunuz serseri kurşunlarla. Babanla karar verdik, doğru Bozova'ya gidiyorsun, yarın erkenden."

"Ne!"

"Orada biraz kendine gel, toparlan, sonrasını düşünürüz."

"Hiçbir yere gitmem."

Ziynet dadı, etekleri yerleri süpüren lacivert puantiye elbisesiyle belirivermişti mutfak kapısında,

"Ama ben seni götürmek için taa oralardan kalktım da geldim güzel kızım," demişti yumuşak sesiyle. Sarılmıştım dadıya. Kocaman göğüslerinin üzerine başımı yaslamıştım.

"Ayda'cığım, Ziynet sana yolda eşlik etmek için geldi buralara kadar," diyordu Nedim baba, "Zaten doğru dürüst ders yapılamıyor artık. Sokaklarda yürümekten, mitinglerde koşuşturmaktan sıskan çıktı. Bozova'da hem kendine gelirsin hem kafanı dinlersin."

Yeniden diklenmiştim, "Siz beni ne zannediyorsunuz? Çocuk muyum ben, yanıma bir de şaperon katıyorsunuz!"

Ziynet dadı, "Ne? Neymişim ben? Ne diyor bu kız, Allah aşkına?" diye sorarken, "Çocuktan da betersin," diye bağırıyordu annem,

"Ne laf dinliyorsun, ne sana yapılan iyiliği anlıyorsun. Soruşturmanı öne almak, seni oradan bir an evvel kurtarmak için yapmadığı kalmadı Nedim'in."

Ben de bağırıyordum avaz avaz, "Sizden beni kurtarmanızı isteyen oldu mu? Bana hükmetmek için mi çıkardınız beni? Keşke içerde kalsaydım!"

"Nankörlük etme! Babanın sözünü dinleyeceksin."

Odama yürümüş, arkamdan gelen annem içeri girince kapıyı kapatmıştım.

"O bana karışamaz, benim öz babam değil o," demiştim buz gibi bir sesle, "çok sıkıştırırsanız öz babama giderim."

"Kollarını açmış seni bekliyor öz baban! Aman git! Git de gör gününü. Sen içerdeyken zar zor ulaştım, ne de olsa babasıdır, haberi olsun diye, ne dedi biliyor musun?"

"Ne dedi?"

"'Ben duymamış olayım,' dedi. Senin esas baban Nedim'dir,

bunu bil ve ona nankörlük etme!" annem ağlamaya başlamıştı. Ziynet dadının kapıyı açıp bir kedi gibi sessiz ve yumuşak yanıma yaklaştığını gördüm göz ucuyla, yatağın üzerine, yanıma oturdu, usul usul saçlarımı okşuyordu.

"Haydi benim güzelim, haydi benim kızım... gel iki lokma bir şey ye önce, sonra konuşursunuz."

Nedim babayı büyüten dadı, Bozova'nın tüm diğer kadınları gibi, yemek yemekle her türlü sorunun halledilebileceğine inanıyordu. Sesinde hem sert hem de çok yumuşak öyle bir ton vardı ki, kalkmıştım yerimden mutfağa gitmek için. Koluma girmişti Ziynet dadı, diğer koluma girmeye çalışan annemi itmiştim hafifçe. İçini çekmişti annem, ısrar etmemişti.

"Nişantaşı'na geliyoruz abla."

Sıçrıyorum yerimden. İçim geçmiş olmalı, hiç fark etmedim Harbiye'yi geçtiğimizi.

"Nişantaşı kavşağına doğru git, Valikonağı'na devam et."

"Haa, şu büyük hastaneye mi gidiyorsun, arka yoldaki?"

"İşte o hastane, Amerikan Hastanesi'dir," diyorum asabi bir sesle.

"Tamam ablam, öyle olsun."

Hastanenin önünde duruyor taksi. Telaşla cüzdanımı arıyorum çantamın içinde.

"Acele etme be ablam," diyor şoför, "acele işe şeytan karışır."

Yoğun bakım katında, oda kapısının önünde bir süre dikiliyorum içeri girmeden önce. Neyle karşılaşacağımı bilmiyorum. Bir an kaçmak geliyor içimden. Sokaklarda başıboş dolaşmak ya da boş odalardan birinde bir yatakta büzüşüp uyumak istiyorum. İstemediğim, önünde durduğum odaya girip gerçekle karşılaşmak... Gözlerim, boğazım ve kapının tokmağına yapışmış elim yanıyor. İçim yanıyor. Sonunda açıyorum kapıyı, usulca süzülüyorum loş odaya. Karyolanın ayakucundayım şimdi, bir tablo seyreder gibi hayranlıkla ve şaşkınlıkla bakıyorum yataktaki hastaya. Gözleri kapalı. Uzun kirpikleri rimelli. Kaşları, muntazam iki yay çiziyor onca yılın izini hiç ama hiç belli etmeyen botokslu, çizgisiz, geniş alnında. Dolgun dudakları gülümsüyor gibi... yine ne yaptın dudaklarına, kalıcı makyaj mı? Göğsünün üzerinde duran ince eli... aman Allah'ım, eli... tek bir leke yok elinde... damarları da gözükmüyor. Bu kadarı da fazla ama! Bir ay kadar önce, yüzüne bir diyeceğim yok ama ellerin gerçeği ele veriyor, demiştim, içimden. Mor damarlı ve çilli elleri nasıl olmuş da birer beyaz manolyaya dönüşmüş?

"Ameliyata almak için bir yakınının gelmesini bekledik. Zaman dolmak üzereydi. Tam vaktinde geldiniz. Şu formu doldurup imzalayın hemen," diyor yanımda bitiveren saçları sarıya boyalı genç hemşire, "Onu getiren kadın, hizmetçisiymiş galiba... yanıtlayamamıştı soruları."

"O nerede şimdi? Onu getiren kadın?"

"Evine gitti. Gelecekmiş yine."

Bana uzattığı kâğıdı alıyorum. Bir taraftan dolduruyor, bir taraftan da, zaten yazılı olan soruları sorup duran geveze hemşireyi yanıtlıyordum.

"Belli bir hastalığı var mı?"

"Yok."

"Tansiyon? Şeker?"

"Yok."

"Sigara?"

"Bırakmıştı."

"Ne zaman?"

"Bilemiyorum. İki yıl oldu galiba. Ama çok içerdi bir zamanlar. Günde bir paket. Belki de iki."

"Geçirdiği ameliyatlar?"

"Apandisit... şey bir de estetikleri var..."

"Ne zaman oldu ameliyatlarını?"

"Ne bileyim... apandisiti çocukken olmuş... diğerleri..."

• • •

Hatırlamaya çalışıyorum. İlk ameliyatını olalı yirmi yılı geçti herhalde. Geçirdiği depresyondan hemen sonraydı. Hiç gereği yokken birden tutturmuştu genç görünmek istiyorum, diye. Güzelliğiyle uğraşmayan biri için yadırganacak bir davranıştı ama, iç dünyasının karanlıklarından çıkıp aramıza dönmesine o kadar sevinmişti ki kocası, itiraz bile etmemişti. Benim nişan törenime bu yeni gerdirilmiş yüzüyle katıldığı için, o ilk ameliyatın tarihini hiç unutmadım... Ama ya diğerleri? Boynunu toparlatmak için... yeniden sarkan çenesini düzelttirmek için... kaşlarını kaldırtmak için... incelen dudaklarını kalınlaştırmak için... Önceleri haber verirdi, gidip başında beklerdim. Sonra, azarlarımdan usanınca, söylemez oldu. Tek başına gitmeye başladı kliniklere. Kimi müdahalelerden haberim dahi olmadı. Yüzündeki ifade değişikliklerini gördükçe anlıyordum yine bir şeyler yaptırdığını.

Beyaz gömlekli, yakışıklı bir adam giriyor odaya, kibirli bir edayla süzüyor beni. Sinirleniyorum öyle tepeden bakan havasına. Çekip alsam beyaz gömleğini üzerinden, Sindrella'nın arabacısı gibi fareye dönüşüverir mi acaba? Elimdeki forma bakarak soruyor,

"Hastanın yakını mısınız?"

"Evet."

"Bir akrabasının bulunabilmesi iyi oldu. Riski yüksek bir ameliyatı ailesine danışmadan yapmak istemedik."

"Risk mi var?"

"Her ameliyatta vardır."

"Ama riski yüksek dediniz..."

"Beyin ameliyatı bu. Biliyorsunuz, bir pıhtı var..."

Bilmiyordum. Bildiğim, sadece banyosunun kapısı önünde baygın bulunduğu idi.

"Yaşama ihtimali..." Bitiremedim sözümü.

"Yaşar. Ama eski haline dönememesi... bu bir ihtimaldir."

"Aman Allah'ım!"

"Hastamız neyiniz oluyor?"

"Annem."

Genç adam dikkatle yüzüme bakıyor, sonra gözlerini yataktaki hastaya kaydırıp bir kez daha bakıyor bana dik dik. Bakışlarından kaçmak için başımı pencereden yana çeviriyorum, camda yorgun, eskimiş, bakımsız yüzümün aksiyle karşılaşıyorum yine. Buruşuk eteğini geren yağlanmış kalçaları ve kalın beliyle, hantal, orta yaşlı, bakımsız memur kadın... öğretim üyesi, ben!

"Anneniz?"

"Evet!"

"Öz anneniz?"

"Elbette!"

Ben sabahın beşinden beri yollardayım, yorgun, bitkin ve bakımsızım ama sadece kırk dört yaşındayım diye haykırmak istiyorum avaz avaz. Benim birkaç yılda bir yüzümü gerdirecek, ayda bir peeling, botoks ya da bakım yaptıracak ne vaktim ne de param var diye bağırarak, mis gibi sabun kokan bu beyaz gömlekli zibidinin bacaklarını, çizmemin burnuyla tekmelemek istiyorum.

"Hastamız kaç yaşında?"

Hastamızmış! Dili varmıyor 'anneniz' demeye. Söylüyorum yaşını. Bu kez yepyeni bir şaşkınlıkla bakıyor yatakta yatan kadına. Aslında doktorla yan yana durmuş, birlikte bakıyoruz anneme. Yataktaki kadına genç denemeyebilir ama yaşlı asla denemez. Yaşsız, bir süreden beri de ruhsuz ve ihtiyarlamaya inatla direnen bu ince gövde, bu yaşını belli etmeyen yüz... bu çocuğundan bile genç duran mahluk, annem benim!

Doldurduğum formu imzalayarak uzatıyorum doktora. Alıp göz gezdiriyor.

"Biz bazı testler yapmıştık siz gelmeden önce. Tomografi de çekmiştik. Hocayı bekliyoruz, gelir gelmez ameliyata alacağız."

"Ne zaman gelir?"

"Yarım saate kadar. Buradasınız değil mi? Bekliyorsunuz?"

"Buradayım."

Sabun kokusunu odada bırakarak çıkıyor.

Tuvalete giriyorum. Başımı eğmiş ellerimi yıkarken, aynada yine göz göze geliyorum kendimle. Başım öne eğik olduğu için iyice görüyorum şimdi, saçlarımın boyası diplerden nerdeyse bir parmak çıkmış. İki haftadır aklımdaydı ama bir türlü vakit bulup gidememişim berbere.

Aslı'yı bir kere daha arıyorum cep telefonundan. Düşüremiyorum.

"Telefon nerede?" diye soruyorum odada dolanan hastabakıcıya, "Cebim burada çekmiyor galiba."

"Resepsiyona inmeniz gerekiyor."

"Burada niye telefon yok?"

"Yoğun bakım odalarına telefon konmuyor. Ameliyat sonrasında kendi odasına geçtiğinde inşallah, başucunda bir telefon bulunacak."

"O halde ben bir telefon edip geleceğim," diyorum hemşireye, "on dakika bile sürmez."

Bana ne, der gibilerden dik dik bakıyor yüzüme. Çıkıyorum. Koşarak iniyorum merdivenlerden. Aslı eve dönmüş müdür? Acaba haberi var mı olanlardan? Sanmıyorum, olsa hastanede bulurdum onu.

Resepsiyona yürürken, az önce annemin başucunda konuştuğum doktor hızla çıkıyor odalardan birinden. Beni görünce yanıma geliyor.

"Ben de size geliyordum. Hastamızı ameliyata alıyoruz."

"Hemen mi?"

"Evet."

Boğazıma bir şey takılıyor. Çaresizlik içinde bakıyorum yüzüne.

"Ameliyat ne kadar sürer?"

"Şu anda kesin bir şey söyleyemem ama üç saati aşmaz."

"Araz bırakır, demiştiniz?"

"Ameliyat başarılı geçse bile her şey tam eskisi gibi olmayabilir, demiştim."

Telefona gitmekten vazgeçip doktorla birlikte asansöre yürüyorum, ameliyata girmeden önce son bir defa görmek için annemi. Birkaç saat sonra bize aynı insan olarak dönmeyebilir. Yarı felçli kalabilir. Bunları mı anlatmaya çalışıyor sabun kokan adam! Aman Tanrım! Yıllardan beri düz ayakkabı giyerken dahi hatırlamadığım annemi, tekerli bir sandalyede otururken düşünmek... Midemden acı bir sıvı yükseliyor boğazıma doğru. Kusacağım. Öğürmek geliyor içimden. Doktorla birlikte biniyoruz asansöre. Başımı önüme eğiyor, asansörün sarı ışığında yorgun yüzümden irkilmesin diye genç adama arkamı dönüyorum. Omzuma usulca dokunup,

"Merak etmeyin, her şey iyi olacak," diyor.

Nasıl iyi olacak her şey? Yaşamını yirmi yıldır kusursuz bir yüze ve bedene sahip olmaya adamış bir kadın için, bir beyin kanamasından sonra, nasıl iyi olabilir her şey? Nasıl? Ah anne... yıllardan beri güzelliğinden öte hiçbir şeye odaklanamadığın için, ne büyük bir acı çekeceksin şimdi, eğer ameliyat sonrasında bilincine kavuşabilirsen. Saçların uzayıp beyazların göründüğünde, yaralarının üzerine boya sürülemeyeceği için, botoks zamanın geldiğinde botoksa veya yüzüne iğneyle sıktırdığın o vitaminli serumlara müsaade edilmediği takdirde, yaşının gerçek görüntüsü ortaya çıkıp nihayet yaşlı bir anneanneye dönüştüğünde, ben ne yapacağım seninle? Nasıl teselli edeceğim seni? Neyle kıracağım zamana karşı direnen inadını? Yaşlanabilecek misin, yüzünde yılların izini taşımayı, doğanın insanlar için seçtiği bu değişmez kuralı kabullenebilecek misin, anne?

Odaya girdiğimde, iki hastabakıcıyı, çarşafın uçlarını tutmuş, annemi özenle sedyeye koyarlarken buluyorum.

"Müsaade edin, lütfen," diyorum. Çekiliyorlar sedyenin başından. Annemin bakımlı, güzel yüzüne eğiliyorum. Alnından, yanaklarından öpüyorum. Gül kokuyor, her zamanki gibi. Aşağı sarkan kolunu alıp göğsünün üzerine bırakıyorum özenle.

Anne, bunca yılı seni hırpalayarak geçirmiş olduğum için çok pişmanım. Çok. Sen günlerden bir gün, kişiliğini yok ederek, güzelliğini sahip olduğun her şeye tercih ettin diye ne hakkım vardı sana kızmaya. Bağışla beni anne. Döner de gelirsen bana, saçlarını ellerimle boyayacağım, manikürünü ben yapacağım, söz! Ve elbette eflatun geceliğini giydireceğim, o renk sana çok yakıştığını için. Haydi canım, git ve bu halinle dön bana. Delidolu bir genç kız gibi. Haydi anne!

"Veda faslı tamam mı?" diye soruyor hastabakıcılardan şişman olanı.

"Evet." Yana çekiliyorum.

"Yakınınız mı?"

"Annem!"

Yine aynı şaşkın bakış. Aldırmıyorum artık. Gülümsüyorum.

"Şaka, şaka," diyorum, "annem olur mu hiç, kız kardeşim o benim. Arkadaşım."

Gidiyorlar. Hiçbir zaman arkadaşı olamadığım ve güzelliğini hep kıskandığım annemin yatağına oturup kabarttığım yastıklara yaslanıyorum; uykusuzluktan, yorgunluktan ve ağlamaktan yanan gözlerim kapanıveriyor.

Ona bir bebek beklediğimi söylediğimde, "Delisin sen," demişti, "hayatını durdurmak istiyorsun!"

"Nasıl söylersin bunu, sen bana hamile kaldığında çok daha gençtin."

"Ben, kefaretini ömür boyu ödeyeceğim bir hata yapmışsam, sen de mi yapmalısın?"

"Anne! Ben bir hata mıydım? Beni istemedin mi?"

"İstedim elbette. Mesele sen değilsin."

"Ya kim?"

Susmuştu. Israr etmiştim.

"Ben her zaman bildim, istenmeyen bir çocuk olduğumu."

"Saçmalama ne olur. Bana haksızlık ediyorsun."

"O hata dediğin... kim o, ben değilsem?"

Annem, yüzümdeki kırılgan ifadeyi görünce konuşmak zorunda kalmıştı, "Utku."

"Ne! Biricik oğlun o senin!"

"Elbette ama Utku olmasaydı, çekip giderdim."

"Nereye?"

"Nereye olursa."

"Çekip gitmek istediğini hiç bilmiyordum."

"Nereden bileceksin!" demişti annem.

"Ya ben? Ben çocuk sayılmıyor muydum? Bana rağmen çekip gidebildin benim babamı bırakarak..."

"O boşanma bir ders oldu bana. Bırakılan kocaların, geride kalan evliliklerinden olan çocuklarına asla sahip çıkmadıklarını tecrübeyle öğrenmiştim. Aynı hata iki kere yapılmaz. Utku'yu da senin gibi babasız bırakmak istemedim."

Şaşırmıştım. Uzun uzun da düşünmüştüm, ne zaman gitmek istedi acaba, diye. Etrafı, emirlerini dinlemek için ağzının içine bakan insanlarla dolu, el üstünde tutulan, bir eli yağda bir eli balda bir kadın! Kocası, bir önceki evliliğinden olma kızına sahip çıkan, dünyanın en hoş, en kibar adamı! O kızı, öz evladı gibi bağrına basan ve oğlundan ayırmayan bu adamdan mı kaçmak istemişti? Neden?

Ne tuhaf, ben annemin, kocasından değil de kendinden kaçmaya çalıştığını sanmıştım hep. Aslında pek de fazla kafa yormamıştım bunalımlarına. Hem ilk aşkımı yaşıyordum bütün hızıyla hem de şımarık kadınların bunalımlarından çok daha önemli olduğunu düşündüğüm siyasi eylemlerin içindeydim. Ne en yakın arkadaşlarıma ne de sevgilime anlatmıştım evde olanları, utandığım için. Annemdeki değişim, Utku'nun ortaokula benim de üniversiteye girdiğim yıllarda başlamıştı. Tatillerde bile gitmez olmuştu Bozova'ya. Bozova'dakiler Utku'yu görsünler diye, yazları sadece biz iki kardeş gidiyorduk çiftliğe. Annemiz İstanbul'da kalıyordu. Babamız bir süredir Ankara'da Meclis'teydi. Annemin karşı çıkmasına rağmen, kendi babasının yolundan yürümüş, milletvekili seçilerek Meclis'e girmişti. Annem işte o yıllarda kopmaya başladı hepimizden teker teker. Utku'yla aramızda birkaç kere konuşmuştuk bu ani değişikliğin nedenlerini. Ben, kocasının seçtiği partiye tepki gösterdiğini düşünmüştüm annemin. Çünkü annesiyle babası gibi, bizim zamanımızdaki tabiriyle ortanın solunu temsil eden yıllanmış partinin gönüllü askeriydi annem. Büyükbabam, ömrü boyunca tuttuğu partiye asla kayıt yaptırmamıştı ama, 1950 seçimleri dışında, başka hiçbir partiye de oy atmamıştı. Anneannem de öyle. Karı koca, devletçi Cumhuriyet bürokratları olmalarına karşın, kızlarının siyasi yelpazenin sağında duran muhafazakâr parti politikacısının oğluyla evlenmesine itiraz etmemişlerdi. Oysa o yıllarda karşıt partilerden olmak, kan davası gütmek gibiymiş. İki ayrı partiyi tutuyor olmalarından dolayı birbirleriyle eskisi gibi görüşemeyen, dostluklarını soğutmuş nice aileler varmış Ankara'da. Örneğin, anneannemlerin bir tanıdığı, oğlu muhalefet partisinde bakanlık yapmış eski bir politikacının kızıyla evlenmek istediği için, oğlunun nikâhına gitmeyi reddetmiş, ellili yılların ortalarında. Annemden dinlediğime göre, anneannemle büyükbabam bu tür aşırılıklara gülüp geçiyor ama, kimsenin iktidar partisi lehinde konuşmasına da izin vermiyorlarmış. Annem, "Baba, bari bu kadar bağlı olduğun partiye kaydol da çırpınman bir işe yarasın," dediğinde, büyükbabam hem politikacı ruhuna sahip olmadığı hem de tarafsızlığını kaybetmemek için, hiçbir partiye kaydolmayacağını söylermiş. İktidardaki partiye, vicdan sahibi kimsenin oy vermemesi gerektiğini savunan adamın kızı, şu işe bakın ki, iktidar milletvekillerinden birinin oğlunu damat adayı olarak getirivermiş bir gün babasının evine. Büyükbabam, yüreği dağlansa da, olgunluk göstermiş.

"Kızım, birinci kocanda ne bulduğunu hiçbir zaman anlayamadımdı, bu sefer karşıma adam gibi birini getirdin. Sevmediğimi, beğenmediğimi söyleyemem ama, yahu kızım, keşke babası o partiden olmasaydı," demiş ve ilave etmiş, "her neyse, bu kez doğru seçim yaptığına inanıyorum. Allah ikinizi de mutlu etsin!"

Oysa, bana sorarsanız, annem kendi iç yapısına ters düşen bir evlilikten sonra, ikinci eşini de yine yanlış kapıdan seçmişti. Politikacı karısı olmaya yatkın değildi çünkü. Gerçi, evlendiklerinde Nedim baba milletvekili değil, işadamıydı. Şelale Fabrikasının İstanbul'daki dağıtım şirketinin başındayken, aile içinde gelişen bazı tatsız olaylardan dolayı aile işini bırakmış, babası gibi kendini siyasetin içinde bulmuştu. Ben annemin, işte buna katlanamadığını düşünüyordum. Kardeşim hiçbir zaman katılmadı bu düşünceme. Utku'ya göre, annemiz muhafazakâr bir siyasetçiyle değil, sosyal demokrat ruhlu bir işadamıyla evlenmişti ve doğru seçim yapmıştı. Kocasını da çok sevmişti. Peki, sonra ne olmuştu da değişmişti annem? Eğer bir yaş dönümü bunalımı geçiriyor idiyse, çok zamansızdı. Henüz çok genç bir kadındı çünkü. Utku'nun ve benim derslerimle yakından ilgilenirken, birden kayıtsız kalmaya başlamıştı her ikimize de. Okulda olup bitenleri sormuyor, ev işleriyle ilgilenmiyor, okumuyor, gezmiyor, televizyon bile seyretmiyordu. Şiddetle savunduğu fikirleri, kocasının siyasi duruşlarına karşı çıkışları, eleştirileri de bitmişti. Evde, annemin bir zamanlar her şeye karışan ve özellikle de beni yargılayan sesini boşuna arıyordum. Donuk, uzak ve sessizdi annem. Sanki ruhu onu terk etmiş, yatak odasındaki boy aynasının karşısında sadece bedeniyle baş başa kalmıştı. Nedim baba da milletvekili olduğu için zamanının çok büyük bir kısmını Ankara'da geçirmeye başladığından, ev birdenbire boşalmış gibiydi.

Beni, karıştığım eylemlerden uzak tutmak için İngiltere'ye yollamış, sonra apar topar geri çağırmışlardı o yıl. Yılbaşında annem, her yıl yaptığı gibi Ankara'ya kocasının yanına gitmemiş, Nedim baba Ankara'dan İstanbul'a gelmişti ailece birlikte olmak için. Anneme, Utku'ya ve bana armağanlar taşımıştı gelirken. Ama annem sofraya dahi oturmamıştı o gece, hasta olduğunu söyleyerek odasına kapanmıştı. Kestaneli hindiyi onsuz yemiştik. İlk defa bir yılbaşı gecesini annemsiz geçiriyorduk.

"Annemin nesi var?" diye sormuştum.

"Bir şeyi yok canım. Kadınlar böyledir, ara sıra bunalıma girerler. Yakında geçer merak etme, üstüne gitme sakın," demişti Nedim baba.

Annemin çabuk geçeceğini sandığımız bunalımı uzun sürdü. Yılbaşından sonra, kimsenin yurtdışına çıkamadığı günlerde, özel izinler alarak onu Londra'ya götürdü, bir kliniğe yatırdı Nedim baba. Döndüğünde terapilerine İstanbul'da devam edildi. Nihayet eski neşesine kavuştuğunda, annem başka bir kişilik kazanmıştı. Biz iki kardeş, bildiğimiz tanıdığımız annemizin esas kişiliğini yavaş yavaş unutmaya, onun yeni hallerine alışmaya başladık. Bize olan düşkünlüğünden zaman zaman sıkıldığımız annemize, vaktini güzelliğine ayıran, kadın ve moda dergilerinden başka yayın okumayan ve çocuklarına kayıtsız kalan bu yeni anneyi tercih bile ettik. Çünkü her ikimiz de çok gençtik ve özgürlüğümüzü hayattaki en önemli şey zannediyorduk. Çocukluk işte!

İçeri göz atan hastabakıcının onaylamayan bir ifadeyle kaşlarını kaldırmasından rahatsız olup kalktım yataktan, pencereye yürüyüp dışarı baktım. Pencereden, hastanenin ana girişi görünüyordu. Bir taksi durdu. Taksiden inen yaşlı bir kadın, başında uzun siyah eşarbıyla, bastonuna dayanarak yürüdü binaya doğru. Biliyordum bu yürüyüşü... dünyanın tüm yükünü omuzlarında taşır gibi ama yine de dimdik, azametle âdeta. Dadı... Ziynet dadı! Kapıya doğru yürüyor ağır ağır. Kimden haber aldı acaba? Nasıl öğrendi?

"O her şeyi bilir," demişti annem bir keresinde, "İki değil elli iki kulağı vardır onun. Her taşın altından bir entrikası çıkar. Her işe burnunu sokar."

"Ziynet, Sultan Hanım'ın yetiştirmesidir," diye yanıtlamıştı Nedim baba, "işte o yüzden tıpkı onun gibi, malumatın güç kaynağı olduğuna inanır. Her şeyi bilecek ki duruma hâkim olsun. Gücünü kulağının delik olmasından alıyor."

“Ağa konağında dadı olacağına, casus olaydı keşke.” Ziynet’ten söz ederken hep asabi olurdu annemin sesi.

“Nedim baba, annem niye sevmiyor Ziynet dadıyı?”

“Kimbilir,” demişti üvey babam.

“Sen seviyorsun ama.”

“Beni o büyüttü, nasıl sevmem.”

“Babanın memleketinde varlıklı kadınlar çocuklarını kendileri büyütemiyorlar nedense, kızım. Doğurup doğurup köylü kadınların kucağına veriveriyorlar.” Alaycıydı annemin sesi.

“Ooo, şimdi de oklar benim anneme çevrildi öyle mi?” demişti Nedim baba.

“Mesele sadece senin annen değil. Sizin orada her çocuğun peşinden dört-beş kadın koşuyor, on yaşına basana kadar erkek çocukların ağızlarına çatalla yemek veriliyor, büyümelerine, gelişmelerine, kendi işlerini görmelerine müsaade edilmiyor. Yalan mı?”

“Utku ile Ayda’nın peşine de bir dadı takmadık mıydı biz?”

“O başka. Utku ile Ayda, dadının koynunda uyumadılar geceleri. Hacer onların çamaşırlarını yıkadı, ütülerini yaptı, odalarını topladı, hepsi bu.”

Üvey babam her zamanki gibi uzatmamış, susmuştu. İçimden, “Sen kimi seversin ki Bozova’da, Ziynet dadıyı da sevesin anne,” demiştim. Niye âdet edinmiştim acaba hep annemi suçlamayı, benden daha güzel olduğu için mi? Annemin, benden de, hayatımda rastladığım bütün kadınlardan da daha güzel olması onun suçu değildi elbette. Bu, zaman içinde kabullendiğim ve ara sıra da çok gururlandığım bir durumdu. Ama düğünümde bile benden daha alımlı ve çekici olmasını asla bağışlayamamıştım. Ne zaman düğün fotoğraflarıma bakmaya kalksam, annemin ışıltısı elimdeki resimlerden yansır yüzüme doğru. Kocamın taşradan bizi ziyarete gelen akrabalarına düğün resimlerimizi gösterdiğimde, “Aaaa, ayol baksanıza, anne gelinden bile güzelmiş” i duymak ağır gelmişti doğrusu. Annem kendine en yakışan rengi giymese olmazdı sanki kızının düğününde!

• • •

Kapıdan kafasını uzatıp içeri baktı Ziynet dadı. Beni görünce gülümsedi, "Haberi alır almaz geldim," dedi.

"Nerden duydun dadı? Aslı'nın bile haberi yok henüz."

"Ben duyarım," dedi ihtiyar kadın. Doğru, duyardı o.

"Bu soğukta niye çıktın sokaklara, kuzum?"

"Bana bir şeycik olmaz."

Öpüştük. Başörtüsü kayıp omuzlarına düştü. Bembeyaz olmuş saçları, ben görmeyeli.

"Nerede annen?"

"Ameliyata aldılar."

"Allah şifasını versin. Utku'ya haber verdiniz mi?"

"Ameliyat bitsin hele... Boş yere telaşlanmasın şimdi."

"Doğru. Öğrenip de ne olacak taa Amerika'larda, eli gitmez, gücü yetmez. Sen de burada değilmişsin, aksi gibi."

"Erzurum'daydım seminerde. Fatma tuvalete kalkmış da o zaman görmüş annemin odasındaki ışığı. Yoksa sabaha kadar yatacakmış düştüğü yerde. Hemen aradı beni cebimden."

Yatağın ucuna oturdu, "Yorgun görünüyorsun kızım," dedi. "Kimbilir kaçta kalktın bu sabah, oralardan gelmek için."

"Dadı, hiçbir şey kaçmıyor gözünden, bu yaşta bile. Hep cin gibisin, maşallah."

"Sen öyle zannet. Çok yaşlandım Ayda kızım, çok. Sekseni geçtikten sonra can kalmıyor bedende. Nedim Bey'imden sonra büsbütün çöktüm. Babacığın vaktinde gitti, eli tutar aklı ererken. Yaşlanmak zor iş."

"Öyle."

Bir süre konuşmadan durduk. Naylon poşetin içinden plastik bir kap çıkardı, başucu masasının üzerine koydu.

"Sütlaç yapıvermiştim," dedi, "seninki severdi benim sütlacımı eskiden."

Eskiden... Annemin ruhu da yüzü gibi güzelken; bir zamanlar annem insanları, çocukları, hayvanları, ağaçları, denizi ve rüzgârı severken. Dünyadaki düzenin er geç zengin yoksul herkesi kavrayacak, kucaklayacak biçimde yeniden şekilleneceğine inanırken. Ve yine bu yüzden, sonsuz olduğu söylenen servetine rağmen, kimseye verecek hiçbir şeyi olmayan, çocuğunu bile sevmekten aciz öz babamı terk edip giderken... bir zamanlar pırıl pırıl yüreği, delidolu özgür ruhuyla kanlı canlı ve dünya güzeli bir insanken annem! Eskiden!

"Beni sabah erkenden Fatma aradı. Aslı'yı bulamıyormuş. Senin kaçta geleceğini bilemediği için, gel de ben yokken başında duruver, dedi. Apar topar çıktıkları için çok şey unutmuş. Gecelik, terlik filan getirecekmiş evden."

"Keşke zahmet edip gelmeseydin. Bak yetiştim işte," dedim. "Annem çıksın ameliyattan, kendine gelsin hele, ben yediririm ona sütlacı. Bekleme dadıcığım. Kar yeniden bastırırsa hiç dönemezsin sonra Üsküdar'a. Üsküdar'dasın hâlâ değil mi?"

"Hep ordayım kızım. Bozova'dan çıktığımdan beri oradayım. Eski konağın yerine bir apartman diktilerdi ya, baban giriş katındaki küçük daireyi verdirdiydi bana, eksik olmasın."

Aferin sana, Nedim baba, dedim içimden. Bana bile kafamı sokacak bir kat vermesini bildin de seni koynunda büyüten kadına mı vermeyecektin. Aferin sana!

Ziynet dadı iki saate yakın sabırla bekledikten sonra toparlanıp kalktı. "Eh, ben gideyim gayrı," dedi, "uzadı ameliyat. Lazım olursam ara kızım, hiç çekinme. Elimden ne gelirse yaparım. Hani başında birini bekletmek lazım gelir, filan... Az mı bekledimdi babacığının başında."

"Ararım dadı. Eve çıkalım hayırlısıyla, yatıya gelirsin bana."

"İnşallah."

Seksenini aşmış yaşlı çınarın yanaklarına birer öpücük kondurdum. Asansöre kadar yürüdük birlikte. Asansörde ineceği katın düğmesine bastım.

"Sağlıcakla kal," dedi kısık sesiyle, "ben her gece dua ederim babanın ruhuna. Bu gece annen için de okuyacağım. Haydi, Allah şifasını versin."

Ne garip bir insan, diye düşündüm arkasından. Annemin onca hırçınlığı, azarları, iğnelemeleri üstünden akıp gitmişti, onu hiç yaralamadan. Ne darılmıştı, ne küsmüştü. İstenmediğini bile bile, hastalığı boyunca Nedim babanın yatağının ucunda beklemiş durmuştu. Sabahları hastaneye geldiğimizde, onu, çoktan yatağın ayakucundaki iskemlede yerini almış bulurduk. Annem, ne selam verirdi ne de tek bir laf ederdi yaşlı kadına. Sanki o yokmuş gibi davranırdı odada. Oralı bile olmazdı Ziynet dadı. Saat altıda akşam yemekleri dağıtılırken, sanki onu duyabilirmiş gibi, "Nedim Bey oğlum, ben gidiyorum şimdi. Yarın yine gelir görürüm seni," der, kalkardı. Bir sabah koridorun başında belirdiğinde, annemi, odanın kapısına dikilmiş onu beklerken buldu.

"Nedim beklemedi seni Ziynet," dedi annem, "son gecesini benimle birlikte geçirdi ve sana veda etmeden gitti."

Bozova'da Zaman

Uyanış

"Uyandın mı kızım?" dedi Satı, elindeki kolonyalı tülbenti kızın terli alnında gezdirirken. Yavaşça araladığı kirpiklerini, yeniden kapattı Ziynet.

"Daldı yine."

"Dalsın varsın. Nasılsa uyanacak sonunda. Ateşi var mı, sen onu söyle."

Satı eliyle alnını, şakaklarını yokladı kızın, "yoktur," dedi, "düşmüş zahir."

"İyi!" Doğruldu Sultan Hanım, kalkmaya yeltendi. Satı koşturdu yanına, iliştiği sedirden kalmasına yardım etti kadının.

"Uyanır da sorarsa ne diyeceğiz, hanımım?"

"Öldü, diyeceğiz Satı. Konuştuk ya daha önce. Bunu bir sen, bir ben, bir de ebeden başka bilen yok, ona göre ha!"

"Ebe konuşursa ya, hanımım?"

"Konuşmaz. Yükünü aldı o."

"Kocası konuşursa ya... bu şeyler gizli kalmaz hiç. Babam derdi ki, 'Yalan su gibidir, yolunu buldu mu çıkar açığa,' derdi."

"Kocası da aldı yükünü Satı. Menfaat dünyası bu kahpe dünya. Kimse konuşmaz, korkma."

"Allah biliyor ya doğrusunu..." Hanım, sert ve yüksek perdeden çıkan sesiyle sözünü kesti Satı'nın,

"Allah doğru olanı bilir, dedin işte. On yedi yaşında oğlanın yanaşmaya serptiği tohumdan ne hayır gelirmiş? Senin de evladın sayılır Yusuf, sen büyütmedin mi onu... eee, ne düşünüp duru-

yorsun o zaman? Ne bakarsın suratıma dik dik? Mürüvvetini görmeyelim mi oğlumuzun? Alacağı, kızoğlankız, telli duvaklı geline yüzgörümlüğünü elimizle takmayalım mı, zamanı geldiğinde?"
Terliklerini takırdata takırdata çıktı odadan Sultan Hanım.

Satı çöktü başına yer yatağında yatan kızın. Islak tülbentle alnına biriken terleri bir kez daha silerken Ziynet'in bacaklarına dolanmış çarşafın yeniden kanlandığını gördü.

"Kız çarşaf bırakmadın be! Çeşme gibi akıyon be kızım!"

Pencerenin yanında duran sandığa yürüdü temiz çarşaf almak için. Ziynet hafiften inliyordu uykusunda. Maharetli ellerle temizledi dalgın yatan kızı, çıktı odadan, çarşafların kanını bahçedeki çeşmede akıttı, odaya dönüp arka balkonda gerili ipe serdi. Bir kez daha yokladı ateşini hastanın. Kızın alnı serin gelince avcuna, içi rahat etti, soyundu, geceliğini giydi, başına namaz örtüsünü bağlayıp seccadeyi yaydı yere. Çarşafları çitiledikten sonra kaşla göz arasında apdesini de alıvermişti. Gönül rahatlığı içinde namaza durdu.

Satı camın önündeki çıkıntıya yaydığı döşekte derin uykudaydı, Ziynet şafak sökerken uyandığında. Kızın, adını çağırdığını duyunca sıçradı uykusunda. Rüya görüyordu zaten, karanlık bir rahimden parça parça olmuş bir bebeğin gövdesini çıkarıyorlardı Neriman ebeyle birlikte. Dehşet içindeydi. Bu yüzden bir süre gelemedi kendine. Neden sonra fark etti lohusanın ona seslendiğini. Oda yavaştan aydınlanmaya başlamıştı ama alışkanlıkla başucundaki idare lambasını yaktı, terliklerini ayağına geçirip yer yatağına yürüdü.

"Uyandın mı kızım?" dedi.

"Satı bacı, sabah olmadı mı daha?"

"Olmaz olur mu? Bak kıpkırmızı dışarısı"

Kızın elleriyle karnını yokladığını görünce,

"Kurtuldun kızım," dedi.

"Kız mıdır, oğlan mı?"

Satı bir an ne söyleyeceğini bilemeden durdu, dudaklarını ıslattı diliyle,

"Bilmem."

"Nasıl bilmen?"

"Ölü doğdu bebe. Hemen götürüp gömdüler."

"Vayyy!" dedi Ziynet.

"Sen de öleyazdın az daha. Kurtulduğuna şükret. Kordon mu dolanmış ne, zaten döl yatağın da pek darmış, zar zor söküp aldık içinden, kendinde değildin sen, kanayıp duruyorsun geceden beri."

"Neydi bebe?"

"Sormadım bile. Bakmadım bile. Ebe karı parçalayıp aldı içinden, götürüp gömdüler. Yaşamadı ki sorayım, neyse neydi işte."

"Nereye gömdüler?"

"İncirin nah oraya."

"Geçen yaz köpeği gömdüğümüz yere mi?"

"Tövbeee! Kız bir incir mi var bahçede?"

"Mezarlığa gömemediler mi?"

"Hadi hadi! Bir saat bilem yaşamamış bebeyi ağa mezarına mı gömeceklerdi. Kızım dur be, ne ağlıyon be! Altın ayrı akıyo, üstün ayrı, salya sümük. Sus be kızım. Sus be gülüm."

"Bunca acıyı boşuna mı çektim ben?"

"Allah her işin doğrusunu bilir, kızım. Alacağı canı bilir. Seni büyük yükten kurtardı Allah. Kapısız bırakmadı koynunda bebenle." Satı arkasını döndü kıza, mırıldandığı tövbe dualarını göstermemek için.

Şafak sökmek bilmedi nedense. Uzun süre kıpkızıl kaldı gök. Sanki Ziynet'in geceden beri akan kanı, üstlerinde biriken bulutlara bulaşıvermişti. Bir süre ayakta pencereden dışarısını seyretti yaşlı kadın, sonra mutfağa gitti, demlediği çayı bir tepside çıkardı yukarı. Tepsiyi kızın yanına bıraktı. Öğürdü kız, "İçim almıyo, istemem," dedi.

"Olmaz kız, aç açına olmaz. Yemeli, içmelisin kuvvetlenmek için. Bak gene kanamışsın."

Satı Ziynet'i temizledikten sonra çeşmenin oraya vardı yine, kızın kanlanan bezlerini suya vurmaya. Dönüşte, başını kaldırıp üst katlara baktığında, odasının penceresinde hanımının telaştan kararmış yüzünü gördü, perdenin aralığından. İçinden, şeytan görsün seni, dedi ve eliyle işaret etti kızın uyandığını. Sultan Hanım aceleyle merdivenleri indi, kapıya çıktı, yolunu kesti Satı'nın ve,

"Kendine geldi mi?" diye sordu sigaradan kalınlaşmış sesiyle.

"Geldi."

"Sordu mu?"

"Sormaz ola mı?"

"Ne dedin?"

"Ölü doğdu, incirin oraya gömdük, dedim."

"Süleyman'a söyle de küresin orayı. Taze mezar gibi yapsın. Yok yok... söyleme sakın. Al eline kazmayı, sen yap."

"Ben yaptım bile," dedi Satı.

Ziynet üç gün daha gürül gürül kanadı. Balı kireç kaymağıyla karıştırıp topak yaparak rahmine soktu Satı, ısırgan otlarını kaynatıp içirdi eliyle. Kız haftanın sonuna doğru doğrulabildi ancak. Az da olsa yemek yemeye başladı. Yüzüne renk geldi. Onuncu günün sabahı Satı leğene su koyup yıkadı Ziynet'i. Temiz giysiler giydirdi, saçını tarayıp ördü.

"Hanım konuşmaya gelecek senle," dedi, "suratını kiştikleyip durma böyle. Kalkar elini öpersin, o konuşmadan konuşmazsın. Kız duydun mu beni?"

"Ne deyecekmiş bana? Benim ne günahım var? Ben mi bindim oğlunun üstüne? Kovacaksa beni, sana söyletse ya! Ah Satı bacı, odanda yataydın gelmeyecekti bunlar başıma..."

"Ettiğin lafa bak kız! Ben bekçi köpeğin miyim senin? Bağıraydın, çığıraydın avaz avaz, karşı koyaydın bacaklarını açacağına. Hem nereden çıkardın hanımın seni kovacağını? Önce bi dinle bakalım, ne diyecek. Hürmette kusur etmeyesin sakın, emi?"

• • •

Yanıtlamadı Ziynet. Geveze bilinen kızın bu suskunluğu hoşuna gitmiyordu Satı'nın. Hanım, doğum sonrası karalar basar ya bazen lohusalara, ondandır, diye geçiştiriyordu ama Satı bu suskunluğun esas nedenini biliyor gibiydi. Yusuf'un evden ayrılmasından beri bıçak açmıyordu ağzını. Gönül düşürmüştü Ziynet, kızlığını bozan o sütü bozuğa.

Hanım akşama doğru girdi, iyice havalandırılmış, temizlenip toparlanmış odaya. Tünediği sedirin ucundan fırladı Ziynet, el etek öptü. Azametle yürüdü, sedirin orta yerine kuruldu Sultan Hanım, kıza eteğinin dibini işaret etti.

"Otur şöyle." Ayakta duran kız, gösterilen yere diz çöktü.

"İyi misin? Kanaman durdu mu?"

"Durdu."

"Gençsin, çabuk toparlarsın kendini. Başın sağ olsun. Çok çocuk doğurursun daha… uygun bir kocaya varınca."

Önüne baktı Ziynet.

"Bak kızım, bir hatadır işledin. Babasının kim olduğunu bile sormadım sana. Gençlik hatasıdır, dedim. Çiftlik genç adam dolu; eli ayağı düzgün kızsın, biri o istemeden abanmıştır üstüne, dedim. Ne ettiysem ettim, erkeklerimize duyurtmadım gebeliğini. Yoksa öldürürlerdi seni, evimize kara leke sürdün diye."

"Hanımım…"

"Konuşma. Lafımı kesme. Çocuk ölmeseydi, bebenle beraber yollatacaktım seni başka köye. Ama oğlan öldü…"

"Oğlan mıydı?" diye atıldı Ziynet.

"Öyle bir şey demedim."

"Dedin hanımım."

"Demedim kız. Ne bileyim piçinin kız mı oğlan mı olduğunu? Sormadım bile. Laf gelişi oğlan demişimdir. Neyse, şimdi çocuk öldüğüne göre, burada kalabilirsin. İşini eskisi gibi eksiksiz yaparsın. Ama bir şartım var."

Cebinden sigara tabakasını çıkardı, ince kâğıtlardan birini dizlerine yaydı, içine az biraz tütün koydu, kâğıdın bir ucunu diliyle ıslatıp sardı Sultan Hanım, "Oynaş yok bundan böyle. Bir daha gebe kalacak olursan ya da bir yaramazlığını duyarsam..." önündeki mangalda eğilip yaktı sigarasını, içine çekip ateşledi, "Bu sefer yaptırtmadığımı hemen yaptırtırım, bilmiş ol." Eliyle kendi boynunu keser gibi yaptı hanım.

Ziynet, pencereden dışarıyı seyreden bakışlarını takip etti hanımın. Süleyman dışarda, kapının yanında silahını temizliyordu. Başını iki eli arasına alıp oturduğu yerde sallandı kız.

"Semiha gelin doğurana kadar Satı'ya yardım edeceksin mutfakta," dedi hanım, "bebek doğduktan sonra, küçük eve geçer, orada Semiha gelinin ayak işlerini yaparsın. Bezlerini yıkar, şişelerini, kaplarını şartlarsın bebenin. Gelinin odasını siler süpürürsün."

"Yaparım, siler süpürürüm hanımım..."

"İyi. Satı sana bebek bakmayı öğretiverir."

Hanım ayağa kalkınca elini öpmeye davrandı Ziynet. Kadın görmezliğe gelip hızla ilerleyince az kaldı düşüyordu. Ellerini karnının üzerinde kavuşturup bekledi uzaklaşmasını. Gövdesinin yeni halini yadırgadı biraz. Boştu karnı. Bomboştu. Oysa üç hafta öncesine kadar Satı'nın ona öğrettiği gibi, hanımların önünde el pençe divan durduğunda, ellerini yüksek bir sehpaya dayamış gibi oluyordu. Kimseye belli etmeden okşuyordu hafifçe karnındaki bebeyi. O bebe yaşasaydı Ziynet'e yeni kapılar açacaktı, bu evdeki konumunu bir yanaşmadan, küçük geline çıkaracaktı büyük bir ihtimalle.

Ne demişti Yusuf, bir seher vakti çizgili pijamasını geren dimdik kamışıyla yatağına giriverdiğinde... "Dellenme kız, rahat bırak kendini; koynundaki seyis Memo değil, küçük ağa," demişti. Ziynet, önce sıyrılmaya çalışmıştı Yusuf'un kollarından. Sonra, sol tarafındaki döşekte Satı'yı aramıştı. Satı yatağında yoktu. Ayakyoluna mı gitmişti acaba?

"Yapman ağam. Satı bacı su dökmeye gitmiştir, gelir şimdi irezil oluruz ikimiz de."

"Gelmez. Anamın yanında yatıyor."

"Niye ki! Onun yeri burasıdır."

"Sus kız, sus," demişti Yusuf, "çok konuşuyorsun, biliyor musun?" Bir eliyle memelerini yoğuruyor, diğeriyle bacaklarının arasını okşuyordu. İçi çekilmişti Ziynet'in. Ağzını öpmüş, dilini ağzına sokmuştu Yusuf. Sonra onu sırtüstü yatırmış, bacaklarını yanlara açmış, üzerine çıkmıştı. Donunu eliyle aşağı çekelemiş, sert organını içine zorlamıştı kızın. Kız, acı ile zevkin saç örgüsü gibi tek olduğu bir duyguyu ilk kez tadıyordu. Genç adamı elleriyle göğsünden itelerken, beline doladığı bacaklarıyla da kendine çekiyordu farkına varmadan. Çabuk boşalmıştı Yusuf. Bağıra böğüre sırılsıklam etmişti Ziynet'i. Sonra sırtüstü devrilip derin derin solumuştu bir süre. Derken dizlerinin üzerine doğrulup ayaklarına düşmüş pijamasını yukarı çekmiş, sonra da kalkmış, çıkıp gitmişti odadan, hiçbir şey söylemeden. Ziynet, kendine çok acı, çok korku ve az biraz da garip bir zevk veren bu işten iyice sersemlemiş olarak sırtüstü kalakalmıştı, yatağa serili. Taa yaz başında, sofraya yemek getirip götürürken birkaç kere göz göze geldiğini hatırlıyordu Yusuf'la. Oysa Satı uyarmıştı onu, "Erkeklerin gözlerine baktığını görmeyeyim," demişti.

"Ben bakmıyom valla. Onlar bakar bana."

"Hemen kaçıracaksın gözlerini. Büyüyorsun artık, yemeniyi de doğru dürüst bağla başına, öyle kuyrukları uçuşup durmasın önünde."

Birkaç yıl önce dere kenarında oynaşıp durduğu Yusuf ağabeyi de büyüyordu; boyu uzuyor, sesi kalınlaşıyor, sakalları çıkıyordu ama ondan üç-dört yaş küçük olan Ziynet'in gelişmesi çok daha hızlı olmuştu. Hizmetkârların hamam gününde onu soyunurken gören Satı, "Kız ne zaman bitiverdi memelerin, tüylenmeye da başlamışsın, yakında kirlenirsin sen, kız!" diyerek ona fısır fısır bazı şeyler anlatmıştı. Şaşıp kalmıştı Ziynet, korkmuştu da biraz.

• • •

Satı da bir karabasan gibi hatırlıyordu o sabahı. Ziynet yatakta iki büklüm kıvrılmış yatıyordu Satı odaya girdiğinde.

"Nerdeydin?" diye sormuştu kız, zor duyulur bir sesle.

"Hanımın nefes darlığı vardı gece. Yanında kaldım. Sabah kahvesini pişirdim, eline verdim de öyle geldim ..."

Satı'nın sesindeki suçlu tınıyı algılayamamıştı Ziynet. Bulutların üzerinde uçuyor gibiydi. Kolu kanadı kırık bir kuşun uçuşuydu bu. Halsizdi, apışarası da yanıyordu az biraz ama, asıl yangın yüreğindeydi.

"Niye hâlâ yatıp duruyon, kalksana kız!" Sonra gözleri, çarşafa bulaşmış kana takılmıştı, "Şey misin?"

"Hıı."

Hiçbir şey söylemeden çıkmıştı odadan Satı. Kafasına koyduğunu yaptırdı Sultan karı, diye düşünmüştü, bu iğrenç tuzaktaki kendi payını görmezliğe gelerekten.

Mutfağa gidip çay koymuştu demliğe. Aklı hep, o dalların çiçeğe durduğu, koyunların kuzuladığı ve gençlerin heveslerinin köpüklü ayran gibi kabardığı bahar gününe kayıyordu. Sultan, yeşil gözlerinde, çok iyi bildiği zehirli bakışlarıyla gelip karşısına dikilmiş,

"Bizim Yusuf'un kamışına su yürüdü be Satı. Oğlan, kerhane orospularının kucağına düşmeden bir çaresine bakalım," demişti, sigaradan çatallaşmış sesiyle.

"Ne yapabiliriz ki?"

"Düşünürüz bir şey, Kerami'nin başına gelen bunun da başına gelmesin."

"Ne gelmiş ki Kerami'nin başına, orospuya mı takılmış?"

"Büyük şehirden gelin getirmenin ne farkı var?"

"Tövbeee! Tövbe de hanımım. Semiha gelini bir mi tutuyon kerhane efradıyla?"

İçinden, seni gidi kıskanç karı, diye düşünmüştü, bizim gibi harf cahili değil de okuryazar takımındandır diye kıskanıyor gelinini. Kıskanır elbette, kocası olacak ağa bile, Semiha çiftliğe geldi geleli küfürsüz konuşur oldu, kendine çeki düzen verdi.

"Şu senin eteğinin dibinden ayrılmayan kızın neydi adı?"

Anlamazlıktan gelmişti Satı. "Kimmiş o?"

"Bulaşıkları yıkayan kız, a canım!"

"Ziynet'i mi diyon?"

"Ziynet, tamam!"

"Yaşı küçüktür hanımım. On üçüne yeni bastı, bakma sen memelerinin iriliğine."

"Ben onun yaşındayken kucağıma çoktan almıştım Kerami'yi."

Amma da attın, demişti içinden Sultan'ın yaşını bilen Satı, yanıt vermemiş, oyalanmıştı çardaktaki asmaların sararmış yapraklarını ayıklayaraktan. Konuşası gelmiyordu.

"Bu oğlan ya kerhaneye dadanacak ya da Kerami gibi gidip büyük şehirden bir yosma alıp gelecek. Onun başını konağa bağlamak lazım."

"Ziynet'e nikâh mı kıyacaz?"

"Daha neler! Koskoca ağa torunu nikâhı kıyacaksa, eşraftan birinin kızına kıyar."

"O halde bizim bohçacı Hacer'e haber edelim, gitsin baksın kasabada Yusuf'a göre kız var mı?"

"Olmaz Satı, olmaz. Babası tutturdu illa da okuyacak diye. O da Ankaralara İstanbullara gitsin de belasını bulsun istiyor Kerami gibi. Yüksek mektep okutacakmış, liseyi bitirtmeden hiç evlendirmez."

"Hanımlığını göster Sultan Hanım! Oğlanın başını bağlayalım dersen, bağlatırsın."

"Hanımlığım kayınbabamla birlikte mezara girmiştir. Sağ olaydı ben bilirdim yapacağımı ama, artık lafım geçmiyo Satı," demişti hanım.

Satı, senin lafın o zaman da geçmezdi ama, kurnazlığınla şeytana külahı ters giydirirdin, diye geçirmişti içinden.

Satı, Sultan'ın çeyizinin bir parçası olarak gelmişti Bozova'ya. Dere kenarında oyun kurdukları çocukluk günlerinden beri arkadaştılar Sultan'la. Birlikte kozalak toplayıp su birikintilerinde ayaklarını ıslatan ve leğenlerde gemi niyetine takunyalarını yüzdüren iki çocuktular önceleri. Sultan'ın babasının evinde işe duran kadınlardan birinin kızıydı Satı. Sultan'dan yaşça daha küçüktü ama, ağa kızını oyalasın, eğlendirsin diye oyun arkadaşı olarak seçilmişti Sultan'a. Sultan'ın anası genç ölmüştü. Onu koruyacak, kollayacak ablaları da yoktu. Beş erkek kardeşin arasındaki tek kız çocuktu Sultan. On beşini bitirdiği yıl, Sultan'ı çevredeki en zengin ağanın küçücük bir kız çocukla dul kalan oğluna istemeye geldiklerinde, babasının eve yeni getirdiği analığı evliliği münasip bulduğunu söylemiş, hemen gelin etmişti üvey kızını. Evinden ayrılmadan önce çok ağlamıştı Sultan. "Boyundan bosundan utan, kızım," deyip durmuştu analığı, yaşına göre iri ve uzun boylu olan Sultan'a. Babası, küçük yaşta anasız kalan ve boylu boslu da olsa çocukluktan henüz çıkmış tek kızına kıyamamış, yanına Satı'yı da katmıştı koca evine giderken. Satı'nın yazısı, ailesine verilen paranın karşılığında, ömür boyu Sultan'ın hizmetinde çalışmak üzere yazılmıştı. Zaman zaman düşünürdü Satı, acaba insanların kaderlerini isimleri mi tayin ediyor diye. Hanımlık, adı Sultan olana yakışacağı için mi, arkadaşı ağa karısı olmuştu? Eğer öyleyse Sultan, sultan gibi yaşarken, Satılmış'ın kızı Satı da davarın peşinde sürüklenip duracaktı hayat boyu. Başka takacak ad bulamadın mı bana anam, diye uykuya ağlayarak daldığı geceler çok olmuştu Satı'nın. Yine de sandığı kadar kötü yazılmamıştı kaderi. Sultan, çocukluk arkadaşını kocasının uzak akrabalarından biriyle başgöz etmek istemişti ama çiftlikte gönlünü marabaya düşüren ve kısmetini kapatan Satı'nın ta kendisiydi. Sultan'la aralarındaki hanım-hizmetçi denklemini kendi pekiştirmişti elleriyle. Kendine kızmayacaktı da kime kızacaktı bu yüzden.

Üstelik çocuk da doğuramamıştı Satı. Seyit'in üçüncü karısıydı. İlk iki karısını çocuk doğuramıyorlar diye boşamış, Satı'yı da gebe bırakamayınca kusurun kendinde olduğunu anlamıştı Seyit. Bu yüzden o dağ gibi adam kuruyup kavrulmuş, aksi, sinirli bir herif olmuştu.

• • •

Sultan'la Satı, aralarındaki sosyal farkı göz ardı ederek birbirlerinin sırdaşı olmayı sürdürmüşlerdi. Seyit ellisine varmadan devrilip gittiğinde ise, kimsesiz kalan Satı, Sultan'ın isteği üzerine iyice yerleşmişti konağa. Evde kırk yıllık bir kahya kadın varken, gelinin yanaşmasının da kahya kadınlığa soyunmasına göz yumulmuştu. Kayınbabasının göz bebeği olan Sultan'ın her istediği yapılırdı zaten Bozova'da. Yıllarca bel ağrılarından yakınan kayınbabasının derdini, elleriyle yaptığı yakılarla dermana erdirdikten sonra, bir daha sırtı yere gelmemişti Sultan'ın. Gençliğinde, içi gülen yeşil gözleri, çın çın öten kahkahaları vardı, büyüklerine karşı yumuşak başlı olmasını da bilirdi. Şımarması, dediği dedik ağa karısına dönüşmesi, çiftlikte kıçını iyice yer ettikten sonraydı. Sultan'ın evdeki kudreti arttıkça, Satı'nın da hizmetkârlar arasındaki itibarı çoğalmıştı. Aile fertlerinden sonra ama hizmetkârlardan önce gelen özel bir yeri vardı çiftlikte. İşe duran köylü kadınların, kırklarına vardılar mıydı bükülürdü belleri. Bu nedenle şehirli yaşıtlarına göre zamansız yaşlanınca Satı, Sultan kimsesiz Ziynet'i takmıştı eteğine, ona yardımcı olsun diye. Yüreğindeki ana sevgisini bu ürkek küçük kıza yöneltmişti, onu korumasına almıştı ama, hanımının ergenliğe giren oğluna yataklık olarak seçilmesine mani olamamıştı Satı.

Satı bu yörelerin âdetlerini bilmez değildi. Cinsel yaşama gözlerini, evlerinde çalışan genç kadınların koynunda açarlardı ağa oğulları. Onların ahırlara inmeleri hoş karşılanmaz, kerhanelerdeki karılara gitmelerini de, hastalık kapar ya da bitlenirler diye, anaları istemezdi. Böylece zengin evlerinde ergenliğe giren delikanlıların ilk cinsel deneyimleri, evdeki eli yüzü düzgün kadın hizmetkârlar yoluyla halledilmiş olurdu. Hatta denirdi ki, konaklarda çalışan dul kadınlar, yeni yetmelerin koynuna girmeye can atar. Hem içlerindeki ateşi söndürür hem de bahşiş ve armağana gark olunurlardı.

Satı, Ziynet'in henüz çok masum ve çok genç olduğunu anlatabilmek için ne diller dökmüştü Sultan'a. Erkek arayan takımdan değildi Ziynet. Öksüz ve yetim kalmış bir garibandı. Onu birkaç yıl sonra başgöz ediverirlerdi çiftlikte çalışan gençlerden biriyle, sevabı hanelerine yazılırdı. Yusuf'un koynuna girmeye başka birini bulsaydılar ya!

Bozova'daki ağa evinde, anasının Yusuf'a kadın aradığı sırada, konakta otuz yaşlarını süren erkeksiz kadın yoktu, ne yazık ki! Satı çaresiz kalınca, teselliye çalışmıştı kendini; kız güzeldi, belki Yusuf âşık olurdu ve sonunda bir imam nikâhı kıyıverirdi Ziynet'e. Kaderi değişirdi kızın. Zaten kaç kişi vardı kasabada resmi nikâhlı? Sultan Hanım bile resmi nikâhlı değildi. Satı kendini böyle teselli etmişti. Hanım'ın talimatını ise tam olarak yerine getirememişti. Kızı bir kenara çekip, Yusuf'un bu gecelerin birinde koynuna girebileceğini, tüysüz ve tertemiz olması gerektiğini söylemeye dili varmamıştı bir türlü. Kendine verilen emir üzerine, yatağını Sultan Hanım'ın odasına taşımakla yetinmişti sadece.

Semiha gelinin sütü yetmiyordu bebeğine. Kolay kolay doymayan aç gözlü bir oğlancıktı Nedim. Saatte bir acıkıyor, sıtma görmemiş sesiyle yeri göğü birbirine katıyordu. Anne uykusuzluktan bitkindi. "Ziynet'in memelerinde süt vardır, varsın o emzirsin oğlanı," demişti Sultan Hanım.

"Aaa, olur mu hiç, anası dururken!"

"Olur olur. Niye olmayacakmış, anasının sütü yetmiyorsa... Ziynet mis gibi kız, hasta değil bir şey değil."

Nedim, sütannesinin memelerine yapıştığında, Ziynet henüz on üçündeydi. Kavuşamadığı bebesi niyetine emzirmeye başlamıştı, kızlığını bozan delikanlının yeğenini. Önceleri, isteksizce emzirir ve meme başları da gözlerinden yaş akıtacak kadar acırken, zaman içinde acısı azalmış, kendi de alışmış, hatta rahatlamıştı bile. Memelerinden taşarak akmaya başlayan sütü vantuz gibi çekip sütanasını rahatlatıyordu bebe. Annesinin ufak göğüslerinden sızan süte tercih ediyordu ağzına zahmetsizce fışkıran sütün lezzetini. Semiha gelinin gün içinde giderek kısalan emzirmeleri, zamanla sayıca da azalmaya başlamış ve sonra tamamen

kesilmişti. Nedim artık Ziynet'in memesindeydi hep.

"Kız şanslısın bak," demişti Satı, "seni bu evde, beylerden bile daha iyi besliyorlar. Kaymağın, etin, balın en hası sana ayrılıyor."

Sadece gıda bakımından değil, her açıdan yükselmişti Ziynet'in itibarı konakta. O, küçük beyin sütannesiydi. Özel bir yeri vardı aile içinde. Onu, bebeğin odasında yatırmaya başlamışlardı. Artık Satı'dan bile önde geliyordu konumu.

Ziynet kollarındaki bebenin meme ucuna hevesle atılmasına baktı, içi burkularak. Yusuf da böyle atılmıştı göğüslerine o gece, iştahla, ihtirasla... kâh meme uçlarını dişleyerek, kâh emerek...

Hamileliğinin belli olmaya başladığı dördüncü aya kadar odasına hemen hemen her gece gelmişti Yusuf. İlk başlardaki korkusu ve çekingenliği geçtikten sonra, kız dört gözle bekler olmuştu yolunu âşığının. Satı'nın, hanımın nefes darlığını bahane ederek geceleri onun yanında geçirmesine denk gelmişti, Yusuf'un gece ziyaretleri. Akşam yemeği sonrasında, tandırın etrafında yorgan altında halka olunup kahveler höpürdetildikten, bilmeceler sorulup dedikodunun âlâsı yapıldıktan sonra, el ayak çekiliyor, Ziynet mangalın külünü boşaltıp yorganı dürüyor, odasına çekiliyordu. Küt küt atıyordu yüreği Yusuf'u beklerken. Ya gelmezse! Ya gelmezse! Ender de olsa gelmediği geceler vardı. İşte o zaman dertop oluyordu yatağında, meme uçlarını kendi okşuyor, elini apış arasına sokup dindirmeye çalışıyordu kasıklarındaki ateşi. Ama bir gece gelmese, ertesi gece kesin geliyordu ve her seferinde biraz daha uzun kalıyordu Yusuf, hem içinde hem de koynunda. Bazen kısa aralıklarla birkaç kez dalıyordu derinliklerine Ziynet'in, bir kere daha... bir kere daha... bir kere daha. Yusuf sevişmesini öğreniyordu, kızın baharda yeni çiçeğe durmuş erik dalı gibi çıtır, körpe bedeninde.

• • •

Ziynet'in göğüslerinin büyüdüğünü, meme başlarının etrafında koyu halkaların oluştuğunu, kalçalarının yuvarlandığını, karnından aşağı edep yerine doğru ince tüylü bir yolun inmeye başladığını Yusuf değil de Satı fark etmişti önce.

"Çek bakayım kız peştamalını aşağı," demişti hamamda su dökünürlerken.

"Ne var ki Satı bacı?"

"İndir, indir." Satı bir bakışta görmüştü göreceğini. Kendi gövdesinde hiç oluşamayan ama Sultan'da ve diğer arkadaşlarında gıptayla, kıskançlıkla gözlemlediği değişimleri bir anda âdeta hücreleriyle sezmişti.

"Sen ne zaman kirlendin son?"

"Bilmem ki."

"Düşün!"

"Neden soruyon ki?"

"Kız, söyle kız."

"Bilmiyom Satı bacı."

"Kız sen bezlerini balkonun aralığına asardın kurutmak için. Ben hanımın yanında yatıyom diye odaya girmiyorum mu sanıyon? Bez mez görmedim nicedir."

"Bu ay görmedim..."

Fırlayıp çıkmıştı odadan Satı. Ebeye haber salınmıştı. Ebe Ziynet'i bir kaba işetip çişini alıp gitmişti. O günden sonra Yusuf da bir daha gözükmemişti ortalarda. Ziynet, Yusuf Bey'in liseyi yakındaki büyük şehirde bitireceğini duymuştu diğer hizmetkârlardan. Yatılı okula yollanmıştı, yaza kadar gelmeyecekti küçük ağa.

Yusuf o yaz dönmedi Bozova'ya. Ziynet genç bedeninin tüm hücreleriyle özledi ve istedi erkeğini. Yatağında kendini bir yandan diğer yana savurdu durdu geceleri. Çarşafları bacaklarının arasına sıkıştırıp başını yastıklara gömerek, yorganları dişleyerek ağladı.

"Babası kim bu bebeğin?" diye soran olmadı Ziynet'e, Ziynet de kimseye hiçbir şey anlatmadı. Zaten Satı ona eğer bu halinde başının üstünde bir dam istiyorsa, hiç konuşmamasını tembihlemişti. Bir halt etmişti, bir suç işlemişti, yapacağı susmak ve büyüklerinin onun için hazırlayacağı kadere boyun eğmekti. Doğuma kadar ortalıkta gözükmemesi gerekiyordu. Zaten zorlu bir kış yaşıyorlardı, insanlar burunlarını çıkaramıyordu dışarı. Karnı burnunda aylarını hep evin içinde geçirdi kız. Doğumdan sonra bebeğiyle birlikte bir başka yere yollanacaktı. İtiraz edecek hali yoktu Ziynet'in, suçlu olduğunu biliyordu. Yusuf'u yatağına o çağırmamıştı ama bağırıp yardım da istememiş, başına gelenleri ertesi gün Satı'ya anlatmamıştı. Çünkü ilk gecenin sabahında, Yusuf bir kere daha gelir mi diye yüreğinde küçük bir ümit, içinde yine gelmesi için kocaman bir istek vardı. Ve işte bu istekti onu suçlu kılan.

"*Dandini dandini dastana*
Danalar girmiş bostana
Kov bostancı danayı, yemesin lahanayı,
Dandini dandini danalı bebek
Elleri kolları kınalı bebek..."

Sesi giderek inceldi Ziynet'in, kollarında salladığı bebeğin üzerine düştü başı, uyuyakaldı. Başucundaki küçük pencereden odaya dolan akşam rüzgârı terini kurutuyordu. Rüzgârın yüzünde dolaşmasıyla ürperdi bir ara, düşünde Yusuf'u gördü, kımıldandı.

"Uyan kız! Uyan! Boğacaksın oğlanı."

Sultan Hanım'ın sesiyle silkinerek uyandı Ziynet. Bebek de aynı anda uyanmış çığlık çığlığa ağlamaya başlamıştı kucağında.

"İçim geçmiş," dedi kızararak.

"Bir bebeyi bile emziremiyon doğru dürüst, miskin!"

Toparlandı, gözlerini ovuşturdu, ihtiyar cadı uyuyan bebeyi zorla uyandırdı, dedi içinden.

"Hanım anne, daha meme saatine onca zaman vardı. Artık ne yer ne uyur, zırlar durur gayrı."

"Tıkarsın memeni ağzına, susar."

"Ama meme saati gelmedi..."

"Bakma sen Semiha gelinin lafına. El kadar bebenin meme saati olmaz. İstedi mi emer sütünü. Biz öyle büyüttük çocuklarımızı, bu da öyle büyüyecek. Anladın mı kız?"

"Anladım hanım anne."

"Sonra bebe kucağındayken sakın ola ki uyuyakalma. Vallahi boğarsın çocuğu. Beşiğine bırakacaksın. Anladın mı?"

"Anladım."

"Haydi emzir şimdi."

Sultan Hanım çıktı odadan. Ziynet diklenip oturdu sedirde, bağıran bebenin ağzına meme ucunu soktu ite kaka. Kısa bir süre debelendikten sonra şapırtılarla emmeye başladı memeyi çocuk. Bebeğin obur ağzı memesinin ucundan koptuktan sonra, Nedim'i omzuna yaslayıp sırtına vurdu geğirtmek için. Kocaman bir geğirtiyle sarsıldı küçücük bedeni, ağzından fışkıran sıcak ekşi süt Ziynet'in saçlarına bulaştı. Kız, yaklaşık bir yıl önce zaman zaman karnına fışkıran, çoğu kez de içinden taşıp bacaklarından aşağı akan kaygan beyaz sıvıyı hatırladı, gözlerini yumdu sımsıkı, artık çok uzakta kalan hayale erişmek için. Hayal, genç bir erkek bedenine dönüştü, boynunu, memelerini öptü Ziynet'in. Bebeği sedire bırakıp parmaklarının ucuyla sıkıştırdı meme başını. İçi geçer gibi oldu. Eteğini çekiştirdi yukarı, patiska donunun üzerinden tuttu kendini.

"Ahh Yusuf," diye geçirdi içinden, "yaktın beni Yusuf, yaktın beni."

Bebek ağlamaya başlamıştı. Tekrar kucakladı bebeği, sedire uzattığı bacaklarının üzerine yatırıp sallamaya başladı. Bebeğin minicik ayağı, sallandıkça apış arasına değiyordu kızın. Bir süre sallanıp durdu böyle. Derken karın boşluğundan kasıklarına yayılan bir yangın başladı içinde. Gözlerini kapatıp kendini dinledi bir an. Yusuf'un altında yatarken aldığı tada benzeyen bir duygu, minik bir tomurcuk gibi baş verip giderek büyüyen, çıldıran, dev bir çiçek gibi yayılıyordu içinde. Bir hamlede çekip aldı bebeğin ayağındaki yün patiği ve bebenin ipek gibi yumuşacık pembe topuğunu, patiska donun üzerinden kendine bastırdı. Minicik ayağı bacaklarının arasına sıkıştırıp sallanmaya devam etti. Bir ara susan bebek yine ağlamaya başlamıştı. Nedim'in viyakları Ziynetin hızlanan nefesini, giderek artan kesik çığlıklarını bastırıyordu. Sonunda her ikisinin de çığlığı birbirine karıştı.

Ziynet, Yusuf'u beklediği hevesle bekler oldu Nedim'in uyku saatlerini.

1943 Kışı

Nedim, pencerenin önünde savrulup duran kar tanelerinden dolayı belli belirsiz gözüken yoldaki aracı seçmeye çalıştı. Yöreye on beş yıldan beri ilk kez düşüyordu kar. Ön bahçeyi koruyan çifte kurt köpekleri uçuşan kar tenelerini yakalamaya çalışıyor, sağa sola koşuşturarak zıplayıp duruyorlardı.

"Az öteye git oğlum, bana da yer aç," dedi Sultan Hanım, "baksana bizim itler deliye dönmüşler, onların ilkse, benim de görüp göreceğim son kardır bu herhalde. Bir yağdı mıydı kırk sene yağmaz artık."

Nedim istemeye istemeye kenara kaydı, camın önünde büyük annesine yer açmak için. Kardan bembeyaz olmuş siyah kamyonet, karlı yolda yavaş yavaş yaklaşıp konağın kapısının önünde durdu hırıldayarak. Araçtan inenin ve onlara el sallayanın Yusuf amcası olduğunu görünce, fırladı aşağı koştu Nedim.

"Üzerine bir şey al çocuk, böyle sakın çıkma," diye bağırdı arkasından Sultan Hanım.

Nedim bahçe kapısına vardığında, kamyonetin şoförü, Süleyman efendi ve Yusuf, ağır olduğu her halinden belli olan kocaman bir kutuyu ıkına sıkına indiriyorlardı kamyonetin kasasından.

"Ne bu amca?" diye sordu Nedim.

"Az bekle hele. Birazdan göreceksin!"

Adamlar kutuyu özenle orta kattaki sedirli salona kadar taşıdılar, köşelerinden bıçakla deşerek parçaladılar, içinden çıkardıkları bir başka büyük kutuyu pencerenin önünde duran sehpaya yerleştirdiler. Sonra dizlerinin üzerine çökerek sarkan kabloları kutunun arkasındaki deliklere, birinin ucundaki fişi de pencerenin altındaki prize soktular. Yusuf ayağa kalkınca üstünü başını silkeledi, çok önemli bir şey söyleyeceği zaman hep yaptığı gibi gözlerini kısarak ve kelimelere basa basa,

"Buna radyo derler," dedi Nedim'e.

"Biliyorum amca," dedi Nedim, "Akınların evinde de var bir tane."

"Akın da kimmiş?" Sesi bozuk çıktı amcasının.

"Kaymakamın oğlu."

"Haa! Şimdi oldu! Radyo kaymakam evinde olmayacak da kimin evinde olacak!"

"Akın'la bir de şey dinlemiştik radyoda hatta... Cumartesi günleri çocuk şeyi varmış"

"Neyi?"

"Şeyi işte..."

"O şeye çocuk programı denir."

"Yok hayır... programı değildi... neydi ya... hah buldum, Çocuk Saati!"

"Bundan böyle Çocuk Saati'ni kendi evinde dinleyebileceksin, yeğen!"

Nedim, kucağına tırmanıp öptü amcasını iki yanağından.

"Yaşşşa amca, yaşşa!" dedi içtenlikle.

"Eee, babası Meclis'e giren çocukların evinde de bir radyo bulunsun artık, öyle değil mi! Koş babaannenin örgü şişlerinden en uzun olanını al gel, yeğenim."

"Neden amca? N'apacan ki şişi?"

"Sen getir hele."

Koşarak giden çocuk, az sonra boynu bükük geri döndü peşinde Ziynet'le.

"Yusuf Bey'im, Sultan Hanım'ın atkısı varmış şişte," dedi Ziynet.

"Söksün."

"Sökmez. Yarılamış."

"Sökmezse, haberleri dinleyemez, oğlunun mebus seçildiğini de öğrenemez. Git söyle."

Nedim önde, Ziynet arkada, yine peş peşe koşarak kayboldular merdivenlerde. Nedim döndüğünde, elindeki uzun şişi sallıyordu amcasına doğru.

"Gel bakalım yeğen, şimdi bu şiş, artık örgü şişi değil. Ne oldu biliyor musun?"

"Ne oldu?"

"Anten, anten!"

"Yaa!"

"Neye yarar?"

Dudaklarını büktü çocuk, bilmem anlamında.

"Bu anteni şu arkadaki deliğe takacağız ki radyonun sesini daha iyi duyalım."

Bir süre uğraştı amcası radyonun başında. Belini tutarak doğrulurken,

"Haydi yeğenim, git çağır bakalım ev halkını," dedi yüzünde kocaman bir tebessümle, "gelsinler, asrın en büyük keşfini yakından görsünler."

Odaya doluşan aile fertleri, iki duvar boyunca karşılıklı uzanan sedirlerin üzerine tüneyip bekleştiler. Soldaki iri düğmeyi çevirdi Yusuf. Cazırtılar yükseldi radyonun kumaş kaplı gövdesinden. Büyükannenin şişini ileri geri oynatarak, diğer eliyle de küçük düğmeyi çevirip değişik istasyonlarda dolaşarak nihayet buldu aradığı yeri, Yusuf. Klasik müzik çalıyordu.

"Doğru dürüst bir şey bulsana a oğlum. Yok mudur bir zeybek havası?" diye sordu Sultan Hanım.

"Yoktur."

"O düğmeyle biraz daha oyna bakalım. Az ileri... hah öyle işte... bak cazırtı da azaldı... Aaa bu nece konuşuyor, bu?"

"Yabancı istasyona girdik."

"Tevekkeli değil gâvur musikisi çalıyor. Sen bizim buralara gel hele."

"Anne boşuna bekleme, zeybek havası çalmaz radyo."

"Belki bir İstanbul türküsü çalar. Şeyi bulsana... nasıldı... hani 'Kimseye etmem şikâyet, ağlarım ben halime/titrerim mücrim gibi baktıkça istikbalime,'" dedi, Semiha.

"Yenge, senin düğün mızıkacıların gibi ısmarlama şarkı çalmaz bu meret. Ne çalıyorsa onu dinleyeceksin."

"Aaa, istediği şeye bak! Haline bakar ağlarmış, istikbaline bakar titrermiş. Mebus zevcesi de oluyor ama hâlâ memnun değil," diye araya girdi Sultan Hanım.

"Hanım anne, ne alakası var şimdi? İyi ki bir şarkı istedim." Kızgın bir bakış attı Semiha kendini sürekli iğneleyen kaynanasına. Hiç oralı olmadı Sultan Hanım,

"Neşeli bir şey bul oğlum. Gâvur musikisi çalıp durma."

"Valla anne, ya bu gâvur musikisine alışacaksın ya da hiç radyo dinlemeyeceksin."

"Nedenmiş?"

"Radyoda en çok bu müzik çalıyor. Canın alaturka şarkı çekiyorsa bir de gramafon ediniriz, olur biter. Ne de olsa mebus ağabeyimiz olacak yakında."

"Dilini ısır oğlum, göz möz kalır, hele hayırlısıyla seçilsin Kerami de, öyle böbürlen." Sultan Hanım hemen bir duaya başladı fısır fısır. Ara sıra da başını her iki yanına çevirerek sağına soluna üflüyor, kutsuyordu çevresini.

Bir hafta sonra, yine sedirli salona doluşup radyoda seçim haberlerini takip etmişlerdi evcek. Radyonun hemen yanındaki koltukta Sultan Hanım oturuyordu, kucağında kedisiyle. Az gerisindeki iskemlede dizleri birbirine bitişik, elleri dizlerinin üzerinde, dudaklarında sessiz dualarla Satı, koruması gibi duruyordu Sultan Hanım'ın. Semiha Hanım, Yusuf, karısı Ceyda, evin bütün çocukları ve Ziynet, ayrıca o günlerde konakta misafir kalan akrabalar ile komşu çiftliklerden radyo yayınını takibe gelmiş eş dost, sedirlerde ve yere atılmış minderlerde üst üsteydi. Kapı dibine ilişmiş Süleyman ve diğer hizmetkârlarla yaklaşık otuz kişilik bir kalabalıktılar. Çıt çıkarmaya korkarak, haberleri dinliyorlardı.

Meclise yeni seçilen 455 milletvekili arasında kendi şehrini temsilen Kerami Ortaçlı'nın da adı okununca, herkes sevinç içinde bağrışmış, çağrışmış, birbirini kucaklamış, sonra da sıraya girip sanki milletvekili seçilen oymuş gibi, Sultan Hanım'ın elini öpmüşlerdi. Tebrikleri oğlu namına kabul ederken kurumundan geçilmiyordu yaşlı kadının.

"Ayol duydunuz mu 14 de kadın mebus varmış aralarında," demişti Sultan Hanım, "kadın kısmı ne anlarmış hükümet işinden."

"Yeni değil ki hanım anne, kadın mebuslar daha önce de vardı." Semiha, her zamanki gibi bilgiçlik taslamış, yine kızdırmıştı kaynanasını.

'Her şeye burnunu sokmasa olmaz. Çok bilmiş ukala!' diye geçirmişti içinden Sultan Hanım. Semiha, kaynanasının kendine içerlediğinden habersiz, yeni bilgiler veriyordu.

"Başka Müstakil Grup üyeleri de var. Kerami'yle birlikte de hepsi 21 kişiler, hanım anne."

"İyi, iyi. Neyse ne işte!" Kerami'nin politikaya atılacağını duyduğunda, vazgeçirmek için elinden geleni ardına koymamıştı ama, mebus olduğunu öğrendiği andan beri de kibrinden geçilmiyordu. Az önce elini öptürürken omuzlarını dikleştirmesi, hemen ediniverdiği o kraliçe edası kaçmamıştı Satı'nın gözünden. Semiha kaynanasının canını sıkmakta gecikmemişti,

"Çok da iyi değil hanım anne. Keşke Müstakil Grup'a seçilmeseydi."

"Nedenmiş?"

"Ne de olsa muhalafet yapmak Müstakil Grup'takilere düşüyor. Paşa'nın hoşuna gider mi hiç tenkit edilmek."

"Hiç kimsenin hoşuna gitmez, Paşa'nın niye gitsin!"

"İşte ben de onun için endişeleniyorum ya."

Müstakil üyenin ne olduğunu bilmiyordu ama inadından kendini tutup hiçbir şey sormamıştı gelinine, Sultan Hanım. Akşam yemeğinden sonra Yusuf'u odasına çağırmıştı kimseye belli etmeden.

"Oğlum, ağabeyin Müstakil olmuş. Başına bir iş gelmesin sakın!" demişti.

"Siz neler biliyorsunuz böyle validanım."

“Neymiş bu Müstakil? Anlat bakayım bana.”

“Bu Müstakiller sanki ayrı bir partiymiş gibi çalışırlar ve hükümetin bazı icraatlarını tenkit ederler.”

“Vayyy başıma gelenler vayyy! Kerami'den başkasını bulamamışlar mı Müstakil eylemeye?”

“Ağabeyimin Müstakil Grup'a seçilmesi başlı başına bir şeref anneciğim. Bu gruba seçilenler yüksek tahsilli, teknik bilgileri olan adamlar. Öyle her önüne gelen seçilemiyor. Komisyonlarda konuşacak, ihtisas isteyen işlere bakacak...”

“Başına bir iş gelmesin de.”

“Gelmez. Hangi devirdeyiz Allah aşkına!”

“Aklı olan siyasetten korkar,” demişti Sultan Hanım ama Yusuf'un anlattıklarıyla da büsbütün kabarmıştı göğsü. Seçimin ardından kurban kestirtip mevlit okutmuştu. Arka arkaya ziyafetler vermişti evinde komşularına. Yıllar önce Semiha'nın çeyizinin parçası olarak İstanbul'dan getirilen ve pek ender kullanılan Meissen porselenleri dolabın tepesinden indirilip yıkanmış, ikramlar bu değerli takımlarla yapılmıştı. Kutlamaya gelen ziyaretçilerin ise ardı arkası kesilmemişti günlerce.

“Semiha Hanım Ankara'ya yerleşecekmiş, öyle mi?” diye soranlar olmuştu.

“Eee, gidecek elbette kocasının yanına,” demişti Sultan Hanım.

“Ya çocuk?”

“Nedim ilki bitirsin hayırlısıyla, sonra o da Ankara'da okuyacak, Allah izin verirse.”

“Semiha Hanım'a da yaraşır Ankara, doğrusu. Sıkılıyordu köylük yerlerde, ne de olsa şehir kızıdır,” diyecek olmuştu konuklardan biri.

“Kim demiş!” diye lafa girmişti Sultan Hanım, “kadın kısmı kocasının yanı başında olur da ondan gidecek, diyorum. Yoksa niye sıkılacakmış evinin işi, çocuğunun bakımı varken.”

Elinde kahve tepsisiyle içeri girmekte olan Satı, “evinin işiymiş!” diye geçirmişti içinden, “sanki iş yapıyormuş gibi, bir eli yağda bir eli balda, oturur durur. Oğlunu Ziynet büyüttü, işini ben gördüm!"

"Özleyeceksiniz Sultan Hanım torunu tosunu," diyordu bir başka konuk.

"Yazları kalkar gelirler. Yusuflar hep burada zati. Onlarla oyalanırız artık"

Kadınlardan biri bir diğerinin kulağına eğilip, "Yusuf, Kerami'nin yerini tutar mı hiç," demişti, "ana nazı dünyada çekmez o, ağabeyi gibi."

Bir başkası dayanamayıp sormuştu,

"Yusuf üstesinden gelebilecek mi acaba fabrikanın tek başına."

"Gelecek gayrı," diye yanıtlamıştı Sultan Hanım, "Kerami Ankara'ya gidince işler ona kalıyor."

"Eh, o da koskoca adam oldu, evlendi çoluk çocuğa da karıştı..."

"Doğru. Evin küçüğünü hiç büyümeyecek sanıyor insan..."

"Meydan ona kalınca, o da büyüyüverir, bak görürsün Sultan Hanım."

Sultan Hanım, haylazlığı konu komşu tarafından bilinen küçük oğlundan söz edilmesinden hep rahatsızlık duyardı, bu nedenle maharetle geçiştiriveriyordu lafı.

Kadınlar konuşup duruyorlardı aralarında, tepsilerde sunulan börekleri çörekleri atıştırırken. Kahvelerini tabaklarına ters çevirip fal kapatıyorlardı.

Bir araya gelip dedikodu yapmak, yiyip içmek ve eğlenmek için, ne iyi olmuştu da, tebrik ziyareti gibi bir vesile daha çıkmıştı onlara.

Çiftliğin erkeklerinin işi, kadınlarınkinden daha zordu. Meclis'e mebus yollayan ailelerden istenenlerin ardı arkası hiç kesilmiyordu. Kerami, kimseyi kırmamaları için haber yollatmıştı. Madem yörenin oyları taşımıştı onu Meclis'e, nazlarını çekmek zorundaydılar her birinin.

. . .

Seçimin üstünden iki ay geçmesine rağmen, ziyaretler hâlâ kesilmemişti. İlk haftalarda ince açılmış su börekleriyle, ev yapımı baklavalarla ağırladıkları konukları artık çay, kahve ve ayranla geçiştirmeye bakıyordu Satı. Kendine, oğluna, yeğenine iş arayanından, ihale peşinde olanından, torpil ya da para isteyenine kadar kapılarındaydı insanlar. İrili ufaklı hediyeleri koyacak yer bulamıyordu evin hanımları. Kerami değerli hediyelerin kabul edilmemesini şart koşmuştu ama, Sultan Hanım ile Yusuf'un karısı Ceyda'ya laf geçiremiyordu Semiha. Kerami'nin Ankara'da kiraladığı evin badanası biter bitmez, kocasının yanına gideceği için fazla bulaşmak istemiyordu bu tür işlere. "Ay bunaldık artık gelip gidenden. Bunun ardı arkası kesilmeyecek mi?" diye sormadan da edemiyordu.

"Mebus olmak kolay mı sanıyorsun, yenge?" demişti Yusuf, "Seçmenlerine sözler veriyorsun, eee karşılığı da ödenecek tabii."

"Kerami söz möz vermedi kimselere."

"Onun adına ben verdim."

"Bu işlerin bize bir faydası olacağına inansam yüreğim gam yemeyecek."

"Bize bir faydası olacak, zamanı gelince."

"Nasıl olacak?"

"Fabrika için kredi alacağız."

"Ne?"

"Para yenge, para."

"Gürül gürül çalışıyor fabrika. Paraya ihtiyacımız yok ki Yusuf."

"Paraya her zaman ihtiyacımız var. Fazla mal göz çıkarmaz," demişti Yusuf, dudaklarının ucunda manidar bir gülümsemeyle, "Büyüteceğiz fabrikayı. Bakarsın unun yanı sıra başka şeyler de imal etmeye başlarız. Köşe döneceğiz yenge, köşe! Siyasete boşuna mı soktuk ağabeyimi!"

1946 Yazı

"Nerede bu oğlan, çabuk bulun şunu," diye bağırdı Sultan Hanım.

"Dere kenarına inmiştir herhal," dedi Satı, "ne zaman ortalıktan kaybolsa, derenin ordaki bataklığa kurbağa yakalamaya gider."

"Gidecek zamanı buldu. Kerami Bey hepiniz hazır olun demedi mi öğlenden önce. Süleyman'a haber sal da insin dereye, alsın gelsin Nedim'i."

"Kimbilir ne halde gelir, üstü başı çamur içinde," dedi Satı.

"Hamama sok da yıkayıver."

"Girmez benimle hamama Sultan Hanım, koca oğlan oldu be."

"Girer girer. Sırtına bir kese atarsın Satı."

"Kış başında olaydık, girerdi ama, baharla beraber sesi kırıldı, tüyleniverdi çocuk birdenbire. Bunun babası da böyle aniden büyüdüydü, hatırlasana hanım."

"He ya. Yusuf da öyle olmadı mıydı Satı? Bir de baktık ki piç kurusu bize çaktırmadan adam olmuş, kız istiyo. Her neyse, keşke Ziynet evde olaydı bugün, o yıkayıverirdi oğlanı."

"Ters zamana geldi Ziynet'in nikâhı."

"Nedim büyüdü, bakıcı istemez artık diye tutturan sen değil miydin ayol! Varsın o da koca yüzü görsün, gençtir hâlâ diyen de sendin!"

"İyi de bu haftayı bulmasaydı gelinlik ve çeyiz düzmek için... bunca iş varkene."

Satı telaşla çıktı büyük hanımın yanından. Çok önemli bir güne hazırlanmaktaydılar evcek. Ticaret Bakanı, fabrikanın genişletilmiş tesislerinin üretime geçişi için kurdele kesmeye gelecekti. Yeni bölümün açılışını bakanın yörede yapacağı tetkik gezisine denk

getirmişlerdi. Hükümet, Türk tüccarlarını sanayiye özendirmek amacıyla, bu tür açılışlara katılmaktan ve açılış haberlerini gazetelerde büyük puntolarla yayınlatmaktan yanaydı. İkinci Dünya Savaşı sırasında az sıkıntı çekmemişti insanlar. Kıtlığın âlâsını yaşamışlardı. Savaştan sonra yeni kıpırdanmalar başlamıştı memlekette. İşsizlere iş kapısı açılıyor, piyasa usul usul canlanıyordu. İyi haberlerdi bunlar. Devlet, tüccarını kollamaktan, tüten bacalara destek vermekten kaçınmıyordu. Zaten, doğru yanlış ne yaptılarsa Türk tüccarlarına arka çıkmak, sanayiyi canlandırmak için yapmamışlar mıydı! İşte şimdi yine bir bakan, müteşebbis bir ailenin tesisini onurlandırmak üzere ziyarette bulunacaktı Bozova'ya.

Kerami ile Yusuf'un bu ziyaretten değişik beklentileri vardı. Sultan Hanım ise, sırf kendine özgü nedenlerle, açılışta tüm ailenin hazır bulunmasında ısrar etmişti. Mümkün olduğu kadar çok hatırlı insan tanımanın faydalarını bilecek kadar uzun yaşamıştı.

"Koskoca vekil taa ayağınıza kadar geliyorsa, fırsat bu fırsat, her birinizi teker teker yakından tanısın, gün ola harman ola, Nedim'i bile tanıştır oğlum," demişti, "ikramda kusur etmeyin, yediği önünde yemediği ardında olsun, başınızın üzerinde taşıyın, iyi ağırlayın. Giderkene de çuvalla un verin ki unutmasın hiçbirinizi."

Satı hamamı yakmak için bahçede telaşlı telaşlı koştururken çarpıştı Ziynet'le...

"Ne o kız! Erken dönmüşsün çarşıdan!" dedi.

"Döndüm Satı abla. Yollar hep kapalıydı. Vekil geliyor diye millet sokaklara dökülmüş. On dakikalık yolu, bir saatte geçemedik. Vazgeçip geri döndüm. Başka gün giderim artık. Bu hengâme bitsin de."

"İyi etmişsin. Var git hamamı yak o zaman. Süleyman'ı saldım dere kenarına senin oğlanı toplayıp getirsin diye. Çamura bulanmış gelir şimcik. Bir güzel yuv saçını başını, babası gelmeden hazır olsun."

"Beyin büyük şehirden yolladığı takımı mı giyecek?"

"He ya. Boyunbağı bile almış terese..."

"Bak ben onu bağlayamam işte."

"Kız sen giydir, anası bağlar."

Ziynet, hamamı yaktıktan sonra Nedim'in odasına varıp dolabından lacivert çizgili takımı, beyaz gömleği ve kravatı çıkarıp yan yana yatağa serdi. Bir-iki adım uzağa gidip baktı giysilere. Ak sütüyle büyüttüğü bebecik, onun Nedo'su, adam olmuş da takım elbise kuşanacaktı demek! Nasıl da uçup gitmişti yıllar göz açıp kapayıncaya kadar. Öz anasından fazla emeği geçmişti oğlana. Sabahlara kadar dizlerinde sallamış, koynunda uyutmuş, ayaklandığında peşinde dolanmıştı adım adım. Nerdeyse on yaşına gelene dek, kaşık elinde arkasından koşuşturmuştu yemeğini yedirmek için.

Bu yörelerde zengin ailelerin çocukları hele de erkek çocuk iseler, kral muamelesi görürlerdi. Peşlerine özel bir bakıcı takılmasının yanı sıra, anneler, büyükanneler ve kız kardeşler emirlerinde hizmete durur, yedikleri önlerinde yemedikleri artlarında olur, her istedikleri yapılır, şımartılır, el üstünde tutulurlardı. Nedim sakin çocuktu, fazla şımarmamış, üzmemişti kimseyi. Ziynet hem Nedim'den hem de kendi halinden memnundu. Çocuğa dadılık ederken birçok kere kısmeti çıkmıştı ama geri çevirmişti hepsini. Zaten konaktakilerin de veresi olmamıştı Ziynet'i. Hele oğlan biraz daha büyüsün, hele yürüsün, hele konuşsun, okula başlasın, okulu bitirsin derken, koskocaman olmuştu Nedim.

Nedim'in bebekliğini düşününce hasretle içini çekti Ziynet. Çok uzaklarda kalmış anılar, eski resimler gibi silik ve kopuk kopuk aklına gelince de bir sıcaklık bastı yüzünü. Elleriyle bazı görüntüleri kovmak ister gibi bir hareket yaptı.

Yıllar öncesinde, ilk gençliğinde, şehvet krizlerine niye tutuluverdiğini hiçbir zaman anlayabilmiş değildi ama, ahlak dışı bir şeyler yapmış olduğunun farkındaydı. Bir an geliyordu, birden şeytan giriveriyordu sanki içine. O utanmaz, hain şeytan onu sarsalayarak, titreterek hazların en tepesine çıkarıp yere çaldıktan sonra, kız ağlama nöbetine tutuluyor, yaşlar gözlerinden fışkırırken, bir taraftan da dua ediyordu Tanrı'ya onu affetmesi için. Kendinden başka hiç kimseye zarar vermediğini bildiği halde –hele bebeğe, haşa– neden Tanrı'dan af dilediğini de bilemiyordu. Çok savaş vermişti nefsini tutmak için. Kaç kez tırnaklarını ellerine geçirmiş, dudaklarını dişlemiş, bacaklarını sımsıkı bitiştirip hiç kımıldamadan beklemişti nöbetlerin geçmesini. Başarmıştı da. Uykudayken ona günah yazdıran rüyalarının önüne bir türlü geçememişti ama Nedim bebeyi bacaklarında sallamaya son vermişti, iradesiyle. Zaten çocuk hızla büyümüştü. Yılları yutuvermişti âdeta. Boylu boslu olmasının yanı sıra akıllıydı da. Okula başlar başlamaz, sınıfının en başarılı öğrencisi olmuştu Nedim. Seneye, annesiyle babasının yanına giderek Ankara'da okuyacaktı.

Son kısmeti işte bu yüzden geri çevrilmemişti Ziynet'in. İşi bitmişti çiftlikte. Sıra şimdi onu allayıp pullayıp gelin etmeye gelmişti. Çiftlikte büyüyen kızlar kocaya verilirken iğneden ipliğe çeyizleriyle birlikte giderlerdi yeni evlerine. Ziynet de alıyordu nasibini. Sultan Hanım kasabada bile değil, şehirde düzdürüyordu çeyizini. Torununa gözü gibi bakan sütanasına elbette öyle yapacaktı. Ama Ziynet nedense mutlu değildi, çiftlikten ayrılmak içine sinmiyordu. Alıştığı evden, topraktan, insanlardan hatta çiftliğin hayvanlarından bile uzaklaşmak zor geliyordu kıza. Öte yandan da biliyordu ki henüz yirmilerini sürerken bir kocaya varmazsa eğer, kimseler almazdı onu otuzunu buldu muydu. Evde kalırdı. Satı gibi konağın hanımlarının peşinde dolanır dururdu ölünceye dek. Satı hiç olmazsa bir koca görmüştü ahir ömründe. Kendi cinselliği ise 4 ay süren bir macerada ne olup bittiğini tam olarak algılayamadığı, korkuyla hazzı birlikte yaşadığı bir kâbustu hiç unutamadığı. Hayatının yegâne sevdası bir gün ansızın yatağında bitmiş ve bir süre sonra geldiği gibi kaybolmuştu. Sonrası ise, çoğu kez onu uykusundan uyandıran ve yüreğine utanç salan yoğun duygu selleri, isteklenmeler, zaman zaman da onu yine uykuda doyuma ulaştıran garip rüyalardı. Bu rüyalarda önceleri Yusuf'u görmüştü yıllarca. Sonra yavaş yavaş belirsizleşmiş, silinip gitmişti Yusuf'un yüzü. Yusuf, hatlarını ayrıştıramadığı birine bırakmıştı yerini. Unutulmuştu. O kadar ki, büyük şehirlerde tahsilini sonra da askerliğini tamamlayıp yeni evlendiği karısıyla çiftliğe geri döndüğünde, kılı bile kıpırdamamıştı Ziynet'in. Sanki gizli bir el, Yusuf'la yaşadıklarını, duygularını, zevklenmelerini, en önemlisi de Yusuf'u silip atmıştı hem belleğinden hem de yüreğinden... Ne demişti zaten Satı, en onulmaz yaraları bile onaran bir dermandı zaman, Lokman Hekim'di!

Köydeki genç adamlardan biri, Ziynet'in dadılık görevinin sona ereceğini öğrenince, Sultan Hanım'a haber yollatmış, istetmişti kızı, Satı vasıtasıyla. Ziynet ne evet ne de hayır demişti. Sultan Hanım bu sessizliği kızın evlenmek istediğine yormuş, yine de Satı'dan Ziynet'in ağzını aramasını istemişti.

"Kız, ne surat asıp duruyon kısmetin çıktı diye? Evde kalmak mı istiyon yoksa?" diye sormuştu Satı.

"Çiftlikten ayrılmak zor geliyor. Göreceğim gelecek hepinizi, yaban ellerde ne yaparım ben?" demişti Ziynet.

"Gelir görürsün bizi, gurbete gitmiyon ya, komşu köye gidiyon."

"Satı bacı, çam yarması gibi iriyarı bir herif bu..."

"Daha iyi ya kız, senin gibi koca memeli birine de böylesi yakışır," demişti Satı, gülerek, "hadi hadi, sen de herkes gibi hem ağlayacak hem gideceksin!"

Ziynet, yatağın ayakucundaki sandıktan lavanta çiçeği kokan temiz bir peştamal alıp hamama indi. Süleyman'ın, fabrikaya adını veren şelalenin yakınındaki bataklıkta kurbağa yakalarken bulduğu Nedim, üzerinden çıkardığı giysileri kapının dibine yığmış, içeri girmişti. Kurnadan şıkır şıkır akan suyun sesi geliyordu.

"Nedim Bey'im, suyu ziyan edip durma, başının sabununu akıtmadan soğur gider haa!" diye seslendi içeri girerken.

Nedim kurnanın başında çömelmiş, başını sabunluyordu. Ziyneti görünce yerde duran sabunlama beziyle önünü kapattı.

"Benden utanmaya mı başladın sen yoksa?" Elindeki peştamalı uzattı oğlana. Nedim peştamalı aldı, beline sardı.

"Otur da su akıtayım saçlarına."

Nedim kurnanın önündeki küçük tahta tabureye oturdu. Ziynet sabunlu saçlarına maşrapayla su dökmeye başladı Nedim'in. Oğlanı yıkarken kendi de ıslandı. Basma eteği sırılsıklam olup dolandı bacaklarına. Saçların durulanması tamamlanınca, "Kalk!" dedi Ziynet. Kalktı oğlan.

"Sırtını dön!"

Sırtını döndü Nedim. Sert keseyi eldiven gibi sağ eline geçirip sırtını keseledi oğlanın Ziynet.

"Sen bugün çarşıya inmiyor muydun?"

"İniyodum da, kalabalıktı geri geldim. Dön!"

Döndü Nedim. Bu kez Ziynet oturdu tabureye ve ayaklarından başlayıp bacaklarını yukarı doğru keselemeye başladı oğlanın. Öne eğildiğinde, açılan yakasından memelerinin arasındaki çizgi görünüyordu hamamın buharında belli belirsiz. Başını kaldırınca, Nedim'in sarındığı peştamalın bacaklarının yukarısında gerildiğini gördü. Bir an durdu elleri. Başını hemen önüne eğdi. Bir sıcaklık bastı içine. Çok yıllar evvel Nedim hiçbir şeyi anlayamayacak ve anlatamayacak bir yaşta memesini emer, bacaklarında sallanırken içine düşen ateş ne zamandır küllenmişken, birden alev almış gibi yeniden uyandı kasıklarında. Oğlanın bacaklarını sabunlamayı sürdürdü, başı eğik, gözleri yerde. Nedim hiç kıpırdamadan duruyordu önünde. Keseyi bıraktı yere Ziynet, sabunlu elleri sanki parmaklarının ucunda gözleri varmış gibi, nereye gideceklerini iyi bilerek, gitti geldi bacakların arasında, yumuşacık temaslarla yukarı doğru uzandılar. Nedim hafif hafif solumaya başladı. Ziynet'in elleri hızlandı. Oğlanın nefesi, Ziynet'in ellerinin temposuna uydu, kesik solukları uzun iniltilere dönüştü. İkisi de nereye varacağını bilemedikleri bir yolculuğa çıkmış gibiydiler. Ne yaptıklarını, neden yaptıklarını bilmiyor, karınlarında patlayan ve acıyı andıran zevk duygusuna, içgüdüsel suç duygusunu da katarak bir çoşku selinde sürükleniyorlardı. Birden inledi çocuk. Ziynet, yüreğinde dolanan ateş topunun, midesinden geçip karnına ve kasıklarına düşüşünü duydu, Nedim'in peştemalını sıyırdı ve basma elbiseyi geren göğüslerini çocuğun seğiren diri organına dayadı, bir an durdu öyle, sonra başını eğdi, dudaklarını, el öper gibi âdeta saygıyla Nedim'e değdirerek kutsadı bu anı. Nedim birden boşaldı. Tabureyi devirerek kalktı, fırladı dışarı kız. Hela ile hamamın ortasındaki bölmede bulunan mermer muslukta, yüzüne su çarptı. Bahçeye çıktığında titriyordu. Eve doğru sendeleyerek yürüdü. Orta kat balkonundan, bahçede çalışanlara emirler yağdıran Satı, kızın perişanlığını görünce seslendi yukardan.

"Kız bu ne hal, keçi mi yıkadın hamamda?"

Başını kaldırıp bakmadı Ziynet.

"Kız sana sordum! Yıkadın mı oğlanı?"

"Yıkadım."

"Giysileri hazır ettin mi?... Söylesene kız!"

"Küçük Bey'in mintanını filan hep yaydımdı yatağının üzerine. Kendi giyinir gayrı."

"Giyinir. Sen var git odana da kurula üstünü başını," dedi Satı.

Tören

Kerami dikkatli gözlerle inceledi tören yerini. Fabrika binasının yan bahçesinde, boynuzlarına özenle bağlanmış kurdeleleri ve boncuklarıyla başına ne geleceğini sezmiş gibi mahzun duran koçu görünce gülümsedi. "Eline sağlık, her şeyi düşünmüşsün, aferin," dedi kardeşine.

Yusuf, bugün için yaklaşık bir aydır hazırlıktaydı zaten. Yörede bazı resmi ziyaretler yapılacağını duyduğunda, Kerami'yi aramış, tüm ilişkilerini kullandırtmış, Ticaret Bakanı'nın Şelale Un Fabrikasını ziyaret etmeden bölgeden ayrılmaması için elinden geleni yapmıştı. Yusuf, ağabeyine partiye cömert bir bağış yapılması gerektiğini de söylemiş ama kabul ettirememişti.

"Beni rezil mi etmek istiyorsun," demişti Kerami, "ya kabul etmezlerse, ne hale düşerim, düşünsene! Ben sadece itibarımı kullanacağım, bu iş için."

"Ağabey, para itibardan daha önemlidir," demişti Yusuf. Bağış yapılmamıştı ama bakan gelmeye söz vermişti. Kerami, itibarın önemini böylece öğrettiğini zannediyordu kardeşine. Şimdi, fabrika avlusuna hazırlanmış kocaman tentenin altında yirmişerlik gruplar halinde yan yana dizelenmiş yüz adet sandalye, ön sırada biri yaldızlı üç adet koltuk, bayraklarla bezenmiş kürsü ve sahibinden bekçisine tüm fabrika çalışanları, süslenmiş püslenmiş bakanı bekliyorlardı.

• • •

Fabrikanın işçileri, göğüslerine mor iplikle ŞELALE UNLARI işlenmiş, bembeyaz önlükler giyinmişlerdi. Yusuf sırf o gün için tiril tiril ketenden takım elbise diktirtmişti kasaba terzisine ama sıcakta keten bumburuşuk olmuş, pantolonu da şalvara dönmüştü. Herkesin sırtından, hem heyecandan hem de sıcaktan ter damlıyordu.

"Bunun neyi var böyle, uyurgezer gibi dolanıyor ortada?" diye sordu Yusuf yeğenini göstererek. Nedim, ağzı yarı açık, rüyada gibi gidip geliyordu sıralanmış iskemlelerin arasında.

"Hatırlıların isimlerini yazdırdımdı kartlara, onları ön sıradaki koltuklara koyuyor," dedi Kerami.

"Koyduğu filan yok abi, baksana ayakta uyuyor seninki."

"Sen onun yaşlarında farklı mıydın sanki? Babamın çantasını trende unuttuğunu hatırlasana."

"O olay olduğunda ben âşıktım."

"On üç yaşında mı?"

"Tabii. Cemile'nin sarışın bir arkadaşı vardı, gelir giderdi ya eve, hatırladın mı, ona göz koymuştum."

"Hatırlamadım. Ben niye kaçırmışım Cemile'nin sarışın arkadaşlarını acaba?"

"Buraların kızlarına bakmazdın sen, abi. Şehir kızından aşağısı kurtarmazdı seni."

Bu konuda annesinin sitemlerinden zaten usanmış olan Kerami konuyu değiştirmek için, "Hediyemiz de hazır mı?" diye sordu.

"Elbette. Hususi olarak dokudular tezgâhta. Vekil beyin en sevdiği renkleri öğrendim, ona göre dokuttum halıyı."

"Nasıl öğrendin Allah aşkına? Telefonu açıp, en sevdiğiniz renk hangisi, diye mi sordun?"

"İlahi abi! Her işin bir yolu yordamı vardır. Semiha yenge karısının ağzını aradı."

"Bana hiç bahsetmedi."

"Ben rica ettim aramızda kalmasını. Sana böyle şeylerden bahsedilmez ki, hemen kızarsın."

Ses etmedi Kerami. Kardeşi gerçekten de iyi beceriyordu bu işleri. Bana kalsaydı ne hediye vermek gelirdi aklıma ne halı dokutmak, diye düşündü. Fabrika'nın başına Yusuf'un geçmesi akıllıca bir iş olmuştu, Sultan Hanım'ın 'işin başını büyük oğlan tutmalıdır' diye diretmesine rağmen. Kerami dizelenmiş iskemlelerin arasında, düşünceli düşünceli dolaştı bir süre. Sonra birden kardeşine döndü,

"Yahu Yusuf, bizimkileri de aldıralım, gelsinler, ne dersin?" diye sordu.

"Kimleri abi?"

"Bizim hanımlarla annemi. Şu arkada oturur seyrederlerdi. Annem söylemişti de olmaz demiştim. Ama şimdi baktım da, neden olmasın. Kursağında kalmasın anacığımın..."

"Annemi bilmem ama, yengemle Ceyda'nın bulunması törene daha asri bir hava verebilir. Arabayı yollatayım mı hemen?"

"Telefon et de hazırlansınlar," dedi Kerami.

Semiha, oğlunun Meclis'e girmesinden önce tedirgin olan ama sonra kraldan çok kralcı kesilen kaynanasına gülümseyerek baktı.

"Demek biz de bulunmalıydık törende, öyle mi hanım anne?" diye sordu.

"Elbette. Ben niye nasiplenmeyeyim oğlumun ikbalinden?"

Yaşlı kadına uzun uzun dil dökmek zorunda kaldığı günleri düşününce iç geçirdi Semiha. "Hanım anne, Millet Meclisi'nde mebus olmak fabrikada durmaktan çok daha onurlu bir iştir," diye diye dilinde tüy bitmişti.

"O işi sevmem," diye tutturmuştu Sultan Hanım, "devlete bulaşanın boynu gider."

"O eskidendi hanım annem. Padişahlar zamanındaydı. Şimdi Cumhuriyet var."

"Kopacak kafayı Cumhuriyet filan kurtaramaz. Söyle kocana, geçsin fabrikasının başına otursun. Kardeşini de alır kanadının altına, gül gibi geçinir giderler. Diyorlar ki, ekmek yirmi yedi kuruş olmuş."

"Aman hanım anne, adam başı ancak 300 gram ekmeğe izin veriliyordu, yasak yeni kalktı," dedi Semiha, "Allah aşkınıza, millet aç oturmaya alışmış bir kere, isterse 30 kuruş olsun, ne fark eder."

"Eder eder. Can boğazdan gelir. Bu işleri bilirdi rahmetli. Boşuna mı aldı fabrikayı elin Çıfıt'ından."

"Şşş, hanım anne, böyle konuşmayın bir duyan olur."

"Herkescik biliyor zati, vergiyi salınca Paşa, küllü kâfir kefere sattı malını mülkünü. Çift çubuk sahibiykene bir de fabrika sahibi olduk böylece, Allah'ın izniyle. Yoksam daha çok beklerdik fabrika sahibi olmayı."

"İyi iyi hanım anne! Hayrını görürüz inşallah. Şimdi siz bunu her yerde söylemeyin böyle uluorta. Duyan da fabrikayı bedavaya kapattık zannedecek."

"Ucuza mal almak ayıp mı, a kızım? Ticaret bu. Senin kadın aklın ermez. Allahtan Ağa babanın aklı iyi çalışırdı. Eh oğulları da okudular ettiler, onlar da anlar oldular iyiyi kötüyü. Ticaret öğrendiler."

"Ticaret Yusuf'un işi. Kerami memleketi idare edecek."

"Bak ben sana söyleyeyim gelin kızım, ticaret Yusuf'un işi ama, Yusuf'u öyle başıboş bırakmaya gelmez. Aklı havada gezer o. Sürekli kıçını toplamak lazımdır. Arasıra kolaçan etsin kardeşini Kerami," demişti Sultan Hanım.

Neyseki bu konuşmalar geçmişte kalmıştı. Kerami mazbatasını aldığı günden beri kibrinden, keyfinden geçilmiyordu anasının. Sabah kahvaltıda fabrikadaki törene katılmak için ısrar etmişti oğluna.

"Anne sizin işiniz ne fabrika açılışında," demişti oğlu, "ben gelince anlatırım her şeyi, gitmiş görmüş gibi olursunuz."

Evin erkekleri giyinip kuşanıp gittikten sonra, evdeki telaş biraz yatışınca, kahvelerini içmek için çardağın altına toplanmıştı kadınlar. Sultan Hanım dırdıra başlamıştı.

"Semiha kızım, faytonu hazırlatsam da binip gitsek, uzaktan seyreylesek"

"Kim kullanacak faytonu hanım anne?"

"Süleymaan."

"Süleyman burada mı ki? O da fabrikaya gitti."

"Bizi burada öksüz gibi koydular, kadın kısmının kaderidir horlanmak."

Semiha, lafı değiştirmek için, "Bu bizim Ziynet'e düğününde altın bilezik takayım diyorum, ne dersiniz?" diye sordu kaynanasına.

"Tak ya. Çok emeği geçti Nedim'e. Kocası olacak yarmayı gördün mü? Pek gözüm tutmadı ama, Satı ısrarlıdır evlenip gitsin diye. İlla o da koca görmeliymiş. Kendi gördü de ne oldu?"

"Azıcık kıskanıyor herhalde," dedi Semiha, "Ziynet gidince meydan hepten ona kalacak ya, derdi o işte."

"Varsın kalsın," dedi büyükhanım, "bu evin bir direği de odur. Ailemize çok sadıktır. Baş verir de sır vermez. Ben göçersem de o geriye kalırsa, nasihatına kulak ver. Aklını kendine kullanamadı ama akılsız değildir Satı."

"Aaa o nasıl söz kuzum, nereye göçüyormuşsunuz? Ağzınızdan yel alsın."

Tam o sırada çaldı telefon. Semiha çardak altından eve koştu telefona cevap vermeye. Döndüğünde ağzı kulaklarındaydı, "Allah'tan başka şey isteseydin hanım anne," dedi, "Kerami'nin içi elvermemiş. Hemencecik giyinin, süslenin püslenin de geliverin, diyor, törene. Arabayı yollamış bile."

Nedim, arabadan inen kadınları görünce şaşırdı. En önde Sultan Hanım, kolunda Nedim'in annesi, arkasında da yengesi ve babaannenin çantasıyla şalını taşıyan Ziynet, bayramlıklarını giymiş geliyorlardı.

"Gel de bize yer göster oğlum," diye seslendi Sultan Hanım," öyle çok gerideki sandalyelere oturtma bizi. Ziynet ver bakayım çantamı, haydi sen git arkaya bak, belki yapacağın bir iş vardır."

Nedim gözlerini kaçırdı Ziynet'ten. Sultan Hanım'la annesine, yengesine yer gösterdi.

"Mutfak nerede?" diye sordu Ziynet.

"Na şurada..." eliyle işaret etti oğlan, gözleri yerde. Ziynet uzaklaşınca rahatladı.

"Aman da pek şık olmuş benim oğlum," dedi Semiha Hanım, bir yanak aldı Nedim'den.

"Anne, lütfen." Annesinin elini yavaşça itip kadınların yanından uzaklaştı Nedim.

"Birden büyüyüverdi bu da. Böyle giyimli kuşamlı görmeyince, büyüdüğünü anlamıyor insan," dedi Sultan Hanım, "Semiha kızım, dikkatli ol, yakında kaşınmaya başlar."

"Nasıl yani hanım anne?"

"Anla işte... Büyüyor oğlan."

"Büyüyecek elbet."

"Çaresini düşünmeliyiz. Yoksa kötü evlerde pis kadınlara gider, bit mit kapar maazallah."

"Niye gitsin öyle yerlere. Okulda kız arkadaşları olacak onun."

"Bu arkadaş işi değil kızım, bu iş başka iş. Tedbirini almak lazım."

"İlahi hanım anne, ne yapayım istiyorsunuz?"

"Bir Satı'ya danışayım bakayım, çiftlikte eli yüzü düzgün körpe kız var mı? Yazları bahçede getir götür işi çoğalınca genç kızları alırız ya hizmet için."

"Aaaa, o da ne demek öyle. Olur mu hiç hanım anne!"

"Olur olur, niye olmasın? Ne yapacak yoksa oğlan? Sonra kendiyle oynar maazallah hasta olur."

"Hşşş, susun Allah aşkına, bir duyan olacak."

"Kim duyacak ayol! Biz bizeyiz şuracıkta!"

"Olmaz öyle şey. Nedim köylü kızları beğenmez."

"Beğenip de ne yapacak? Evlenecek değil ya."

"Olmaz hanım anne. Kız gebe mebe kalır, başımıza iş açılır. İstemem."

"Satı bilir kimin koynuna kimin ne zaman sokulacağını. O her şeyi bilir. Öyle bir ders almıştır kiii... bir hata daha işleyemez."

"Tövbeler olsun. Annem boşuna tuhaf insanlar demezdi bu taşralılara."

Gelinin çok alçak sesle de söylese ne dediğini duydu Sultan Hanım. Gözlüklerinin üzerinden küçümseyen bir ifadeyle baktı Semiha'ya,

"Bilmem artık tuhaf insan kim," dedi, "büyük sözü dinlemeyen, tecrübeden nasiplenmeyen mi, acaba? Hıh! İstanbullu!"

Kerami, etrafı son kez kolaçan etti. Her şey yolunda gitsin istiyordu. Meclis'in açılışında yaşanan olaylardan dolayı yerlerin dibine geçmişti ve şimdi Cumhurbaşkanına o gün yapılan ayıbı telafi edecek bir fırsat geçiyordu eline. Hükümetin bakanını en iyi şekilde ağırlayacak, Meclis'in ilk günü kendi partisinin yaptığı kabalığı onaylamadığını dolaylı olarak göstermiş olacaktı. Kardeşinin bugünle ilgili başka beklentileri olduğunu biliyordu. Hatta annesi ve karısı bile kendi kafalarına göre birtakım menfaatler peşindeydiler. Ama Kerami'nin yüreğinin en derininde, Meclis'in açılışında onu yerin dibine sokan davranışa karşı bir özür dileme isteği yatıyordu.

Kerami'nin Meclis'e Müstakil üye olarak seçilmesinden sonra, çok hızlı bir siyasi gelişim gerçekleşmişti ülkede. Cumhurbaşkanı'nın izni hatta ısrarıyla, bir yıl sonra yapılması gereken seçimler, bir yıl öne alınmıştı ve yeni kurulan partinin de seçimlere katılacağı açıklanmıştı. Genç Cumhuriyet ilk kez iki partinin yarışacağı bir seçim geçirecekti. Kerami sevilen ve sayılan bir milletvekili olduğu için yeni kurulan partiden teklif almıştı. Kendini Meclis'e taşıyan partiye ihanet etmek zoruna gidiyordu ama, babası o partinin başkanını hiç sevmezdi. Hatta mebus seçildiğinde, kürsüde yeminini ederken, babamın kemiklerini sızlatıyor muyum acaba, diye düşünmeden edememişti.

Kendi yöresinde hemen hemen her köy, her mahalle hatta her

ev bu yeni kurulan partiye oy vermeye hazırlanıyordu. Yusuf da teklifi kabul etmesi için çok ısrar etmişti. Böylece Kerami 1946 seçimlerine, yeni partinin adayı olarak girmiş ve kazanmıştı. Hile karışmış şaibeli bir seçimi kazanabilmesi büyük bir zafer addedilmişti. Üç yıl öncesinde, Müstakil üye olarak seçilmesine oranla çok daha görkemli bir şekilde kutlanmıştı bu zaferi. Ama ne yazık ki, Meclis'in ilk oturumunda Kerami'nin keyfine gölge düşürecek olaylar yaşanmıştı. Eski ve yeni partilerin milletvekilleri salona doluşmuş, Cumhurbaşkanı ile Meclis Başkanı'nın gelmesini beklerlerken, yeni partinin yöneticileri bir karar almışlardı. Cumhurbaşkanı, aynı zamanda iktidar partisinin de başkanı olduğu için, seçimlere hile karışmış olmasına karşı tepkilerini Cumhurbaşkanı içeri girdiğinde, ayağa kalkmayarak göstereceklerdi. Bu haber kendine iletildiğinde Kerami'nin sırtından buz gibi ter boşanmıştı. Büyüklere saygı geleneğiyle yetişmiş, yaşlıya, rütbeliye itaatin genlerine işlediği Kerami, arkadaşlarına itiraz etmişti.

"Beyler, bu terbiyesizlik olur. Hassasiyetimizi başka bir şekilde belli edelim. Muhtıra verelim, şikâyet dilekçesi yazalım. Ama Cumhurreisimize ayağa kalkmazsak olmaz. Kötü örnek oluruz. Evimizde çocuklarımız da bir gün bize kızdıklarında, ayağa kalkmayabilirler. Bizim yörelerde gelenekler önemlidir, bizler büyüklerine ne olursa olsun hürmette kusur etmeyen bir milletin evlatlarıyız, gelin vazgeçin bu işten, biz muhalefet vekilleri olarak Cumhurreisini alkışlamamakla yetinelim," demiş, ama sözünü dinletememişti. Nitekim Cumhurbaşkanı o gün salona girdiğinde, alışkanlıkla ayağa fırlayan bazı partilileri yanlarında oturan arkadaşları ceketlerinden çekerek yerlerine oturtmuşlardı. Muhalefet sıralarındakilerin hacıyatmaz gibi bir oturup bir kalkmaları gülüşmelere yol açmıştı... Kerami'ye, aldığı terbiye ayağa kalkmasını, parti disiplini oturmasını emrediyordu. Ayağa kalkmaya yeltenip de çeketinden çekilerek oturtulunca, önünde duran arkadaşlarının arkasında ufalmaya, gözükmemeye çalışmıştı. Akşam evde karısına o gün yaşananları anlatırken, hâlâ kızarıyordu yanakları.

• • •

Ülkenin Meclis'teki yeni partisi, işte böyle küçük çapta bir skandalla başlamıştı siyasi hayatına. İktidardaki parti ise, belki de bu davranışın intikamını almak için, yeni partinin her teklifini geri çeviriyor ve sert muhalefete daha da sert tepki veriyordu. Türk siyasetçileri kavgalıydılar birbirleriyle.

Kerami, hoyrat, sert ve kızgın adamlarla yürütülen siyasetin kendine uygun düşmediğinin farkındaydı. Ne var ki ailece karar alınmıştı, babası vasiyet etmişti, kendi de uzun uzun düşünmüş ve fabrikanın başında iki 'baş' bulunmasını sakıncalı görmüştü. İş bölümü her zaman faydalıydı; Yusuf fabrikanın başında, kendisi ise siyasette ve ailenin başında olmalıydı. Nitekim bu kutlu günde, ne kadar isabetli bir karar almış olduğunu görebiliyordu. Tıkır tıkır yürüyordu işler.

Haber gelmişti az önce, konvoyun yaklaştığına dair. Ellerini ovuşturdu Kerami, oğlunu aradı gözleriyle. Gerçekten de Yusuf'un söylediği gibi, bir sersemlik vardı çocukta. Heyecandan herhalde, diye düşündü, kolay mıydı onun yaşında bir oğlanın birazdan babasının yanında Ticaret Vekili'ni karşılıyor olması. Üstelik ilk defa takım elbise giyiyor, boyunbağı takıyordu oğlan. Haspaya da pek yakıştı, diye geçirdi içinden gururla.

"Nedim, oğlum," diye seslendi, "kaybolma ortalıktan, az sonra burada olacaklarmış. Misafirlerimizi demir kapının önünde karşılayacağız. Sen Yusuf amcan ile Müdür Bey'in arasında durursun, emi?"

Törende hiçbir şey aksamadı. Vekil bey ve şürekâsı, ev sahiplerini fazla bekletmeden zamanında geldiler. Ev sahipleri değerli misafirlerine büyük itibar gösterdiler. Saygı duruşunda bulunuldu, konuşmalar yapıldı, konuşmacılar alkışlandı, fabrikanın yan ürün üretecek yeni bölümünün kurdelesi kesildi, kınalı koç bile günün önemini anlarmış gibi vakarla yürüdü kasabın önüne ve sanki kendi rızasıyla uzattı boynunu. Koçun kanından birer parmak Kerami'nin, Yusuf'un ve Nedim'in alınlarına çalındı. Bugüne bir aydan beri hazırlanmakta olan ortaokullu çocuklar, davul zurnayla yörenin halk danslarından bir demet sundular. En sonunda da özenle hazırlanmış büfeler servise açıldı.

Ticaret Bakanı'nın, bir muhalefet milletvekilinin fabrikasına kurdele kesmeye gelmesi, ılımlı politikacılar arasında yeni umutlar yeşertmişti. Aklı başında insanların bu umuda ihtiyacı vardı. Çünkü Meclis'teki iki parti, Meclis'in açıldığı günden beri birbirlerini yiyiyorlardı. Kerami, değişik bir siyasetçiydi. Fabrikasının açılışına, iktidarın bir bakanını davet etmek ve ona çok itibar göstermekle, iki parti arasında başlaması gereken yumuşamaya katkıda bulunacağına inanıyordu. Üstelik bu düşüncesinden kardeşine bile söz etmemişti. Yusuf, ağabeyinin hiç itiraz etmeden Ticaret Bakanı'nın peşinden koşmasına, onu fabrikalarına davet etmesine azıcık şaşırmış, ama evde karısına, "Biliyor musun Ceyda, ağabeyim de sonunda politikacı olmayı becerdi galiba," demişti.

Nedim, babaannesi için doldurduğu tatlı tabağını, yaşlı kadının oturduğu gölgelik yere götürdü.

"Niye sen yapıyorsun bu işleri oğlum? Ziynet nerede?" diye sordu yaşlı kadın.

"Bilmiyorum babaanne. Görmedim."

"Buluver evladım. Şalım da ondaydı, getirsin koysun sırtıma, ürperdim azıcık."

"Ben babamın yanına gideceğim, beni bekliyor."

"Kızı bul da öyle git. Bak annenle yengen de yok oldular, burada yalnız kaldım ben. Gelsin yanıma Ziynet."

Nedim uzaklaştı Sultan Hanım'ın yanından, binaya doğru yürüdü. Ziynet'in yüzüne nasıl bakacağını bilemiyordu. Boğazını temizleyerek ne söyleyeceğini prova etti, "Şey, babaannem seni istiyor." "Ziynet, babaanneme gitsene." Ya da "Sultan Hanım seni çağırıyor." En iyisi buydu. Hiç yüzüne bakmadan, göz göze gelmeden söylerdi söyleyeceğini. Nasılsa sonu yoktu kaçışın, bugün değilse yarın karşılaştığında konuşmak zorundaydı Ziynet'le.

* * *

Nedim, boğazını sıkan kravatını gevşetmeye çalıştı, beceremedi. Mutfağa yaklaştıkça ter içinde kaldı. Sabah hamamda yaşadıkları, arsız bir sinek gibi gidip gidip geri geliyordu aklına. Unutmak, gerçek olmadığına inanmak istiyordu. Belki de kısacık bir uykuya dalıp bir rüya görmüştü hamamda, kimbilir. Unutmak istedikçe daha da belirginleşiyordu zihnindeki resimler. Hatırladıkça dizleri çözülüyor, kalbi sıkışıyor, kasıkları zonkluyordu...

Yürüdü, binaya girdi. Ziynet'in mutfakta olabileceğini düşündü. Herhalde bulaşığa yardım ediyordu. Seslendi içeriye. Mutfak bölümünde yoktu Ziynet.

"Ziynet'i gördünüz mü?" diye sordu mutfaktaki yamağa.

"Kimi?"

Dadımı, diyecekken zor tuttu kendini. "Babaannemin hizmetçisi var ya, siyah saçlı kız. Yeşil hırkası vardı hani."

"Haa o mu, şu şantiye binasının oraya gitti." Aşçı yamağı eliyle gösterdi az ilerdeki barakayı, "Bir cıgara tellendirecek galiba."

Barakaya yürüdü bu sefer Nedim. Kimseler yoktu oralarda. İnsanlar ana binanın önündeki büfenin başına toplanmış, misafirlerden artakalanları tıkınıyorlardı. Kafasını uzattı içeri. Önce loş odada bir şey seçemedi. Pencere kenarına çömelmiş kızı, gözleri karanlığa alışınca gördü. Ziynet yere yaydığı hırkasının üzerine oturmuş, Sultan Hanım'dan aşırdığı sarma cıgarayı tüttürüyordu. Kapıda Nedim'in dikildiğini görünce, toparlandı, cigarayı yere bastırarak söndürdü.

"Ziynet, babaannem..." dedi Nedim. Sesi boğuktu. Titriyordu. Ziynet'in gözleri, dibi gözükmeyen iki derin kuyu gibi karanlık ve ıslaktı. Kalkmadı yerinden, gelip tam karşısında duran ve dudağının kenarı sürekli seğiren oğlanın gözlerinin içine bakarak, ince parmaklarıyla bluzunun minik düğmelerini teker teker çözmeye başladı. Perdeleri kapalı loş odada sedef gibi ışıklı duruyordu çözülmüş bluzdan fırlayan beyaz memeleri.

Gece Sesleri

Kar hızını kesmeden yağmaya devam ediyor. Kâh sağa sola savrularak uçuşuyor taneler, kâh kuş tüyleri gibi ağır ağır salınarak geçiyorlar pencerenin önünden. Oturup kaldığım yerde dalgın gözlerle seyrediyorum kar tanelerinin doğaçlama dansını. Zaman da tıpkı camın önünde dönüp duran kar taneleri gibi, benimle birlikte savruluyor ileri geri. Beni, orta yaşımın elemli bir kış gecesinden alıp önce çocukluğumun sıcacık Bozova yazlarına, sonra da İstanbul'a, öğrencilik günlerime taşıyor; pişmanlıklarım, özlemlerim, hasretlerimle çalkalıyor ve yılları iskambil kâğıtları gibi teker teker devirerek bugünlere getiriyor yine. Anılarımın arasında savrulurken değil de, içinde bulunduğum zamanın katı gerçeğine döner dönmez, kızım aklıma geliyor hemen. Aslı nerelerde acaba bu kar kıyamette? Neden cevap vermiyor telefonu? Loş odada aleti el alışkanlığıyla tuşlayıp dururken, telefonun şarjının bittiğini fark ediyorum. Torbamın içindekileri saçarak şarj kablosunu buluyor, fişini yatağın sağ alt köşesindeki prize yerleştiriyorum ve yeniden tuşluyorum kızımın numarasını. Yanıt yok! Yanlış numara tuşladığımı düşünerek tekrar tekrar deniyorum. Mekanik bir kadın sesi sürekli aynı şeyi söylüyor; 'Aradığınız kişiye şu an ulaşılamıyor, lütfen daha sonra tekrar arayınız'. Bu kez evi arıyorum telaşla. Ev de cevap vermiyor. Bu havada kimbilir nerede takılmıştır Aslı, diye düşünüyorum, belki bindiği araç kardan ilerleyememiş, eve kadar yürümek zorunda kalmıştır ya da bir arkadaşına gitmiştir. Tahminime inanmak istiyorum çünkü ikinci bir sorunu taşımaya gücüm yok. Derin nefesler alıyor, kendi kendime tekrar ediyorum, 'Telaşlanacak bir şey yok. Telaşlanacak hiçbir şey yok.' Ben değil miydim çocukluğumda ve gençliğimde annemin, anneannemin beni sürekli merak etmelerinden şikâyetçi olan! Yakınlarının on beş dakikalık gecikmelerinde ille de bir felaket arayan akrabalarımın abartılmış drama duygularıyla alay eden! Ben telefonuna ulaşamıyorum diye, kızıma niye kötü bir şey olsun ki? Akıllı, becerikli, reşit bir genç kadın o. Elbette bilir kar yağınca ne yapması gerektiğini, merak edecek ne var, Allah aşkına! Kendi kendime konuşarak dolanıyorum odanın içinde. Bir taraftan da anneme hatta anneanneme göre ne kadar şanslı olduğumu düşünüyorum, çünkü en azından Aslı'nın, karşı görüşten örgüte ait bir militan tarafından kurşunlanmayacağından eminim. O taraklarda bezi yok bu kuşağın. Duvarlara slogan yazarken coplanmadılar ve eylem koyarken heder olup gitmediler onlar. Sokakları, benim kuşağımın gençleri gibi dava uğruna ölmek için değil, film ve müzik festivallerine, sanat bienallerine katılmak için arşınladılar; rap müziğe tempo tuttular, abuk sabuk enstellasyonları yapıt diye sokaklarda teşhir ettiler ve en büyük düş kırıklıklarını, abartılmış fiyatlara satılan spor ayakkabıları, tişörtleri giyemedikleri, markalı çantaları omuzlarından sallandıramadıkları için yaşadılar. Evlerde, ana-baba-çocuk üçgenindeki en çetin savaşlar, hep çok moda bir tüketim maddesinin alınamamasıyla ya da gezme izninin sabahlara kadar sürememesiyle sınırlı kaldı. Aslı ilk gençliğini yaşamaya başladığında, erkek arkadaş edinmeler, diskolarda sabahlamalar ve arkadaşlarla hafta sonu gezilerine çıkmalar, yaşamın normal hali olmuştu. Bunların kavgası hiç yapılmadı evimizde.

Sinan'la sık sık tartışırdık aramızda, genç kuşağın bu denli apolitize olması iyi mi oldu, diye. Ana-babalar için kuşkusuz çok rahatlatıcı bir duyguydu. Bizim ailelerimize çektirdiğimiz çileyi çektirmiyordu bize çocuklarımız. Bizler hedefimize ulaşamamış da olsak, kendimizce çok onurlu bir amacın kavgasını vermiştik. İdeallere odaklanmış ve yoğun yaşanmış kendi gençliğimizle kıyasladığımızda, bu kuşağın ot gibi yaşadığını ve birçok değeri yitirdiğini düşünüyorduk. Öyle düşünüyorduk da acaba samimi miydik? Sokak kavgalarında yitip giden gençliğimize için için yandığımızı itiraf etmeyi göze alamadık bir türlü. Ama ben kocamın, kendiyle hesaplaşmaya oturduğunda, kavga, dövüş ve kinle geçen gençlik günlerimizi doludizgin sevişerek ve eğlenerek geçirememiş olmanın ezikliğini tıpkı benim gibi yüreğinin en derininde duyumsadığını sezdim hep. Gençliğimizi geride bıraktığımızda, boşalmış rakı şişeleriyle dolu çardak altı masalarının sabahlara sarkan sarhoş yaz sohbetlerinde, az biraz kıskançlık, bir tutam da küçümsemeyle eleştirirdik yeniyetmelerin sadece paraya odaklanmış sorunsuz yaşamlarını. Sonra, içimiz elvermez, kızımızı aklamaya çabalardık ikimiz de.

"Ne olursa olsun, Aslı'dan şikâyete hakkımız yok. Ailesine saygılı, sevecen ve akıllı bir çocuk o," diye başlardı Sinan.

"Yok elbette. Bize dersleriyle de ilgili sorunlar yaşatmadı hiç."

"Baksana, çevremizde onlarca kişi var çocuklarıyla başı dertte olan. Yok uyuşturucu korkusu, yok satanist gruplar... Allah'a bin şükür böyle bir derdimiz de olmadı."

"Tek sorunumuz Adidas ayakkabılarla, Lacoste gömlekler oldu... ama sıkı dur, seneye bir Louis Vuitton krizi yaşayabiliriz."

"Onu da göğüsleriz sırası geldiğinde."

"İşte onu göğüsleyemeyiz kocacığım," derdim, "omuzdan askılı orta boy bir çanta kaça, biliyor musun?"

"Kaça?"

"Hiç söylemeyeyim de uykun kaçmasın bu akşam."

"Yahu bu çantaların korsanlarını tonla satıyorlar pazarda. Gitsin alsın."

"Senin ona verdiğin değerlerle, zor alır."

"Gördün mü bak, bir değer yargısı verebilmişiz işte. Korsan mal kullanmıyor kız."

Gülüşür, biraz daha içerdik kocamla. Kaçındığımız konu,

üçüncü kadehten sonra, iri bir buz parçasını dar ağızlı rakı bardağına sığdırmaya çalışırken, pat diye düşerdi masanın üzerine.

"O kız geldi mi yine bugünlerde bizim eve?" diye sormadan edemezdi Sinan. Kızdan, adıyla değil de, o kız diye söz ederdik aramızda, değişik olduğu için.

"Geldi."

"Neden müsaade ediyorsun?"

"Kapıya, bu eve tesettür giremez, diye mi yazayım?"

"Kızı ikna etmeye çalışabilirsin."

"Senin kızının kafasına koyduğunu değiştirmek mümkün mü?"

"Aslı'yı ikna et demedim, o kızı ikna et."

"Nasıl?"

"Konuşarak. Anlatarak. İyilikle."

"Sinan, ne kadar boş konuştuğunu biliyorsun."

"Senin ikna kabiliyetin güçlüdür."

"Kesem ikna kabiliyetim kadar güçlü değil ne yazık ki. Bu kızların ceplerine dincilerin koyduğundan daha fazlasını koyabiliyor muyum, her ay?"

"Para için örtündüklerine inanmıyorum."

"Hepsi değil elbette. Kimi para için örtünüyor, kimi baskı altında kaldığı, korktuğu veya çevresinden dışlanmak istemediği için..."

"Aralarında inanarak kapanan yok mudur sence?"

"Bir kadının doğanın kurallarına karşı gelerek güzel gözükmemek için çaba sarf edebileceğine ihtimal verebiliyor musun?"

"Kimbilir. Ben kadın değilim ki!"

"Ayol ben çocukken görmüştüm, Bozova'da köylüler bile ceketlerinin ceplerinde bir küçük aynayla tarak taşırlardı, erkek olmalarına rağmen. İnsanoğlu güzel görünmek ister."

"Ya bu kız eğer kapanması gerektiğine gerçekten inanıyorsa?"

"O zaman, yavrucak ne yaradılış mucizesini ne de tasavvuf felsefesini hiç kavrayamamış, derim."

"Tamam işte, benim de söylemek istediğim bu! Tanrı'dan uzaklaşmış, şekillere sıkışıp kalmış bir genç insanı doğru yola yöneltmek istemez misin?"

"Hayır! Doğrusu böyle bir görev üstlenmeyi hiç düşünmüyorum. Misyoner papazlar her zaman tüylerimi ürpertmiştir benim. İnsanların din konusunda rahat bırakılmalarından yanayım."

"O halde niye sinir oluyorsun örtünen kızlara?"

"Kızlara değil, onların beyinlerini yıkayanlara sinir oluyorum."

"Kızlar da en azından sorgulayabilirler kendilerine bombardıman edilen talimatları, öyle değil mi? Haydi diyelim ki, babalarından, ağabeylerinden ya da hocalarından korktukları için soru soramıyorlar. İnsan en azından yatağına yattığında, kendiyle baş başa kaldığında sorgulamaz mı, yahu dünya yüzündeki bunca insan başını örtmüyor diye cehenneme mi gidecek yani, bu işte bir tuhaflık var, demez mi? Hoş, dese ne fark edecek! Kızların üstünde, kapanmaları için öyle korkunç bir baskı var ki!"

Hiçbir yere varamayan konuşmaları sabahlara kadar sürdürür, önce başörtülerin kapattığı, rüzgâra bırakılamayan ve güneş yüzü göremeyen saçlara, uzun gri-bej pardösülerin altında kadın hatları taşımanın tadına varamayan körpecik bedenlere üzüm üzüm üzülür, kızımızın böylesi bir akıma kapılmadığına şükreder, sonra da, onun bizimle birlikte neden başörtüsüne karşı koymadığına esef ederdik. Aslı karşı koymaktaydı ama bizim istediğimiz tarafta değil. Kızımın kuşağındaki gençlerin demokrasi adına yapabildikleri tek eylem, kafaları örtülmüş genç kızların, kafa örtme hakları için üniversite kapılarında duvar diplerine çömelip ellerinde pankartlarla bekleşmek oldu. Aslı'ya tesettürün özgürlükle bağdaşamayacağını anlatmaya yeltendiğimde, ne göreyim, annemle aramızda var olduğuna inandığım uçurum, daha derin ve daha keskin bir biçimde bizim de aramıza gelip kurulmuştu. Bana, "Sen önce kendi kafanın içindeki örtüden kurtul, anne," diye bas bas bağıran benim kızımdı. Kızımla aramdaki uçurumun, ağzımı her açışımda daha da derinleşmemesi için sustum. Başka dünyalara ait olduğumuzu sürekli kafama vuran ve beni çağdışı bulan çocuğuma, bu çağa ait olabilmek için gençliğimi heder ettiğimi anlatmamayı seçtim. Susmakla kalmadım, küstüm de. İçimde ince bir tel koptu. Genç insanların inançlarını ikna yoluyla değiştirmenin mümkün olmadığını ben çoktan öğrenmiştim. Aslı da hepimiz gibi el yordamıyla, görerek, deneyerek, yaşayarak öğrenecekti. Aynı evde ama birbirimize uzak ve yabancı kalarak yaşamaya başladık. Tarih tekerrür ediyordu hayatımda. Annemle yaşadığım yabancılaşmayı ben de kızımla yaşıyordum, ama bu kez fazla saygısızlık etmeden birbirimize. Kızım benim anneme yaptığım haksızlıkların, edepsizliklerin hiçbirini yapmadı bana karşı. Ben onun gözünde sadece modası geçmiş bir solcu, bir dinozordum; tıpkı bir zamanlar annemin de benim gözümde militan bir Kemalist oluşu gibi. Anneme yakıştırdığım 'tayyörlü Cumhuriyet kumkuması' benzetmesi, çocuğumun ağzında benim için '70'lerin avanak solcusu'na dönüşmüştü. Beni horgörüyordu ama üstüme gelmiyordu. Benimle, benim annemle yaptığımız ağız dalaşlarını yapmıyordu. Fikirlerimizi illa da birbirimize kabul ettirmeye kalkışmamamız bile bir aşamaydı belki. Dünya görüşlerimizin, değer yargılarımızın değişik olmasına, kızımın devrim ilkelerine ihanet etmesine göğüs germeyi becerebildim de, bu gece eve dönmezse bunu kaldırabilecek miyim? Dünden beri nerede bu kız? Bu yirmi yaşındaki çocuk? Aslı, benim kızım, bebeğim, tesettürü savunmayı özgürlüğü savunmak sanan saf çocuğum? Ya başına bir şey geldiyse, onu göğüsleyebilecek miyim?

Kapı açıldı. Bir hademe odaya göz gezdirip kapattı kapıyı. Saatime baktım. Doktorun verdiği ameliyat süresinin dolmasına az kalmış. Birazdan getirirler annemi diye düşündüm, kalktım yatağın üzerinden, çarşafı düzelttim, pencereyi araladım odayı havalandırmak için. İçeri kar girince kapattım hemen. Yatağın ayakucuna iliştim, tekrar tuşladım numaraları. Yanıt yok. Aslı, kızım, nerdesin?

Kapı yine açıldı. Bir hastabakıcı başını içeri uzatıp bir şey isteyip istemediğimi sordu.

"Ne gibi?" dedim.

"Çay, kahve ya da bir meşrubat?"

"Oda servisi mi var?"

"Acilde yok ama kafeteryaya inebilirsiniz. Odada beklemekten iyidir. Oyalanırsınız biraz."

"Burada beklemeyi tercih ediyorum."

"Siz bilirsiniz."

Çıktı. Pencereden dışarıya baktım. Göz gözü görmüyor kardan. Bu havada kimsenin zamanında evine dönmesine imkân yok, telefon hatları da bozulmuştur diye teskin etmeye çalışıyorum kendimi. Annem için endişelenmem gerekirken, dikkatimi kendi üstünde yoğunlaştıran kızımı elime geçirsem dövebilirim şu anda. Yatağın ayakucuna ilişip gözlerim kapalı oturdum bir süre. Sakinleşmeye çalıştım. Sonra dışarı çıktım, ağır ağır yürüdüm koridorda. Az ilerde hastabakıcılar, kendi bölümlerinde sohbet ediyorlardı. Beni görünce içlerinden biri yanıma geldi,

"Hastanızın ameliyatı az önce bitti," dedi, "ben de size gelmek üzereydim."

"İyi geçmiş mi ameliyat?"

"Evet."

"Getiriyorlar mı?"

"Daha değil. Doktor size bilgi verecek."

Koşa koşa odaya döndüm. Pencerenin önünde durup göğe baktım ve annem ameliyatı atlattığı için ellerimi açarak dua ettim. Şükürler olsun Allah'ım, annemi bağışladın, bir de kızımdan hayırlısıyla bir haber ilet bana. Yine tuşladım numaraları. Yok! Fatma nerelerde acaba? Karı görünce o da erkenden evine dönmüştür. Sözümona eve kadar gitmiş anneme lazım olacak birkaç parça eşyayı almaya. Eve gitse telefona cevap verirdi.

"Hanımefendi..."

Sıçrayarak döndüm. Doktor, bu kez üzerinde yeşil ameliyat gömleğiyle duruyor kapıda.

"Annem...?"

"Anneniz geceyi yoğun bakımda geçirecek. "

"Neden?"

"Telaşlanacak bir durum yok. Ağır bir ameliyat geçirdi. Her şey yolunda gitti, merak etmeyin. Geceyi yoğun bakımda geçirmesi iyi olur. Siz de evinize gidip dinlenin. Sabah gelirsiniz."

"Kendinde mi?"

"Henüz değil. Yarından önce pek kendine gelemez."

"Görebilir miyim?"

"Görmeyin daha iyi. Başı sargılı. Zaten uyuyor. Sabah görürsünüz."

Ne çok sorum var soracak. Ameliyatı en ufak ayrıntısına kadar anlatsın istiyorum bana, doktor. Ama o da en az benim kadar yorgun gözüküyor, yüzü bembeyaz. Göğüs cebinde bir vızıltı başlıyor. Açıyor telefonunu.

"Hemen geliyorum," diyor.

"Anneme bir şey mi olmuş?"

"Ne münasebet. Hastanemizde başka hastalar da var."

Telaşla çıkıyor odadan. Annemin yatağına oturuyorum yine, yalnızlıktan ürken küçük bir kız çocuğu gibi omuzlarımı kaldırıp başımı kuş gibi göğsüme gömüyorum. Anne, affet beni. Affet beni, anneciğim. Niye özür dilediğimi bilmiyorum ama, içimden hep bunu söylemek geliyor. Bir el arıyorum tutacak, bir omuz yaslanmak için. Aslı, kızım nerdesin? Hangi cehennemdesin? Niye yanımda değilsin Sinan? Önce sessiz yaşlar düşüyor gözlerimden, sonra hıçkırmaya başlıyorum. Ağlıyorum; avaz avaz.

Karların pencere önündeki dansı sürüyor. Tam cama yapışacaklarken, bir rüzgâr alıp götürüveriyor onları uzağa. Mevlevi dervişleri gibi kendi etraflarında döne döne gidiyorlar, bir başka pencereye, bir başka ağaca, bir başka âleme. Ben de kalkıp gitmeliyim buradan. Anıların arasında dönüp dolaşacağıma, ayağa kalkmalı, silkinmeliyim. Torbamı, çantamı toparlayıp yollara düşmeliyim evime doğru. Penceresinde kimsenin yolumu gözlemediği, bir kedinin dahi beni beklemediği evime gitmeliyim. Yavaş yavaş kalkıyorum yataktan, ellerimin tersiyle gözlerimi siliyorum, etekliğimi düzeltiyorum, iskemleye atıverdiğim mantomu giyiyor ve bu havada kendimi dahi zor taşıyacağım için torbamı annemin odasında bırakmaya karar veriyorum. El çantama gerekli notlarımı sıkıştırmış çıkarken, genç bir hastabakıcı giriyor içeri.

"Odayı boşaltıyorsunuz, değil mi?"

"Yoo, hayır."

"Ama hastanız iki gün yoğunda kalacakmış. Odaya gerek yok."

"Sonunda buraya çıkmayacak mı?"

"Çıkacağı zaman ayarlarız odasını. Oda sıkıntımız var. Lütfen eşya bırakmayın dolapta."

Hırsla dolabı açıp annemin üzerinden çıkan geceliği, çamaşırları torbamın içine tıkıştırıyor, kapıyı çarpıp çıkıyorum. Asansörde birden aklıma takılıyor, acaba onun geri dönmeyeceğini mi ima etti bana hastabakıcı? Yok, olamaz! Gözlerime yeniden yaşlar doluyor. Birilerine danışmalıyım, beyin ameliyatları sonrası süreci sormalıyım, öğrenmeliyim. Doktorun adı neydi?... Neydi? Aklıma gelmiyor bir türlü. Elimde torbam, omzumda çantamla yalpalaya yalpalaya şaşkın ördek gibi yürüyorum koridorlarda. Çıkış kapısına yaklaşırken, hasta sahiplerinin bekleştiği bölümde bir karaltı üstüme üstüme geliyor.

"Aaaa, Ziynet dadı! Ne işin var burada? Gitmedin mi sen?"

"Gidemedim. Başına kaldım bu akşam. Vapurlar işlemiyormuş. Köprüde de buzlanma varmış. Çaresiz buraya geri döndüm."

Sığınacak bir liman bulduğum için, içim ısınıyor, "Başımın üstünde yerin var. Neden çıkmadın yukarıya?"

"Annenle seni baş başa bırakayım dedim, konuşacaklarınız

olur diye. Nasılsa eve gitmek için buradan geçecek değil miydin? Oturdum, yolunu gözledim. Nasıl annen?"

"Bilmiyorum dadı. Yoğun bakımda kalacak bu gece. Bana göstermediler."

"Yarın gelirsin erkenden. Haydi gidelim şimdi," elimdeki torbayı çekiştiriyor, "sana güzel bir çorba yaparım."

"Dadı ne yapıyorsun, bırak çantamı."

"Olur mu güzel kızım. Hanımlar torba taşır mı hiç!"

Torbamı zorla kurtarıyorum elinden.

"Gençler varken yaşlılara düşmez taşımak."

"Sen ailede kimselere benzemiyorsun Ayda kızım. Nedim Bey'e çekmişsin sen."

İkimiz de gülüyoruz bu alakasız benzetmeye.

"Dua et de taksi bulalım dadı," diyorum, "yoksa eve kadar yürümemiz gerekecek."

"Bugün çok dua ettim," diyor yaşlı kadın, "şimdi bir de taksiyi sokuşturma araya. Yukardakinin aklı karışmasın."

Ziynet'in el çabukluğuyla hazırlayıverdiği yoğurtlu, bol naneli yayla çorbası boğazımdan kadife gibi kayarak iniyor bomboş mideme, içimi ısıtıyor. İlk kez iyi hissediyorum kendimi.

"Dadı, ellerine sağlık. Çok iyi geldi."

"Afiyet yağ bal olsun, gülüm. Sen hele bir su dökün, uzan şöyle, ben bir de ıhlamur kaynatırım sana, iyice ısınırsın. Hemen uyursun mışıl mışıl."

"Uyuyamam dadı."

"Aaa, olur mu hiç. Bak anneciğin hayırlısıyla kalktı ameliyat masasından. Yarın gidip göreceksin. Neden uyumayacakmışın?"

"Aslı'yı bekleyeceğim."

"Geç mi gelecek? Sen uyu, ben açarım kapıyı ona."

"Ne zaman geleceğini bilmiyorum. Nerede olduğunu da bilmiyorum. Dünden beri cebi kapalı... Çok korkuyorum dadı."

"Aman sen de, ne korkuyorsun! Bir arkadaşında kalmıştır bu havada. Meraklanıp durma boşuna. Annen de böyle merak ederdi seni, onun yaşındayken. Boşuna heder etmiş kendini, bak arslanlar gibisin maşallah. Korktuklarının hiçbiri gelmedi başına, öyle değil mi?"

"Öyle mi?"

"Ne vuruldun, ne sakatlandın ne de hapishane köşelerinde çürüdün, Allah'a şükür... tabii Nedim Bey'imin de yardımı oldu selamete çıkışında. Az hakkı geçmediydi sana... hele o bombanın atıldığı gün vardı ya... aklını kaçırmış gibiydi annen. Nedim Bey çiftlikteydi o gün..."

"Yaa! Ankara'da değil miydi?"

"Sultan Hanım hastalanmıştı da ziyarete gelmişti babaannesini. Telefon çalınca ben açmıştım. Annen, haykırıp duruyordu telefonda... fırlayıp gittiydi Nedim Bey. Çocukları bombalamışlar, dediydi kapıdan çıkarken. İyi haber gelene kadar seni hep öldü zannettikti. Baban gittikten sonra, ertesi gün beni otobüse koyup yolladıydı İstanbul'a Sultan Hanım." Bana ıhlamur kaynatmak için mutfağa yürürken bir taraftan da konuşmasını sürdürüyor, dadı. "Git yardımın dokunur, destek olursun torunuma dediydi. Bizim Bozova'da hiçbir şeyden haberimiz yoktu o gün, meğer İstanbul'da kıyametler kopmuş!"

Kıyametler kopmuştu, evet!

Okulun cümle kapısından çıkmıştık Sinan'la, az ilerde toplanmaya başlayan arkadaşlarımızın yanına gitmek için o önde ben biraz geride aceleyle yürüyorduk. Suna elinde bir pankart taşıyordu arkamda, "Ağır geldi, bana yardım etsene," diye seslendi. Geriye döndüm, tam arkadaşıma elimi uzatırken, müthiş bir patlamayla yerlere savrulup yüzükoyun kapaklandım. Herkes bir başka yöne kaçışıyordu. Feryatlar, çığlıklar, toz duman... Düşerken ağzımı kaldırımın taşına vurmuşum. Dişlerimin, köklerinden çıkıp ağzıma döküldüğünü sandım bir an. Dişsiz kaldım, aman Sinan beni görmesin! İlk aklıma gelen buydu. Bir patlama daha... biri üstümden uçtu, "Yandım Allah!" diye bağırarak... Bir gövdenin yere çarptığını duydum. Sonra polis düdükleri, ağlamalar, inlemeler, feryatlar, çığlıklar… Kımıldamadan kaldım yattığım yerde… ne kadar sürdü bilmiyorum. Yavaş yavaş gözlerimi açtım ama hiçbir şey görmek mümkün değildi, ortalık duman ve cam kırığı içindeydi… bir sis perdesinin ardında koşuşturan insanlar görüyordum hayal meyal… çığlıklara, hoyrat erkek sesleri karışıyordu… Cankurtaran sirenleri, düdükler… Ağzımdaki keskin acının dışında hiçbir şey hissetmiyordum… Sol elim altımda kalmıştı. Başımın üstüne kıvrılmış sağ elimi oynatmaya çalıştım… ileri uzattım yavaşça. Sıcak bir şeye değdi. Hemen çektim elimi, yüzüme yaklaştırdım, baktım kan! Elim kıpkırmızıydı… kanın kokusu burnumda kaldı yıllarca… tuhaf bir koku, ağır, sıcak, ekşi bir koku… Başımı kaldırmaya çalıştım yerden. O zaman gördüm işte, kan gölünün içinde yatıyordum. Allah'ım! Öldüm ben! Anne, anneciğim öldüm ben! Anneeeee, babaaaa, Nedim babaaaa, Sinaaaaan, Utkuuuuu! Niye kimse gelmiyordu yanıma? Başım yere düştü. Ağlamaya başladım. Ağladığıma göre demek ki ölmemişim, diye düşündüm. Ölüler ağlamazlar! Elimi yavaş yavaş başıma götürdüm. Saçlarımın arasında bir şeyler vardı. Bir şeyler düşmüştü kafama. Elimle karıştırdım saçlarımı, bir küçük parçayı parmaklarımla tutup gözlerimin önüne taşıdım. O da ne? Kuşbaşı büyüklüğünde kanlı bir parça… Tüm gücümle fırlattım uzağa. Öööööğğğ. Midem bulanıyordu. Yattığım yerde kusmaya başladım. Dizlerim ile kollarımın üzerinde dört ayak dikilmeye çalıştım. Orada, hemen orada sağımda biri vardı… kafası yoktu! Kafası yoktu!… Kafası taa ötedeydi, paramparça. Allah'ım! Yeşil hırka… ekose etek parçaları… Suna! SUNAAA! HAYIR! HAYIIIR! HAYIIIIR!

Biri eğiliyor üstüme. "Aç gözlerini kızım. Aç gözlerini. Uyandın mı? Ayda… Ayda… Ayda Safter…"

"Nerdeyim? Neresi burası?"

"Hastanedesin kızım."

Derin bir kuyudayım sanki. Etrafımda kanlı et parçaları, burnumda barut ve kan kokusu, çok koyu lacivert dalgalarla boğuşa boğuşa denizin dibine sürükleniyorum. Ayağıma bir demir çapa takılı, bir türlü çıkamıyorum suyun üzerine. Boğuluyorum. Boğuluyorum.

"Polise ifade verebilecek misin?"

Ne polisi? Ne ifadesi? Ne diyor bu adamlar?

"Hâlâ şokta. Henüz bilinci yerinde değil," diyor beyaz gömlekli kişi, "biraz zaman tanıyın, üstüne varmanız doğru olmaz."

Bir uğultu var kulaklarımda. Silah sesleri var. Çığlıklar var. Sirenler var. Neredeyim ben?

"Bir yere gidemez. Burada yatıyor işte, görüyorsunuz. Sabah gelin alın ifadesini. Siz gelmeden salmayız, merak etmeyin."

Konuşulanları duyuyorum ama söylenenler hiçbir şey ifade etmiyor bana. Uyumak istiyorum. Hiç uyanmadan, sonsuza kadar. Sabah olmasın, yarın olmasın, öbür gün olmasın. Zaman dursun, hiç kıpırdamadan, akmadan dursun zaman. Ben burada böylece yatayım. Ağzımda alışık olmadığım bir boşluk var, dilimi ağzımın içinde gezdiriyorum... elimi ağzıma götürüyorum. Aaaaaaaa dişlerim yok! Allah'ım, olamaz! DİŞLERİM YOK! Bağırıyorum, avaz avaz bağırıyorum, neler olduğunu hatırlarken...

Annem temiz çamaşırlar getirmiş, giydirmeye çalışıyor beni. Yüzü bembeyaz, elleri titriyor, bense sürekli ağlıyorum.

"Sok kolunu, haydi Ayda... bırak ağlamayı, bak herkes bize bakıyor... kızım yaşadığına şükredeceğine... diş bu, yapılır. Yarın hemen gideriz Pertev Bey'e... haydi kızım, ağlama..."

"Sinan'ı öğrendin mi anne? Yaşıyor mu? Yaralı mı?"

"Başlatma şimdi Sinan'dan. Başına ne geldiyse o solcu piçin yüzünden geldi. Haydi giy şu eteğini de çıkalım."

"Sinan'la alıp veremediğin nedir kuzum, anne?"

"Haydi haydi, evde konuşacağız bunları. Sırası değil şimdi."

Annemin getirdiği etekliğe bakıyorum. Benim etekliğim yoktu, nereden bulmuş bu eteği? Neden pantolonlarımdan birini değil de bu eteği getirmiş giymem için. Giyiyorum çaresiz. Annem bu kez, iki yıl evvel bana Londra'dan aldığı, hiç giymediğim devetüyü mantoyu uzatıyor. Bombalandığımız gün üstümde parkam vardı oysa.

"Parkam nerde?"

"Giyilecek durumda değil. Bunu giy."

"Ben manto giymeyi sevmem, biliyorsun."

"Bir kerelik adam gibi giyinmenin bir zararı olmaz."

Beni hastaneden çıkarırken dahi benimle itişmesine içerliyorum. Hırsla çekip alıyorum mantoyu elinden. Koğuşun kapısında dudaklarında sigarasıyla bekliyor Nedim baba. Bizi görünce kollarını açıyor, sımsıkı göğsüne bastırıyor beni. Hıçkırıyorum kollarında. Cebinden çıkardığı beyaz mendille gözyaşlarımı siliyor, gülümser gibi oluyor, ağzımın halini hatırlayınca yeniden ağlamaya başlıyorum.

"Dişsiz de güzelsin, merak etme. Hem şu sağ öndeki biraz fırlak diye üzülüp duruyordun. Şimdi inci gibi üç adet diş benden sana armağan, söz."

"Arkadaşım öldü baba. Suna öldü..."

"Biliyorum yavrum, başın sağ olsun. Hepimizin başı sağ olsun."

Nedim babamla el ele arabaya yürüyoruz. Annem elinde eşyalarımı getirdiği çantayla arkamızda, etrafta resim çeken gazeteci var mı diye kolaçan ederek tedirgin yürüyor. Kimseler yok. Hastanenin bahçesine park edilmiş arabaya binince, annemle Nedim baba rahat birer nefes alıyorlar. Annemin bana etek, manto gibi, blucin ve parkadan daha saygın giysiler getirmesinin sebebini şimdi anlıyorum. Hastane kapısında resim çekmek için bekleşen gazeteciler varsa eğer, komünist kılıklı kızından dolayı, kocasının siyasi itibarı zedenlenmesin diye düşünmüş olmalı.

"Neyse, bunu da atlattık," diyor Nedim baba arabayı çalıştırırken, arkaya, bana dönüp göz kırpıyor, "Sinan'a hiçbir şey olmamış, merak etme. Birkaç kere telefon etti. Ben hastaneye gelmemesini rica ettim. Bu gece arar yine."

“Bu konuyu eve gidince enine boyuna konuşacağız,” diyor annem.

Dişsiz ağzımla yılan gibi tıslayarak bir şeyler söylemeye yelteniyorum anneme. Annem, kocasının yanındaki koltuğa yan dönerek oturmuş, bana bakıyor yüzünde tuhaf bir ifadeyle. O güne kadar annemin yüzünde hiç görmediğim, yeni bir ifade bu... hatta ifadesizlik. Tıpkı bir mumya gibi, bembeyaz ve donuk annemin yüzü. Gözleri de bir tuhaf. Dudaklarının sımsıkı kenetli olması, konuşkan annemin söyleyecek laf bulamaması, bana veryansın edeceğini zannederken, böyle susup oturması garibime gidiyor. Onu omuzlarından tutarak sarsalamak ve şöyle demek geçiyor içimden;

“Anne, arkadaşlarım ölürken ben ölümden kurtulmuşum, dişlerim ağzıma dökülmüş, hastanelerde sürünmüşüm, saatlerce polise ifade vermişim, başıma daha nelerin gelebileceği belli değil, bana edecek bir çift sözün yok mu? Niye Buda heykeli gibi oturup yüzüme bakıyorsun sadece, anne?”

Ziynet dadı, bir fincan dumanı tüten ıhlamuru elime verirken, anneme dair anlattıklarının etkisini yüzümde görmek istercesine gözlerini bana dikmiş, gözlerimin içine bakıyor. Şimdi de sevgili Nedim Bey’inin benim için yaptığı fedakârlıkları anlatmaya başlayacak, diye düşünüyorum. Ama yanılmışım, üvey babamı es geçip, Bozova çiftliğinin kadınlarına getiriyor sözü. Fırsatını buldu muydu Sultan Hanım’ı, Semiha Hanım’ı ve Yusuf amcanın karısı Ceyda’yı çekiştirmeden edemez. Bir tek rahmetli Satı için kötü söz yoktur dağarcığında.

“Sultan Hanım’ın beni o gece hemen İstanbul’a yollaması, babana destek olayım diyeydi, yoksa anneni düşündüğünden filan değildi elbette,” diyor dadı, “Sultan Hanım kimseleri düşünmezdi, o sadece oğulları ve torunları üzülecek diye telaşlanırdı, ben bilirim.”

Ihlamurumdan bir yudum alıyorum. Karşımda, beyaz tülbentini uçlarını bağlamadan, ortadan ayırıp arkada topladığı saçlarının üzerinden akıtmış, bir bacağını altına alarak oturmuş Ziynet. Ağzımda, çocukluğumun kış gecelerini geri getiren naneli çorba tadı, havada birazdan iyice ağdalanacağı belli olan dedikodu keyfi... Bozovada'yım sanki ve orta salonun sedirlerine dizelenmiş konak kadınlarının konu komşuyu acımasızca çekiştirmelerini dinliyorum.

Ziynet'in gözleri yıllar öncesinde olduğu gibi yine kapkara ama eski parlaklığından eser kalmamış, saçları tamamen aklaşmış ve şivesi düzelmiş. Kendini kapıp koyuvermediği zamanlarda İstanbul ağzıyla konuşuyor. Biliyorum ki birazdan sohbet koyulaşınca, iyice bırakacak kendini. Ben, on yaşındayken nasıl kendimden geçerek dinlemişsem, bu gücünün nereden kaynaklandığını bilmediğim karizmatik köylü kadınının değişik şivesini, bunca yıl sonra aynı hazla ağzının içine düşerek dinleyeceğim yine. Bana çok iyi bildiğim bir yöreye, çok yakından tanıdığım insanlara dair masallar anlatacak. Söylediklerinin doğru olup olmaması hiç önemli değil, Binbir Gece Masalları'nı dinler gibi, büyülenerek dinleyeceğim dadının inişli çıkışlı gece seslerini. Çünkü şu anda Bozova'ya dönmeye, çocukluğumun lavanta çiçeği kokulu anılarıyla oyalanmaya ihtiyacım var.

"Semiha Hanım aslında annemi hiç sevemedi, değil mi dadı?" diye sorarak sazı eline veriyorum Ziynet'in.

"Kızım, kaynanalara gelin sevmek zor gelir. O, biricik oğluna eliyle bir kız seçsin istediydi. Oğlu ne yaptı, bekledi bekledi, karta kaçmaya başladığında, yanında enciğiyle anneni getiriverdi."

"Arkasından kuyusunu kazacağına, başından istemiyorum deseydi."

"Demedi mi sanıyorsun? Çok söyledi ama hiç oralı olmadı Nedim Bey. Bir akşam büyük hanımla annesinin karşısına oturup, 'Evleneceğim kadını sevmeyebilirsiniz ama aile içinde ona saygısızlık yapılırsa, ikiniz de beni unutun,' dediydi. Vallahi de billahi de aynen böyle dediydi. Nereden biliyorsun dersen, onlara kahve götürüyordum tam o sırada. Akşam yemeğinden kalkılmış, orta salona geçilmişti. Ben elimde tepsiyle salona giriyordum. Duydum, ezber ettimdi sözlerini. 'İstanbul'da bir iş bulurum kendime. Size evlatlık vazifemde kusur etmem, bayramlarda elinizi öpmeye, tatillerde hatırınızı sormaya gelirim,' dediydi."

"Ne yaptılar?"

"Ne yapacaklar, söylenip durdular, günlerce aralarında konuştular. Sultan Hanım'ın gönülsüzlüğü neyse de, İstanbullu Semihanım niye itiraz eder şehirli kıza dersen, annen dul olduğu içindi. Oysa rahmetli Satı söylediydi onlara, dul almak sevaptır, diye. Sultan Hanım belli etmezdi ama dinlerdi Satı'yı. Her şeyi Satı'ya danışırdı. Satı onun dert ortağı, akıl hocasıydı. Beraber mi büyümüşler, neymiş. Pek kıymetlisiydi Satı. Her neyse, ikna ettiydi Sultan Hanım'ı. Sultan Hanım da gelinini ikna ettiydi, 'Tohuma kaçtı oğlumuz, alacağı kız on yedisinde olmayacak elbette,' diyerekten. Gözlerinin bebeği oğullarını kaybetmeyi göze alamadılar, haber yolladılardı üç haftadır konağa telefon bile etmeyen rahmetli babana. Geldi, oturduydu karşılarına. 'Bu evin direği sensin,' dediydi Sultan Hanım, 'Kerami'min oğlusun. Onca emek verdi, İngilterelerde okuttu, etti seni. Eh, bunca tahsil terbiyeden sonra, bir bildiğin vardır, elbette seçtiğini iyi seçmişsindir. Haydi, getir de görelim gelinimizi.' Annesinin, büyükannesinin ellerini öptüydü Nedim Bey'im, barıştılardı. Daha sonra da ananı ve seni yanına katmış getirmişti köşke. Hatırlarsın herhalde yavrum, yaz başıydı. Kerami Bey'in tatili henüz başlamamıştı ama iki günlüğüne gelivermişti Bozova'ya. Pek beğenmişti gelinini. Aman ben nasıl ısındımdı sana, daha ilk görüşümde kanım kaynadıydı. Na şuncacık bir şeydin, kıvır kıvır saçlı."

"Kerami dedemin itirazı olmamış mıydı anneme?"

"Bozova'nın erkekleri değil, kadınları dişliydi. Hiç karışmazdı Kerami Bey'im etliye sütlüye. O möhim işlerle uğraşırdı Mecnis'te."

İyi, dedim içimden, dili bozulmaya başladı, birazdan, Nedim babanınkiler hariç, ailenin tüm kirli çamaşırları yayılır ortaya. Sadece elinde büyüttüğü Nedim'ine toz kondurmaz, asla. Sırf ona olan saygı ve sevgisinden annemi de esirger kem sözden.

Annemin ona karşı takındığı kibirli, zaman zaman da kaba tavra karşın, her zaman alttan almasına hep hayret etmişimdir.

"Şu kızı bir kere daha aramak istiyorum, dadı," dedim, "bir sesini duysam rahat edeceğim."

"Analık zahir kızım," dedi Ziynet dadı, "anan da böyle merak ederdi seni ama kızarsın diye belli etmemeye çalışırdı. Az zorba değildin sen de, be!"

Telefona uzandım. Tuşladım kızımın numarasını. Çalıyor nihayet! Yüreğim ağzımda, bekledim.

"Alo," dedi Aslı.

"Aslı! Nerelerdesin Allah aşkına?"

"Ah anne! Selam canım, iyi misin?"

"Neredesin kuzum?"

"Anne burası kar kıyamet. Sabah başladı kar, hâlâ durmadı. İstanbul böyleyse Erzurum kimbilir ne haldedir. Nasıl geçiyor seminer?"

"Sen neredesin şu anda?"

"İstanbul'dayım anne, nerede olacağım!"

"Ben de İstanbul'dayım..."

"Aaa, ne zaman döndün? Hani üç gün sürüyordu seminer?"

"Nerdesin kızım?"

"Ay anne sorgu hâkimi gibisin."

"Ne-re-de-sin?"

"Bir arkadaşımda kalıyorum bu gece. Çok kar var, eve gidemedim."

"Arkadaşının evi nerede?"

"Karşı tarafta."

"Kim bu?"

"Tanımazsın. Fakülteden."

"Adını söyle."

"Anne lütfen, çocuk değilim ben."

"O ressam oğlanın evinde misin? Bilmek istiyorum. Buna hakkım var."

"Buna hakkın yok. Ben on sekizimi çoktan doldurdum. Ama

madem ısrar ediyorsun o ressam oğlanın evinde değilim. O ressam oğlanın da bir adı var, biliyorsun adını."

"Yarın sabah erkenden evde ol Aslı."

"Kusura bakma anne, öğleden önce eve gelemeyeceğim."

"Bana neden erken döndüğümü sormuyorsun bile! Ne biçim şeysin sen? Sadece kendini mi düşünürsün? Anneannen bugün çok ciddi bir beyin ameliyatı geçirdi. Şu anda yoğun bakımda yatıyor. Bütün gün seni aradım. Yarın sabah erkenden evde ol!"

"Anne, dur dur, lütfen kapatma! Ne oldu? Ne zaman? Neden?"

Kapattım telefonu.

"Yüzüne mi kapattın?" diye sordu Ziynet dadı.

"Evet. Hak etti ama."

"Kızım, işine burnunu sokmak gibi olmasın ama... sormayayım dedimdi ama... babası nerede bunun? Sinan Bey seyahatte filan mı?"

"Dadı... biz yazdan beri ayrı yaşıyoruz. O Bodrum'a taşındı... bir süre böyle deneyeceğiz..." Lafımı bitiremeden, çalan telefonu açtım.

"Alo... evet ne var?" Kızımın telaşlı, üzgün ve suçlu sesini dinledim sabırla.

"Söyledim ya beyin kanaması... gece Fatma yerde baygın bulmuş, odasında."

Aslı soruyor, soruyor. Ben çocuğumun sağ ve salim olduğunu öğrendiğimden beri, zalim anneyi oynuyorum yeniden.

"Evinde olsaydın tüm bunlardan haberin olacaktı. Belki çok daha erken ameliyata alınacaktı, hiçbir risk taşımadan... kesme lafımı Aslı, seni, anneannen hastalandı diye suçlamıyorum. Sadece yokluğumdan istifade ederek... ne demek istiyorsun sen?" Giderek yükseliyor sesim.

Ziynet yaklaşıyor, alıyor telefonu elimden,

"Sevgili yavrum, kınalı kuzum, tanıdın mı beni?... Benim, yaa! Anneciğin pek bitkin, pek üzgün. Bu gece burada onunla kalıyorum. Ben de kardan eve dönemedim, yaa yavrum. Sabah erken gel de hem senin güzel yüzünü göreyim hem de sana bir çılbır yapayım, Bozova usulü, emi yavrum? Haydi sağlıcakla kal."

Bana dönüyor, beyaz tülbent saçlarından omuzlarına kaymış,

"Şimdi sırası değil ana-kız kavgasının. Hele ayaklansın anan, o zaman hesaplaşırsın kızınla." Sesi sert. Yüzü yorgun. Gözlerinin altında torbalar var. Ziynet dadı ne gençti ne de yaşlı, hep yaşsız ve ölümsüzdü benim için. Ama şu anda karşımda duran, ne kadar güçlü olursa olsun, ihtiyar, çok ihtiyar bir kadın.

"Haklısın. Otur da sana sevdiğin gibi bir acı kahve yapayım. İçeriz, sonra da yatarız. Tamam mı?"

"Sağ olasın, kızım."

Elimde tepsiyle döndüm mutfaktan. Kahvesini aldı, kanepenin üzerinde bağdaş kurdu yine.

"Ne olacakmış bir zaman ayrı ayrı yerlerde kalmakla?" diye sordu.

"Anlamadım?"

"Niye ayrılırsın kocandan? Erkek kısmını yalnız bırakmaya gelmez ha!"

"Ha, onu mu diyordun... Çok uzun yıllardır beraberiz. Sıkıldık birbirimizden."

"Bunlar hep moda işi, kızım. Eskiden kimse kocasından sıkılmazdı. Bak, boyunca kızın var, zapturapt altına alamıyorsun. Babası burada olsaydı, bugün böyle çığrışır mıydın telefonlarda. Sen nereye gittinse gittin, onlar baba-kız baş başa otururlardı evde. Okumuş kadınsın, sana öğretmek bana düşmez ama kocanı eve al. Her eve lazımdır bir erkek."

"Dadı, madem öyle, sen niye hiç evlenmedin? Kısmetim çıkmadı, deme sakın, inanmam."

"Çıkmaz olur mu? Kaç kısmetim çıktı hem de."

"Eee, Sultan Hanım'ın çiftliğini beklemek sana mı kaldı, evlenseydin ya."

"Önceleri, babana bakarkene onlar veresi olmadılar, sonra da ben istemedim."

"Neden?"

"Ahh kızım! Öyle işte. Kısmet." Daldı gözleri.

"Anlatsana dadı."

"Neyi?"

"Niye evlenmediğini?"

"Geçmiş zaman, a kızım..."

"Haydi dadı, haydi, bak bu akşam üzgünüm çok. Anlatırsan oyalanırım biraz."

"Eh, haydi bakalım! Yıllar önceydi, ben daha yirmilerimi sürüyorum. Fabrikada yeni bir kısım mı ne açıyorlardı, hükümetteki mühim adamların o açılış için çiftliğe geldikleri gündü. Beni Halil'e nikâhlayacaklardı birkaç hafta sonra, gelinlik için terziye inecektim o gün kasabaya... inemedim. Kısmet işte. Ankara'dan hükümet adamları geliyor ya, yollar hep kamyon, araba dolmuş. Kalabalıktan adım atılmıyor kasabada. Döndüm geldim çiftliğe. Baban o zamanlar taze fidan gibi, yeniyetme. Uzun pantolonu daha ilk o gün giyecek. Babası, o da törene gelsin, buyurmuş, üst baş almışlar ona Ankara'dan, getirmişler Bozova'ya. Uzun pantolon giymeyle adam olunur mu! Çocuk daha ne de olsa, dereye inmişmiş kurbağa yakalamaya, üstü başı çamur içinde geldiydi de onu yıkayıverdimdi hamamda. Giyindi kuşandı, boyunbağı takındı. İşte o gün büyüdü baban. Fabrikaya giderken arkasından baktım, üzerinde takım elbiseyle bir delikanlı oluvermiş, birdenbire, koynumda büyüttüğüm el kadar oğlan." Ziynet sustu, pencerenin dışındaki karanlığa dalan gözleri yaşlandı gibi geldi bana, "Biliyor musun, analar erkek çocuklarını delikanlı oldular mıydı kuş gibi uçururlar yuvadan."

"Benim bildiğim kuş gibi uçanlar kızlardır, evlendikleri zaman."

"Öyle değil işte! Kız, evine hep bağlı kalır. Ama erkek çocuk kemale erdi miydi, onu her şeyden çok sevenlerden, onu büyütenlerden uzaklaşır. Eksik etek peşine düşer... şeyinin doğrultusuna gider. Öyle derdi Sultan Hanım, Kerami ile Yusuf da öyle yapmışlarmış, evlenir evlenmez karı-köylü olmuşlarmış. Eğer onu tutacak bir şey bulamazsan, oğlan büyüdü müydü hiçbir bağı kalmaz eviyle, Ayda kızım, iyi ki kız evladın var senin."

"Sen niye evlenmediğini anlatıyordun..."

"Nerede kalmıştık?"

"Fabrikada açılış varmış da Nedim babayı süslemiş püslemişsin..."

"Nedim'im giyinip kuşanıp gitmişti. Sonra, Kerami Bey arabayı geri yollatmıştı, Semihanım ile Ceyda da katılsınlar törene diye. Kambersiz düğün olur mu! Gelinler gider de Sultan Hanım durur mu! Hemen hazırlandı rahmetli, gelinlerin peşi sıra, o da gidecek. Bana da, gel kız, sen de gel, çantamı, şalımı filan taşırsın, dediydi. Hep beraber gittik. Fabrikanın önündeki o meydan var ya, oraya gölgelikler kurmuşlar, iskemleleri sıra sıra dizmişler, balonlar, süsler, neler de neler. Bir de kınalı koç bağlamışlar ağaca... Ziyafet masasının üstünde bir kuş sütü eksik. Neyse, adamlar hep kürsüye çıkıp çıkıp konuştulardı. Kerami Bey'im konuştu önce... sonra o vekil adam... Nedim Bey'im de söğüt dalı gibi ince uzun, koşuşturuyor etrafta."

Dadı yiyeceklerden, Semiha Hanım ile Ceyda'nın elbiselerinin en ince ayrıntılarına kadar hiç susmadan anlatıyor. Dilinin kontrolünü kaybetmiş, İstanbul ağzıyla değil, kırk yıl evvelki ağzıyla konuşuyor. Zevkle dinliyorum ama neden hiç evlenmemiş olduğuna bir türlü gelemiyoruz.

"Eee dadı, Halil'e ne oldu, Halil'e? Onu söyle sen!"

"O gün eve döndük akşama doğru. Ben Satı bacıma gittim, dedim ki, Halil'e haber edin, ona varmayacağım. Neden kız, dedi, başkasına mı gönül düşürdün yoksa? Vallahi de değil, billahi de değil, dedim. Kız gelinliğin hazır be, dedi. Olsun varsın, dedim, istemiyorum. Kıyarım canıma zorlarsanız. Sultan Hanım çağırdı yanına. Kız neden kocaya gitmiyorsun, onca çeyiz düzdük sana, diye sordu. Sebep yok. İstemiyorum. Kız sen sevici misin, dedi bana, ablacı mısın, ne boksun kız? Ayağımın altına alırım seni, bir güzel döverim, dedi. Döv hanımım, dedim. Öldür istersen. Ben bu evde açtım gözümü, bu evde kapayacağım. Kocada gönlüm yok benim. Çeyizimi de bir başka öksüze verin. Ben boğaz tokluğuna kalmaya razıyım. Satı'yla oturup dedikodumu yaptılardı iki kocakarı. Yok o günkü ikbali görmüşüm de fabrikada, Halil'i küçümsemişmişim. Yok yoksul evin hanımı olacağıma, zengin evin kedisi olayım demişmişim, yok şu, yok bu. Ben, o gün karar verdim, benim yerim Bozova'dır. Geçmişim de geleceğim de ordadır. Kısmet işte."

"İyi de, neden?"

"Öyle!"

"Pişman olmadıysan mesele yok, dadı," dedim.

"Olmadım."

"Demek ki her eve bir erkek gerekmiyormuş."

"Bizim evin erkeği çoktu, kızım. Önceleri Ağa baba vardı. Kerami ile Yusuf beyler vardı... sonra Nedim Bey'im... Nedim Bey'imi o kör olasıca Yağız kaçırdı Bozova'dan. O olmasaydı, hiçbir yere gitmezdi. Semiha Hanım sanır ki oğlunu anan götürdü büyük şehre. Bana sor sen. Babanı yerinden yurdundan eden, o yılan ahvadından Yağız herifidir, başkası değil."

Güldüm. "İlahi dadı. Sen de biriyle bozdun mu tam bozarsın. Adam yerine bile koymazdı onu Nedim babam."

"Adam değildi de ondan."

"İyi ya, adam yerine koymadığı Yağız yüzünden niye bozsun düzenini?"

"Amcasıyla iyice kötü kişi olmamak için. Çünkü o Yağız yılanı avcunun içine almıştı Yusuf Bey'i... Yusuf'ta da akıl yok ki. O sadece küp gibi içsin, caka satsın. İşleri bırakmış Yağız'a, o ne derse inanır. İnanmıyorsun değil mi kızım? Zarar yok. Bu saatten sonra ister inan, ister inanma. Ölen ölmüş, giden gitmiş."

"Sen nereden biliyorsun bütün bunları?" diye sordum.

"Ben anası sayılırdım babanın. Her şeyini bilirdim. Hele de üzüntülerini."

"Annesi ya da karısı dururken sana mı anlatırdı her şeyini?"

"He ya, dert ortağıydım, dedim ya."

"Yaa! Niye annem değil de sen?"

"Ben rahatlatmasını bilirdim babanı. Anası gibi karısı gibi gitmezdim üstüne üstüne. Bana içini döktü müydü, sırtındaki küfe kuş olur uçardı. Hafiflerdi."

Annemin Ziynet'e duyduğu antipati geliyor aklıma. İlk kez bir şüphe düşüyor içime, acaba annem haklı mıydı diye. Her şeyi bildiğini, her şeye hâkim olduğunu iddia eden, hele de kocasının üzerindeki etkisi tartışılmaz bir hizmetçiyle baş etmek... ne ayıp, hizmetçi mi Ziynet dadı!... Aklım karışık... Anneme çoğu kez haksız yere kızdığımı, onu hırpaladığımı düşündüğüm anlar giderek çoğalıyor son senelerde. Ben de yaşlanıyorum şüphesiz. Hızla yaşlanıyorum.

"Yarın kaçta kaldırayım seni kızım," diye soruyor Ziynet, "ben namaza kalkarım erken. Seni yedide uyandırayım mı?"

"Aslı'yı bekleyeceğim. Dokuzdan önce gelemez o."

"Sen kalkar kalkmaz git annene. Aslı'yı ben bekler, yollarım hastaneye. Ne olur ne olmaz. İnsanlık hali bu. Konuş annenle, helalleş. Gönlünü al."

"Ölecekmiş gibi konuşuyorsun. İçine bir şeyler mi doğuyor?"

"Hafazanallah! Ağzından yel alsın kızım. Yaşlıdır, ağır ameliyat geçirdi. İnşallah daha yıllarca yaşar ama uyandığında seni yanında bulsun. Sana düşkündür annen. Sen bana sor."

Sinirlenmeye başlıyorum yavaş yavaş, bu her şeyi en iyi bilen yaşlı kadına.

"Biliyor musun dadı, annem onun için böyle konuştuğunu duysa şaşar kalır. Onun yıldızı pek barışmazdı seninle."

"Zarar yok. Beni sevmezdi bilirim, ama zarar yok."

"Yoksa seni kaynana yerine koyduğu için mi sevmezdi?"

"Kimbilir," dedi Ziynet, "kimbilir, bir bildiği vardı elbet."

"Peki, sen neden onu hep bağışlıyorsun böyle?"

"Rahmetlinin hatırına ben ona saygıda kusur edemem. Söz verdim ona."

"Kime? Nedim babaya mı?"

"Babana, evet," diye düzeltti beni. Haklıydı, büyüttüğü, yere göğe koyamadığı Nedim Ortaçlı, gerçek babamdı benim. Derdimi çeken, beni seven tek babam.

"Haydi git yat, dadı," dedim, "beni de yedide uyandır, erkenden gideyim hastaneye. Yarın sabah Aslı sana emanet."

Dediğini yaptırmış olmanın sevincini gördüm bir an gözlerinde. Omuzlarına kaymış beyaz örtüsünü saçlarının üzerine yerleştirdi, "Allah rahatlık versin kızım," dedi, "sen de git yat. Hayalet gibi dolaşma odalarda. Bak buldun kızını işte, sağ salim."

Perdeleri çekmek için pencerenin önüne gittim.

"Dadı," dedim, "inanmayacaksın ama, kar dinmiş. Bakarsın yarın güneş açar."

"Açmasa da olur," dedi Ziynet, "güneş beni ısıtmıyor nicedir."

"Bak, iyi ki ısıtmıyor dedin de aklıma geldi, gece kaloriferleri kapatıyorlar, sana bir de battaniye vereyim. Tek yorganla üşürsün yoksa."

"Zahmet etmeseydin kızım, hani derler ya, kar uyuyanın üstüne yağar, diye. Gerek yok, ben gece kuşu gibi oldum, sabaha kadar uyku tutturamıyorum," dedi. "Rahmetli Satı'yla çeneye daldık mıydı sabahlardık biz, alışkanlık yapmış zahir."

"Bilmez miyim Satı'nın huyunu. Utku'yla bana da sonu gelmeyen masallar anlatırdı, geceleri. Annem geç uyuyoruz diye kızar dururdu. Ahh dadı, bazen nasıl özlüyorum Bozova'yı, burnumun direği sızlıyor."

"Benim de öyle. En çok da Satı'yı arıyorum. O gidince kolum kanadım kırıldı, Ayda kızım. Konuşacak, yarenlik edecek kimsem kalmadı. Düşünsene, nerdeyse on bir yaşından beri onunla yaşamışım. Anamdı, ablamdı, can yoldaşımdı benim. Zor geldi ölümü. Biliyor musun kollarımda öldü Satı benim."

"Söylemişlerdi. Allahtan Yusuf amca da oradaymış ölürken, değil mi? Neyse ki etrafındaymışsınız. Tek başcağızına da gidebilirdi garip."

Yüzünde tatsız bir ifade belirdi Ziynet'in. "Yusuf amcanı ben zorla getirtmiştim Satı'nın başına. 'Yusuf'a bir söyleyeceğim var,' diye tutturmuştu da, rahmetli... Sultan Hanım rahat verir mi hiç insana; kaç kere rüyasına girmiş, vasiyeti varmış Yusuf'a. Ne söy-

leyeceksen, oğlunun rüyasına gir de ona söyle, öyle değil mi! Yok, yapmaz, ahrette bile eziyet edecek hem bana hem Satı'ya. Zor bela getirdimdi adamı başucuna Satı'nın. Tesadüf bu ya, işte o geldiği an teslim etti ruhunu."

"Söyleyeceğini söyleyebildi mi bari?"

"Bilemem. Ama dediğin gibi, yalnız çıkmadı yolculuğuna. Ben onu kollarıma aldım, kucakladım. Yusuf amcan da hortlak görmüş gibi kalakaldı yatağın başında. Kaçacak zannettim ama kaçmadı. Hatta, çenesini bile beraber bağladık."

"Ay inanmıyorum!"

"İnan inan! O kadar korkmuştu ki o gece, nutku tutulmuştu. Ne dediysem yaptı."

"Neyse! Ölüme yalnız gitmemiş Satı'cık," dedim, "yanında sevdikleri varmış."

"Tek başına giden ben olacağım," dedi Ziynet, "Sana da duyuramamışlarsa, beni kim gömecek acaba? Satı'yı Bozovalılar taşımışlardı son durağına. Mezarının başına dikilmişti Yusuf amcanla Yağız soysuzu, kürekle toprak atmış, dua okur gibi yapıvermişlerdi."

Güldüm, "İlahi dadı," dedim, "sen de birine takmayagör..."

"Neyini seveydim Yusuf'la Yağız'ın. Söyletme beni şimdi. Sana anlatmadığım daha neler var neler ama onlar benimle mezara gidecek."

"Sen de haklısın tabii. Nedim babayla Kerami dedeyi gerçekten çok kırdı Yusuf amca. Her ne kadar bizlere anlatmadılarsa da, kapı arkalarında konuşulanlardan anlıyorduk bazı dolaplar döndüğünü. Ne ayıp, iki kuruş para için ölümlü dünyada bunlara tenezzül etmek!"

"Onu yoldan çıkaran Yağız'dır," dedi dadı, "sen bana sor!"

"Bu Yağız nereden geldi de girdi işlerin içine bu kadar, kim musallat etti onu ailenin başına, hep merak etmişimdir," dedim.

"Onu ailenin başına Sultan Hanım musallat ettiydi. Allah affetsin ya, gördüğüm anda sevemedim. Eline bir kutu çikolata almış, Sultan Hanım'ı ziyarete gelmişti. Satı beni de çağırmıştı, gel bak Neriman Hanım'ın oğlu gelmiş el öpmeye, demişti, koskoca adam olmuş, gel de senin de elini öpsün. Sinsi bakışlı herifin neyini severlerdi Satı ile Sultan Hanım, hiç anlamamışımdır. İşte onlar birlikte tezgâhladılardı fabrikada bir işe konmasını."

Bir an ikimiz de sessiz kaldık. Sonra kendi kendine konuşur gibi söylendi Ziynet,

"Allah, yürü ya kulum diyeceği adamlarını her zaman iyi seçemiyor, kızım. Eee, ne yapsın, kolay mı koca dünyayı idare etmek taa yukardan!"

Gülmeye başladım. Kendine mahsus bir nüktedanlığı vardı Ziynet'in, farkına bile varmadan Sultan Hanım'dan kaptığı.

Yağız

Bozova

Öğlen yemeğinden yeni kalkmışlardı. Komşu çiftlikten misafiri vardı Sultan Hanım'ın. Sedirli odada Ziynet'in sedef tepsi içinde getirdiği kahvelerini içmekteydiler. Hizmet yapan kızlardan biri Yusuf Bey'in geldiğini haber verdi.

"Söyle yukarı gelsin, yabancı yok," dedi Sultan Hanım. Satı tırabzanın başından seslendi aşağı kata. Merdivende, Yusuf'un basamakları çifter çifter atlayan ayak sesleri duyuldu. Misafirlerin tanıdık olduğunu görünce odaya sevinçle girdi Sultan Hanım'ın küçük oğlu,

"Aaa Şehnaz teyzeciğim, sefalar getirmişsiniz, sizi görenler ne olsun! Mahmut nasıl, iyi mi?" Elini öpüp başına koydu elinde büyüdüğü yaşlı komşu hanımın.

"Mahmut da seni sorup duruyordu, epeydir görüşmemişsiniz, biraz sitem etti," dedi Şehnaz Hanım.

"Hakkı var. Valla işim o kadar başımdan aşkın ki son zamanlarda! Biliyorsunuz bir ev aldık şehirde, uzağa gittik."

"Rahat battı kıçlarına," dedi Sultan Hanım, "koca köşke sığamadılar. Eltisi apartmanda oturuyor ya Ankara'da, bununki de aşağı kalmayacak."

"Anne, ne alakası var kuzum!"

"Öyle öyle! Şimdikiler, bir koridora dizelenmiş o hap kadar odalarda yaşamayı marifet sanıyorlar. Biz hizmetkârları oturturduk öyle yerlerde."

"Efendim, gençler bizim gibi değiller, kendi başlarına oturmak istiyorlar," dedi Şehnaz Hanım, "İstanbul âdetleri buralara da taşındı gayrı."

"Yeni yeni icatlar çıkarıyorlar. Bizler böyle miydik Şehnaz Hanım, bizler dizimizi kırıp oturmasını bildik büyüklerimizin yanında."

Annesinin lafını kesti Yusuf, "Beni niye çağırttınız?" diye sordu, "bir şey mi oldu?"

"Bir şey olmadı oğlum ama bir isteğim vardır senden."

"Emrin olur anacığım."

"Neriman'ı hatırlar mısın?"

"Kimdi?"

"İlahi oğlum, senin ebendi. Ağabeyinle seni o doğurtmuştu."

"Yaa!"

"Hatırlamıyorsun demek."

"Valla doğduğum gün şöyle bir bakmıştım yüzüne, aklımda güzelce bir kadın diye kalmış..."

"Büyüklerle eğlenilmez serseri oğlum. Aklına geldi mi, sahi?"

"Elbette. Bir de irikıyım bir kocası vardı."

"Neriman geceleri doğuma çağrıldı mıydı, yanında gelir beklerdi sabahlara kadar, bekçisi gibi," dedi Şehnaz Hanım.

"Ne olmuş Neriman ebeye, vefat mı etmiş?"

"Vefat edeli epey oluyor... Bir oğlu vardı da..."

"Ayol o kadıncağız kısır değil miydi?" diye sordu Şehnaz Hanım, "bir keresinde hüngür hüngür ağlamıştı, 'Mevlam bana dünyaya el âlemin çocuklarını getirmeyi yazmış da, benden tek bir evladı bile esirgedi,' diye."

"Onun değil, kocasının çocuğu olmuyordu. Yaşı ererken kabakulak mı geçirmişmiş, neymiş. Her neyse, Nedim'imi doğurttuktan sonraydı, kalkıp gittilerdi buralardan, Ankara'ya yerleştilerdi. Orada tedavi görmüş kocası, bir oğlu olduğu haberi geldiydi..." kahvesinden büyük bir yudum aldı Sultan Hanım höpürdeterek,

"Sadede gel anacığım," dedi Yusuf, "fabrikada işleri bıraktım da geldim."

"Bu oğlan, bizim Neriman ebenin öksüzü... ölürken bana emanet etmiş oğlanı. Hatırı büyüktür, bu çiftliğin bütün çocukları onun eline doğdu sayılır. Şehirli gelinlerinki değil elbette! Onlar ebeyle doğururlar mı hiç! Haspalara doktor gerek!"

"Ne olacak, zamane kızları, şımarık oluyorlar," dedi Şehnaz Hanım, "bizim canımız yoktu sanki, hepimizi ebe doğurtuverdiydi bu kasabada."

"Bana kalsa en iyi doğum ebeyle olur, derim. Ama gelinler laf dinlemez."

"Gelinlerini rahat bırak da söyle, iş mi istiyorsun oğlana anne?"

"Nasıl da bildin!"

"Yolla gelsin fabrikaya, eleğin başına koyarım, durur."

"Aaa olur mu hiç oğlum! Çocuk hesap mı ne okumuş. Elek başına konur mu işçi gibi!"

"Ne yapayım istiyorsun, Neriman ebenin mahdumunu müdür mü tayin edeyim?"

"Ayol oğlum, müdür yap dedim mi, ben şimdi!"

"Hele gelsin, bakarız. Bir boş yer varsa koyarız. O da senin gül hatırın için."

"Madem hatırım var, boş yer olsa da olmasa da bir yer buluver çocuğa. Yağız, aileden sayılır. Sonra böyle bizlere sadık insanları nereden bulacaksın... hem de tahsilli."

"Haydi tahsilini anladık da, sadakatini nereden biliyorsun Allah aşkına anne?"

"Neriman ebenin öksüzü o. Sütkardeş gibi yakın size."

"Tamam işte, bir yere yerleştireceğim."

Yusuf biraz da kadınların aralarında konuşmalarını dinledi, sonra izin isteyip kalktı. Annesinin elini öpmek için eğildiğinde, yaşlı kadın bir şeyler fısıldadı kulağına oğlunun.

"Tamam anne tamam, söz!" dedi Yusuf. Merdivenleri ikişer ikişer atlayarak indi, avluda kapısı açık duran arabanın direksiyonuna oturdu.

Yusuf'u geçirmek için dışarı çıkan Satı, odaya döndüğünde

Sultan Hanım'la göz göze gelince, ince bir ışık geçtiğini gördü, hayatından memnun duran hanımının gözlerinden.

"Ayol, demin Yusuf'un yanında soramadım. Ne zaman doğurmuş Neriman ebe, ben hiç duymadımdı," diye sordu Şehnaz Hanım.

"Buradan gider gitmez hamile kalmış," dedi Satı.

"Hani tedavi gördüydü? Tedavi zaman alır, benim bildiğim."

"Ne bileyim ben. Doktor bir iğne vurmuş kocasına, iyi gelmiş... o zaman öyle yazmıştı Sultan Hanım'a, Neriman."

"Ne marifetli iğneymiş," dedi Şehnaz Hanım.

"Yaa, öyleymiş. Keşke ben de kendi herifimi Ankaralara götürüp iğne vurduraydım. Ama o zaman gençtik, tedavi medavi bilmezdik hiç. Ne olursa olsun, Allah'tan sanırdık. Allah verdi, Allah aldı, Allah öyle istedi, Allah böyle buyurmuş, derdik. Bugünlerde olaydık, Allah'a kalmazdı işimiz, vallahi benim de bir çocuğum olurdu şimdi."

"Kısmet!" dedi Şehnaz Hanım, "Kaç yaşındaymış bu oğlan?"

Nedim Bey'imin yaşında diyecekken zor yuttu lafını Satı. Sultan Hanım,

"Buralarda da amma kısır herif çıkıyo," diye atıldı, "huyundan mıdır, suyundan mıdır, en az beş kişi biliyom çocuğu olmadığı için tedavi gören. Eskiden karılarının üzerine atıverirlerdi kusurlarını. Kuma üstüne kuma getirirlerdi. Şimdi doktorlar şıp diye söyleyiveriyorlar kusurun kimde olduğunu. Gözünü sevdiğimin tebabeti, her şeyin çaresini buluyor."

"Kimbilir belki de Neriman'ın kocası iğne vurdurmamıştır da, Neriman'a bir vuran olmuştur," dedi Şehnaz Hanım Satı'nın kulağına eğilerek, "pek kütür kütür bir kadındı."

"Büyük şehirlerde ahlak kalmamış ki, her şey olur," dedi Satı.

"Ne dedin, ne dedin?" diye sordu, sağ kulağı biraz ağır işiten Sultan Hanım.

"Neriman güzel bir kadındı, dedim. Bak kahveleri de bitirdik, ben yavaş yavaş kaçayım," dedi Şehnaz Hanım.

"Bir fal kapamadan mı gidiyorsun?"

“Fala da başka zaman bakarız, hemşire,” dedi Şehnaz Hanım toparlanırken. Fazla ısrar etmedi Sultan Hanım. Satı’yla baş başa kalmak istiyordu bir an evvel. Misafirini oda kapısına kadar geçirdi, merdiven başında Satı’ya teslim etti. Satı, Şehnaz Hanım’ı uğurlayıp döndüğünde, sedirde bağdaş kuran Sultan Hanım ellerini açmış sessizce dua okuyordu. Duasını bitirince, elleriyle yüzünü sıvazladı, “Şükür Allah’ıma bana bugünleri de gösterdi Satı,” dedi, “vebali üstümde kalmayacak. Artık kıçına yer etti miydi fabrikada, yavaş yavaş yükselir, bakarsın ilerde bir gün müdür bile olur. Ben de gözüm açık gitmem bu dünyadan.”

Tayin

Yarı açılmış kapının önünde süklüm püklüm duran genç adama,

"Gir!" dedi Yusuf, "Otur şöyle."

Delikanlı çekingen adımlarla geldi, patronun masasının az uzağında duran koltuğa, ayaklarını saygıyla yan yana birleştirerek, elleri kucağında oturdu.

"Adın Yağız, öyle mi?"

"Evet efendim. Yağız Ormankulu"

"Başın sağ olsun, anneni kaybetmişsin. Neriman ebeye saygımız çoktur. Hatırına bir yer bulacağız sana bu fabrikada. Tahsil nedir?"

"Muhasebe. Yüksek Ticaret'i bitirdim."

"Yaa!" dedi Yusuf biraz şaşırarak, "Musa efendi iyi okutmuş seni, aferin. Nerede okudun?"

"İlkokulu Ankara'da okudum. Sonra Doğu'ya taşındık, babamın memleketine. Orta eğitimi Kars'ta bitirdim. Sonra İstanbul'a, Yüksek Ticaret'e yolladılar beni."

"Kolay mı İstanbul gibi şehirde çocuk okutmak. İyi para yaptı demek baban."

"Bir teyzem varmış, varlıklı... birdenbire ölüverince, hiç evlenmediği için mirası anneme kalmış... annem ondan kalan parayı el sürdürmedi, tahsilime ayırdı."

"Bravo bizim Neriman ebeye! Dil var mı Yağız?"

"Anlamadım efendim?"

"Yabancı dilin var mı, diye sordum."

"Yok."

Bir sessizlik oldu. Yusuf önce ceplerini karıştırdı, sonra çekmecesini açıp sigara paketini aradı. Bulamayınca ayağa kalkıp az ilerisindeki dolaba yürüdü. Dolaptaki kartondan bir paket Marlboro çekip yerine dönmekte olan Yusuf'un gözlerinin bir-

kaç kez pençe atılmış ayakkabılarına takıldığını görünce, ayaklarını oturduğu koltuğun altına doğru çekti Yağız Ormankulu, eline aldığı ceket cebindeki çakmağı yerine bıraktı, Yusuf'un sigarasını yakmak yerine, yanında duran yıpranmış evrak çantasından ticaret okulu diplomasını ve muhasebecilik belgelerini çıkarıp masaya koydu. Yerine oturunca şöyle bir göz attı Yusuf önündeki kâğıtlara.

"Daha önce başka bir yerde çalıştın mı?"

"Ticaret'te okurken ikinci sınıftan itibaren yaz aylarında hep çalıştım ben. Setabank'ın elemanları tatile gittiklerinde muhasebeye bakardım, Eminönü şubesinde..."

"Ben seni aşağıya, eleklerin başına yollayacaktım ama... madem banka tecrüben de olmuş, seni muhasebeye alalım. Bizim Nazif Bey'in yanında çalış bir müddet. Aylığına ay sonunda karar veririz, durumuna bakarak. Tamam mı oğlum?"

Yanıt gelmedi delikanlıdan.

"İşe yeni girenler asgari ücretle başlar. Senden memnun kalacak olursam daha iyi bir ücretle başlatmak için öyle dedim. Bedava çalıştıracağımı mı sandın yoksa?"

"Estağfurullah efendim." Ellerini oğuşturdu, boynunu yana eğdi, minnetle baktı Yusuf'un gözlerine. Bir gözü hafifçe yukarı kayıyordu. Kızıla çalan kahverengi saçları vardı. Kısa boylu sayılmazdı ama cılız olduğu için ufak tefek duruyordu. Yusuf, karşısındaki ince yüzde Neriman ebeden, Musa efendiden izler aradı, bulamadı. Tuhaf bir şekilde birini andırıyordu, tam parmak basamadığı. Telefonu kaldırıp sekretere hademeyi yollamasını söyledi. Az sonra içeri giren Abbas'a, "Delikanlıyı muhasebe servisine götür, Nazif Bey'e teslim et," dedi, "ben şimdi Nazif Bey'i arayıp bilgi vereceğim."

Abbas önde, Yağız peşinde, yürüdüler kapıya doğru. Üzerine bol gelen, kol kenarları yağlanmış bej rengi yağmurluğunun içinde, olduğundan da cılız duruyordu Yağız Ormankulu.

• • •

Haftada bir gün, akşam yemeğini annesiyle birlikte çiftlikte yemeği âdet edinen küçük oğlu için donatmıştı sofrayı Sultan Hanım. Salata tabağını oğlunun önüne doğru sürerken, "Şu bizim rahmetli Neriman'ın oğlanı işe koydundu. İşine yarıyor mu bari?" diye sordu, gözlüklerinin üzerinden bakarak.

"İyi, iyi," dedi Yusuf, "Nazif Bey pek memnun. Bütün işleri oğlanın üzerine yıktı. O da üstesinden geliyor evelallah."

"Akıllı çocuk desene."

"Kafası işliyor."

Sultan Hanım muzaffer bir bakış attı elinde tepsiyle kapıdan giren Satı'ya.

"Eh, madem Nazif Bey'in işlerini o yüklendi, Nazif'i çıkar yerine onu al."

"Ne?"

"Nazif'in yerine onu al dedim, oğlum."

"Bacak kadar oğlanı!"

"Neresi bacak kadar... Nedim'imle aynı yaşta değiller mi? Nedim'im müdür koltuğunda oturuyor."

"Nedim müdür değil müdür muavini. Üstelik o, Nedim! Ağabeyimin oğlu."

"Sen oğlanı methettin de, o yüzden söyledim."

"Kendine bir iş verildiğine şükretsin."

"Ediyor zaten. Pek kıymet bilir bir hali var. Terbiyeli, hatırşinas bir delikanlı."

"Ne zaman görüştünüz de onu bu kadar iyi tanıdın, anne?"

"Bayramda el öpmeye geldi. Sizler seyahatteydiniz. Hangi bayram kalırsınız zati ananızın yanında! Satı'yla baş başa kalmıştık bayram günü, onu da misafir ediverdik iki güncük."

"Allah Allah! Yengemin, Ceyda'nın haberleri var mı?"

"Evime misafir çağırırken gelinlerime mi soracağım?"

"Estağfurullah. Yani hiç kimse bahsetmedi de. Yeni duyuyorum."

"Siz hiçbiriniz yoktunuz ki bayramda."

"İstanbul'a gitmiştik ya..."

"Her nereye gittinizse işte... Elimizi öpmeye geldiğinde ben

salmadım. Israr ettim kalsın diye. Allah'ın kimsesizi, bunca oda vardı bomboş, kalıverdi iki güncük. Anasından söz ettik, konağın eski günlerinden konuştuk. Benim torunlar dinlemez insanı. İki laf etmezler oturup karşıma. Bu öyle değil, mazlum çocuk, hoş tuttu bizi."

"Sultan Hanım'ın gözüne girdiğine göre işini biliyor," dedi Yusuf, Satı'ya göz kırptı.

"Satı da söylesin işte... gözümüz tuttu oğlanı."

"Efendi çocuk," dedi Satı.

"Eh artık siz ikiniz beğendiğinize göre, onu genel müdür yaparım yakında," dedi Yusuf, karafakiye uzanırken.

"Yusuf Bey oğlum, şundan da alıver, vallahi kızlara bırakmadım, ellerimle sardım," dedi Satı, dolma tabağını göstererek.

"Bu senin dolmalarının üstüne yok Satiko," dedi Yusuf, "şunun püf noktasını bir türlü öğretmedin bizimkine. Ne kadar denerse denesin, seninki gibi olmuyor."

"Aşkolsun," dedi Satı, "öğretmez olur muyum. Erik yeni çıktığında, henüz kızarmadan alıp yapacaksın ki ekşisini bıraksın dolmaya. Eriğin mevsimini kaçırıyor Ceyda Hanım."

"Canın çektiğinde gelir burada yersin," dedi Sultan Hanım, "her evin hususi bir yemeği vardır."

Yusuf, yaprak dolmalarının üzerine serpilmiş erikleri ayırıp ağzına atarken,

"Bu evde her yemek hususidir, öyle değil mi anacığım," dedi, "çünkü bu evin Satı'sı var."

"Yemek pişirmeyi hepimize senin büyük halan öğretti," dedi Sultan Hanım, Satı'nın kötü kötü bakmasına aldırmayarak. "Satı yemek mi biliyordu sanki, geldiğinde! Kabiliyeti olan öğreniyor!"

"Doğrudur," dedi oğlu.

"Tıpkı bu bizim Yağız gibi."

"Yahu neden kafayı bu Yağız'a taktın, anne?"

"Nazif Bey geçen yıl kalp krizi geçirmemiş miydi? Yaşlı adam ne de olsa, genç biri gibi koşturamaz ki."

"Muhasebe odasında kimsenin koşması gerekmiyor," dedi Yusuf.

"Diyeceğim şu; yani ona bir şey olursa, yerine başkasını alma da Yağız'ı yetiştir."

"Adamı durup dururken kalp krizinden öldürdün, defterini dürdün anne, âlemsin vallahi!"

"Yani sen çalışkan, akıllı çocuk dediydin de ondan. Anası Neriman'ın da hatırı büyüktür."

"İstersen kızlardan birini de vereyim ona, damadımız olsun!"

"SAKIN HAA!" sesi o kadar yüksek çıktı ki annesinin, ağzına atmakta olduğu lokmayı az kaldı üzerine düşürüyordu Yusuf.

"Davul dengi dengine vurur oğlum. Ebenin oğlu bu aileye damat giremez. Öyle bir şey yapacak olursan, bak bu iki elim ahrette bile yakanda olur, bilesin..."

Satı karşıdan kaş göz etti Sultan Hanım'a. Bir şey söylemek üzereyken sustu Sultan Hanım.

"Anne, neler çıkarıyorsun kendi kendine. Bir kere kızların yaşı küçük. Ayrıca Yağız'a kim kız verir! Ben versem kızlar ister mi! Ebenin oğluna öyle bir taktın ki kafayı, şaka yaptım sana."

"Buna eşek şakası derler," dedi Sultan Hanım, al al olmuştu yüzü. Yemek boyunca bir daha konuşmadığı gibi, tabağındaki yemeğini bitiremedi, iştahı kaçmıştı. Yemekten sonra, Yusuf sigara içmek için balkona çıktığında, Satı yanına yaklaştı, "Çok üstüne gidiyorsun hanımım," dedi usulca, "iyi etmiyorsun. İşler olacağına varır. Israr edip durma böyle."

"Satı," dedi Sultan Hanım, "söylemek iyidir, kafasının bir köşesinde takılır kalır, ettiğim söz. Yarın öbür gün Nazif'e bir hal olursa, anasının sözü gelir hatırına, bakarsın aklına yatar, onu tayin eder yerine diye düşünmüştüm... ama... öteki ihtimal niye hiç aklımıza gelmedi?"

"Öyle şey olmaz... hani çok yakışıklı bir şey olsa, belki derim ama... ııh, kızlar beğenmez Yağız'ı."

"Şimdi iyi düşünmem lazım Satı. Bizimkilerin eli kulağında, genç kız olmak üzereler. Bu Yağız oğlanı, kızlara akrep gibi göstermenin yolunu bulmalıyım... şu bizim falcı bacıya muska mı yazdırsam, ne etsem... öyle bakma yüzüme... bir şey bulacağım mutlaka."

"Bilmez miyim Sultan Hanım," dedi Satı, "bilmez miyim! Sen şeytana pabucunu ters giydirirsin alimallah!"

Yükseliş

Yağız Ormankulu'nun Şelale Fabrikasındaki yükselişi Nazif Bey'in kalp krizi geçirmesini beklemedi. İşe alındığının altıncı ayında tepeleme dolu üç at arabasıyla getirilen buğdayın değirmen silosuna boşaltılmasını dikkatle izleyen Yağız, değirmende çalışan işçiye, elekteki un kaybının miktarını sordu.

"Az değildir beyim," dedi işci, "bir ton unda iki yüz elli kiloya yakın vasıfsız un eleriz. Kepek mepek de bunun içinde."

"Ne yapıyorsunuz bunu?"

"Tüccarlar alır, köylüye satar."

Yağız Ormankulu, Yusuf'un odasına önünü ilikleyip ellerini ovuşturarak girdi.

"Hayrola Yağız?" dedi Yusuf, "Neymiş bakalım, bana söyleyeceğin önemli şey?"

"Eleklerdeki kaybımız için konuşacaktım."

"Eleklerde kaybımız mı var?"

"Vasıfsız unumuz var ya, kepek filan."

"N'olmuş onlara?"

"Ziyan olmasınlar diyordum."

"Olmuyorlar. Onları da satıyoruz."

"Efendim, onları aracılar yerine doğrudan köylüye satsak, daha çok kâr ederdik."

"İyi de o köylüyü nereden bulacaksın. Araştırma filan yapmak lazım. Boş ver. Sistem böyle kurulmuş bir kere."

"Ben ön araştırmaları yaptım. Civar köylerden hayvan yemi isteyenleri tespit ettim. Kabul buyurursanız, tüccarı aradan çıkarır kendimiz satarız kepeğimizi, büyük kâra geçeriz... bakınız efendim, size hesapları getirdim."

Yusuf önüne konan hesapları inceler gibi yaptı. Oldum olası iyi değildi sayılarla arası. "Hımmm," dedi, "bırak burada da inceleyeyim. Nazif Bey ne diyor bu işe?"

"Efendim Nazif Bey pek anlamaz ticaretten, o sadece hesap uzmanıdır."

"İyi ya, ona da gösterseydin bu kâr farkını."

"Gösterdim."

"Ne dedi?"

"Alım satım müdürüyle görüşmemi söyledi. Onun ilgi alanı değilmiş bu işler, o sadece hesaplarıyla ilgilenirmiş, öyle dedi."

"Gördün mü işte! Bunlar alım satımın işleri."

"Ben alım satımla da konuştum. Nedim Bey'le görüştüm."

"Ne dedi?"

"Aracılar için, 'Bunca yıldır iş yaptığımız insanlar bunlar, onları atlamak olmaz,' dedi."

"Yaa, gördün mü!"

"Ama efendim, ben bu müesseseyi benimsediğim, sizleri kendi ailem gibi kabul ettiğim için, böyle bir kâr imkânı yakalamışken... siz bilirsiniz... elbette en büyüğümüz olarak karar verecek olan sizsiniz."

"Bir düşüneyim," dedi Yusuf elindeki kâğıtları karıştırarak. Yağız dizlerini yan yana bitiştirmiş saygılı bir şekilde oturuyordu karşısında.

"Başka bir şey var mı?"

"Yok efendim... Bir şey daha var efendim... Doğrudan köylüye satacak olursak, faturalarla da, malumunuz, yani biraz oynamak mümkün olurdu efendim."

"Ben Nedim'le bir konuşayım," dedi Yusuf, "bakalım o ne düşünüyor."

Nedim, amcasının önerisini sıcak karşılamadı. Yörede, taa büyükbabanın zamanından beri alışveriş ettikleri hatırlı tanıdıkları vardı. Ödemelerini, sadece el sıkışma töresine dayanarak, hep zamanında yapmışlardı. Birkaç kuruşa tamah edip baba dostlarını gücendirmenin ve ödemeleri nasıl yapacakları belli olmayan köylüleri muhatap almanın hiçbir anlamı yoktu.

"Onlardan doğru düzgün fatura da alamayız amca," dedi Nedim, "bana da ısrar etti Yağız ama, ben şahsen doğru bulmuyorum."

Yağız Ormankulu ısrarcı bir gençti. Patronunun odasına bir kere daha girmedi ama, Yusuf'u arabasından inerken yakaladı ve yeğeniyle konuşup konuşmadığını sordu.

"Nedim pek taraftar değil," dedi Yusuf, "küçük kârlar için eski dostların hatırını kırmayı istemiyor."

"Elbette haklıdır efendim ama kâr yabana atılır gibi değil. Siz hesapları incelediniz. Yapabileceğimiz kârı gördünüz. Ben hesapların altında belirttim, paketlemeyi neredeyse bedavaya getireceğiz bu şekilde. Yani birkaç tüccarın hatırı için vazgeçilir bir kâr değildi ama eh, ne yapalım... gençler büyüklerden daha iyi biliyorlar tabii."

"O da ne demek şimdi?"

"Yani Nedim Bey dışarlarda okudu, hepimizden iyi biliyordur. Tabii ki onun dediği olacak," dedi Yağız, "Üstelik Kerami Bey'in de oğlu."

Yusuf dik dik baktı, hiçbir şey söylemeden yürüdü binaya doğru. Patronun biraz kasılarak hızlı adımlarla uzaklaşıp binaya girmesini seyretti Yağız.

Birkaç gün sonra, Yağız'ı odasına çağırttı Yusuf.

"Düşündüm de," dedi, "bir deneme yapalım bakalım. Sen ilk posta buğdayın kırığını pazarla, elimize ne geçiyor, bir görelim."

"Emriniz olur efendim," dedi Yağız, "Nedim Bey'i ikna ettiniz demek."

"Kimseyi ikna etmeye mecbur değilim," dedi Yusuf, "bu fabrikanın patronu benim."

Yağız'ın pazarladığı kırık buğdayın getirisi makbuz da kesilmemiş olduğundan, umulandan daha kârlı oldu. Yusuf, hiç yoktan cebine giriveren bu paradan hoşnut kaldığı için fatura konu-

sunu kurcalamadı.

"İyi kâr ettik," dedi Yağız'a, "nasıl akıl ettin bu işi, kuzum?"

"Fabrikanın iyiliğini düşünmek, sizin kadar benim de işim efendim."

"Öyle mi!"

"Elbette. Sizler benim ailem sayılırsınız. Zaten rahmetli annem söylemişti, bir akrabalığımız da varmış sizinle."

"Yok yahu!" dedi Yusuf, "bilmiyordum, annem nasıl oldu da unuttu bunu bana söylemeyi?"

Nedim'in, faturasız makbuzsuz satışa karşı çıkacağını bildiği için, bir sonraki kırık buğday satışının çok küçük bir kısmını makbuzla tespit ettirdi Yağız. Makbuzları Nedim'e verdi. Nedim babaannesinin koruması altındaki bu genç adama hiç ısınamamıştı ama amcası, 'İdare et oğlum, annemi kırmayalım,' dediği için Yağız'a bulaşmamaya çalışıyor, hoşuna gitmeyen davranışlarını görmezlikten geliyordu.

Üçüncü parti buğday alımınında, patronunun odasına girerken, bu kez eskisi kadar dikkatli değildi Yağız. Yusuf'un masasının önündeki koltuğa müsaadesini almadan oturdu ve önüne birtakım kâğıtlar bıraktı.

"Bu rakamları dikkate almayın, kârımız çok daha fazladır," dedi patronuna.

"Nasıl yani?"

"Şöyle; Nedim Bey'in kâfi bulduğu miktarı, onun için ayrı tutuyorum. O miktarın üstündeki kâr, bence sizin olmalıdır çünkü ona kalsa bu kârı elde edemeyecektik."

"Fatura karşılığı satmıyor musun sen bu malı?" diye sordu. Yusuf yanıtı bilmiyormuş gibi yaparak,

"Köylünün faturasından ne olacak! Siz merak etmeyin, ben her şeyi ayarlıyorum," dedi Yağız.

"Olmaz! Nedim öğrenir, ayıp olur."

“Olur mu hiç! Öğrenmez. Öğrenirse de söylersiniz, bu sizin buluşunuzdu, dolayısıyla parayı da siz hak ediyorsunuz.” Yağız patronunun gözlerinin içine baktı. Yusuf, buluşun kendine değil de Yağız'a ait olduğunu bildiği halde, düzeltmedi genç adamı, Yağız'ın hafifçe yukarı kayan bakışından kaçırdı gözlerini. Aceleyle masanın üzerinde duran Amerikan sigaralarından bir tane çekip aldı, dudaklarına yerleştirdi. Yağız elinde çakmakla atıldı hemen, “Yakayım efendim,” dedi. Bir ara eli kendine de bir sigara yakmak için cebine gider gibi oldu ama, tuttu kendini.

“Yabana atılır bir kâr değil kırık buğdaydan, kepekten filan elde ettiğimiz. Ama istemeyene de zorla verecek değiliz, öyle değil mi efendim?”

Yusuf yanıtlamadı.

“Öyle değil mi?”

Alçak perdeden çıktı Yusuf'un sesi, “Öyle,” dedi.

Yusuf'la Nedim birkaç hafta sonra, şehir lokantasında baş başa yemek yerlerken, Nedim, Yağız'ın kırık undan sağladığı kazanca getirdi sözü.

“Bir gün hesapları incelemeye alırlarsa, başımıza iş açar bu Yağız, amca,” dedi, “satışları düşük gösteriyor.”

“Bugüne kadar başımıza hiç öyle bir şey geldi mi?”

“Hayır.”

“Ne diye hesapları incelemeye alsınlar oğlum. Para bizim kasaya giriyor mu, sen ona bak.”

“Ama amca...”

“Aması yok, yeğen. Bir gün hesapları incelemeye alırlarsa onun da çaresini düşünürüz. Biz bu yörenin beyleriyiz, her şeyin üstesinden geliriz, alimallah. Meclis'te kapı gibi temsilcimiz de var.”

“Babam böyle şeyleri sevmez.”

“Buranın patronu şu sıra benim, oğlum. Bir gün emr-i hak vaki olursa, Allah bana erkek evlat vermediğine göre, nasılsa başa sen geçeceksin. O zaman istediğin gibi idare edersin.”

"Bu nasıl laf amca! Allah korusun! Hem oğlunuz yok ama, kızlarınız var. Onların da söz hakkı var bu fabrika üzerinde."

"Kızlar işten anlamaz. Onların işi evlerinde oturup kocalarına, çoluk çocuklarına bakmak!"

"Artık kızlar da iş hayatına atılıyorlar. İyi okurlarsa pekâlâ onlar da söz sahibi olabilirler."

"Bizim çiftliğimizi de fabrikamızı da erkekler idare etti bugüne kadar. Bundan sonra da öyle olacak. Eski köye yeni âdet getirmeye kalkışıp eksik etekleri başımıza sarma sakın!" dedi Yusuf, "bırak kadınlar entrikalarını evlerinde çevirsinler."

Nedim amcasıyla bir daha bu konulara girmedi. Erken yapılan seçimlerde yeni bir hükümet oluştuğu ve Kerami Meclis dışında kaldığı için, Yağız'ın marifetlerinden çok daha önemli meselelerle uğraşmak zorunda kalmıştı. Bir yıl önce, babasının milletvekilliği sırasında fabrikalarını büyütmek için yaptıkları başvuru onay alınca, Almanya'dan yeni makineler ısmarlamışlardı. Fakat şimdi, gümrükteki mallarını çekme iznini bir türlü alamıyorlardı. Bunca yıldır, bu tür bürokratik işlemlerini tıkır tıkır yürütmeye alışmış Ortaçlılar, şaşkına dönmüşlerdi.

Yeni kurulan koalisyonda, Sanayi Bakanlığı dinci kanada bağlanmıştı. Bu partinin içinde Kerami'nin yardım isteyebileceği tanıdıkları yoktu ama kilit noktalarında hâlâ hatırlı dostları vardı. Kardeşinin ısrarı üzerine her birini teker teker çeşitli bahanelerle aramaya başladı. Kimini evine davet ediyor, kiminin ziyaretine gidiyordu. Konudan konuya atlayarak sohbet ederlerken, lafı gümrükte bekleyen mallara getiriyordu. Akıl danıştığı bütün dostları Kerami'yi dinledikten sonra, istediğinin zor bir şey olmadığını, işinin kolaylıkla çözülebileceğini söylüyorlardı ama, arkası bir türlü gelemiyordu.

Nedim, ek inşaat tamamlanana kadar, babasına baskı yapmadan sabırla bekledi. Amcasının talimatıyla sonunda aradı babasını.

"Baba," dedi, "binanın inşaatını bitirdik, içini hazırladık. İşçileri de ayarladık, hatta bu ay makinelerin çıkacağını düşündüğümüz için, tuttuğumuz işçilere boşu boşuna maaş ödemek zorunda kaldık. Neden alamıyoruz bu müsaadeyi, öğrenemediniz mi? Eğer bu işin oluru yoksa, bari işçilere yol verelim."

Kerami oğluyla konuştuktan sonra, can sıkıntısıyla uzun uzun düşündü. Hatırı geçen herkesle konuşmuş, çalabileceği tüm kapıları çalmıştı. Geriye 'Takkeliler' adını taşıyan takım kalıyordu ki, onlar siyaset hayatında yeniydiler. Hiçbirini tanımadığı gibi tanımak da istemiyordu. Ama Nedim onu aradığına göre, demek bıçak kemiğe dayanmıştı Şelale Fabrikasında. Yoksa onu rahatsız etmezdi Nedim, bilirdi bu tür işlerin babasına zor geldiğini. İstemeye istemeye eli telefona gitti, çevirdi numaraları.

İki gün sonra iktidardaki partiye yakın bir politikacının bürosundaydı Kerami.

"Niye zamanında gelmedin Kerami Bey kardeşim," dedi Rıza Bey, "madem böyle bir sıkıntın vardı, insan gelip de söylemez mi?" Tekerlek yüzlü, badem bıyıklı, tombulca bir genç adamdı. Sanayi Bakanlığında önemli bir mevki sahibinin damadıydı...

"Efendim, o kadar sıradan bir iş ki... Kaçakçılık yapmıyoruz, kanunlara aykırı bir iş yapmıyoruz. Daha önce de makine parçaları getirtmiştik. Tabii burası Türkiye, bürokratik işlemler epey vakit alıyor, işleri hızlandırmanın da bir bedeli var, biliyoruz. Ama sonunda her zaman işi bitirirdik, kimseyi rahatsız etmeden. Bu sefer nerdeyse dört aydır bu işle uğraşıyoruz... hiçbir sonuç alamadık."

"Ben bir bakayım, Kerami Bey kardeşim," dedi Rıza Bey, gözlerini fıldır fıldır döndürerek, "işinize kimler mani oluyor, öğrenelim bakalım. Elbette size de biraz fedakârlık düşecek. Eee, malum siz de diyordunuz ya demin, burası Türkiye diye, öyle değil mi, mirim?"

"Öyle efendim," dedi Kerami. Rıza Bey'in bu konuda birkaç kişiyle telefon görüşmesi yapabilmesi için yazıhanenin yanındaki bekleme salonuna geçti. İşlemleri gerçekleştiren memurlara verdikleri mutad ücretin üzerinde bir şeyler ödeyecekleri belliydi, zaten Rıza Bey sakınmamıştı lafını. Kerami gibi, işini yaptırmaya gelmiş insanlarla tıklım tıkıştı salon. Herkes birbirine kendi derdini anlatıyordu. Bir süre sonra, Kerami saatine baktı, öğlen olmuştu. Salonda bekleyenlerin bazıları ceketlerini çıkarıp oturdukları sandalyelere bırakarak dışarı çıkmaya başladılar...

"Nereye gidiyorlar böyle ceketsiz?" diye sordu salonda kalan adamlardan birine, Kerami.

"Namaz saati," dedi adam.

"Doğru ya!" dedi Kerami nezaketle. Az sonra odasından çıkan Rıza Bey de salonda oturanlara bakarak, "Sizler kılmıyor musunuz beyler," dedi, "alt katta mescit var, buyurun beraber inelim."

Kerami ne yapacağını bilemeden durdu, bekledi. İşi görülsün istiyordu, yüksekçe bir rüşvet ödeyeceğinin de bilincindeydi. Ama alışkanlıklarından ve kişiliğinden taviz vermek aklının ucuna dahi gelmemişti. Kendi gibi düşünen birkaç kişi isteksizce kalktılar yerlerinden. Kerami de kalktı, mescide inmek için, ama Rıza Bey'in suratındaki muzaffer ifadeyi görünce, tepesi attı birden.

"Rıza Beyefendi, benim böyle bir alışkanlığım yok. Rast gelirse cumaları kaçırmam ama bugün cuma değil, siz buyurun kılın, ben bekliyorum burada," dedi. Adamlar çıktılar. Kerami bir çuval inciri berbat ettiğini düşünerek oturdu rahatsız iskemlede, sehpanın üzerindeki günlük gazetelere göz attı. İki saat kadar sonra, Rıza Bey'in başı çektiği kalabalık geri döndü.

"Uzun sürdü sizin namaz," dedi Kerami.

"Eee, namazdan sonra bir de öğlen yemeği yiyelim dedik," dedi Rıza Bey.

"Benim şu işle ilgili... telefonlarınızdan bir netice alabildiniz mi beyefendi?" diye sordu Kerami, "yoksa başka bir gün mü geleyim?"

"Vallahi azizim, bu sizin iş zor biraz." Adam pişmiş kelle gibi sırıtıyordu.

"Neresi zor? Tüm işlemler kanunlara uygun."

"Öyleyse neden olmuyor işiniz?"

"Ben de bunu öğrenmek istiyorum ya! Pek iyimserdiniz sabah geldiğimde."

"Bugün boşuna beklemeyin beyim. Temaslarımdan netice alamadım," dedi Rıza Bey. Yuvarlak güleç yüzünde kıl kıpırdamamıştı. Hâlâ tatlı tatlı gülümsüyordu.

"Keşke namaza gitmeden önce söyleseydiniz, burada boşu boşuna oturmazdım," dedi Kerami. Rıza Bey duymamazlıktan geldi, birlikte mescide indiği adamlardan birine döndü,

"İçeri gel birader," dedi, "senin şu işi halledelim bakalım."

Kerami gerilen sinirlerini yatıştırmak için, taksiye binmeyip evine kadar yürüdü hızlı adımlarla. Eve girer girmez Nedim'e telefon etti.

"Makineleri çekemeyeceğiz oğlum," dedi, "benden bu kadar. Bu işi unutun."

Nedim babasının sabahtan beri yaşadıklarını dinledi sabırla.

"Üzülmeyin baba," dedi, "her iş olacağına varır. Elimizde ek makineler mi vardı bunca yıl? Çıkartamazsak gümrükten, geri göndermenin yollarını ararız biz de. Sakın üzmeyin tatlı canınızı."

"Amcan fabrikada mı?" diye sordu Kerami.

"Daha gelmedi yemekten," dedi Nedim, "gelince arasın mı?"

"Bir kere daha aynı şeyi anlatmaya gücüm yok açıkçası. Sen söylersin ona olanları."

Nedim sıkıntısını bastırmak istercesine bir sigara yaktı. Odada dolaşa dolaşa bitirdi sigarasını. İkinci sigarayı içerken, biraz sakinlemişti, yerine oturdu, dumanından halkalar üfledi karşısındaki duvara. Babasından dinlediklerini amcasına naklettiğinde alacağı yanıtı adı gibi biliyordu, "Yine mi becerememiş bu işi senin peder?" diyecekti Yusuf, dudağının kenarında alaylı bir ifadeyle, "Mebusken bile öyle çok büyük bir hayrı dokunmazdı fabrikaya. Şimdi sade vatandaşken, hayrından vazgeçtim, zararı dokunmasın da..."

Yusuf, yüzünde o bildik ifadeyle yeğenini dinledikten sonra, "Bu işi kotarmak yine bana düştü desene," dedi Nedim'e. Fabrikanın müdürü sen değil misin amca, diye sormak geldi içinden ama, başını sallamakla yetindi Nedim.

Birkaç gün sonra, fabrikanın ön bahçesinde amcasının yanında durmuş, Yağız'ın üçer kiloluk paketler halinde hazırlattığı unları arabasının arkasına yükletmesini seyrediyordu.

"Bak Nedim," dedi Yusuf, "bu memlekette işler nasıl yürür, beni izleyerek öğrenmeye çalış. Öyle kapı gibi diplomalar sökmüyor burada." Sonra çevik hareketlerle arabasına binmek üzere olan Yağız'ın yanına yürüdü.

"Göreyim seni oğlum," dedi, "artık namaz mı kılarsın, hacca mı gidersin, takla mı atarsın, para mı verirsin, ne yaparsan yap, bu işi kotarmadan gelme." Yağız'a iki parmağının arasında tuttuğu kartviziti uzattı. Kartın arkasında, "En derin saygılarımla, mamullerimizden küçük bir numunenin kabulü ricasıyla," yazıyordu. Kartı alıp ceketinin iç cebine soktu Yağız.

"Ben hâlâ benim kartımla gitmen daha doğru olurdu diye düşünüyorum," dedi Yusuf alçak sesle, "ne de olsa fabrikanın müdürü benim."

"Aynı şey olmaz efendim," dedi Yağız, tıpkı Yusuf gibi sesini alçaltarak, "Ankara'da hem ağabeyinizin itibarı büyüktür hem de şimdi herifçioğlu onu dize getirdiği için keyiflenecek. Bir an önce yapacak işimizi."

"Kartını kullandığımızı ağabeyim duyacak olursa kıyametleri koparır. Sakın ha kaybedeyim deme!"

"Merak etmeyin efendim."

"Haydi bakalım, yolun açık, gazan mübarek olsun." Arabasını çalıştıran genç adama tuhaf bir hayranlık duyarak baktı Yusuf.

Bu çocukta tıpkı anneminki gibi, dalavereye yatkın kurnaz tilki kafası var, diye düşündü, iyi yönlendirilecek olursa, her şeyin altından kalkar evelallah!

Yağız'ın arabası avludan çıkarken, Nedim geldi Yusuf'un yanına.

"Babamın yapamadığını Yağız mı yapacak amca? Buna sahiden inanıyor musunuz?" diye sordu.

"İnanıyorum," dedi Yusuf. "Bu adamlarla uğraşmak babanın harcı değil."

"Babam yıllarını harcadı Meclis'te. Onca tanıdığı, eşi dostu var, hatırı var."

"Zaman değişti, yeğen," dedi Yusuf, "zaman, Kerami beylerin değil, Yağızların zamanı."

"Vah vah!"

"Eee, n'apalım, zamana uyacaksın oğlum."

"Amca, bu adamlar kalıcı değil, bilesin."

"İnşallah ki ne inşallah! Gittikleri gün mevlit okutacağım. Ama bugün buradalar mı? İpler onların elinde mi? Makinelerin gümrükten çekilmesi iki dudaklarının arasında mı, değil mi? Yaa yeğen, gün uğursuzunsa ben ne yapayım yani! Haydi gel sana bir öğlen ziyafeti çekeyim Çardak Lokantasında."

"Benim arabayla mı gidelim?"

"Öyle olsun," dedi Yusuf. Yeğeninin üstü açık, mavi renkli Chevrolet arabasına binmek üzere yürüdü, ayaklarının üzerinde keyifle yaylanarak.

Yağız beş gün sonra döndüğünde hayatından memnun gözüküyordu. Patronunun odasına kapıyı vurmadan girdi.

"Sekreter yerinde yok mu?" diye sordu Yusuf.

"Yerinde."

"Niye haber vermedi bana?"

"Neyi efendim?"

"Beni görmek istediğini."

"Efendim, ben çok heyecanlıydım, hemen gelmek istedim yanınıza, düşünemedim..."

"Bir dahaki sefere düşün! Odama dalma öyle lap diye!"

"Emredersiniz."

"Anlat bakalım, niye bu kadar uzun kaldın Ankara'da."

"Perşembe günü erkenden gittim büroya ama o gün görüşemedim. Cuma sabahı unları yollattım, cumayı hangi camide kıldıklarını öğrenmiştim, camiye gittim, hemen arkasındaki sırada durdum, başımla selam verdim, hayırlı cumalar diledim. Yani beni namazda gördüğünden emin oldum. Derken hafta sonu girdi araya. Hafta sonu adamlar çalışmıyordu. Ancak pazartesi görüşebildik."

"Cumaya gitmenin faydası oldu mu bari?"

"Sizle daha önce karşılaşmış mıydık, diye sordu. Ben de cumada selamlaşmıştık, bir sıra arkanızda duruyordum beyefendi, dedim."

"Söyle oğlum, çekebiliyor muyuz makineleri hemen?"

"Efendim, çekebiliyoruz. Ama..."

"Aması ne?"

"Biraz para vermemiz gerekecek... bu işler bir rekât namazla olsaydı keşke."

"Rıza Bey'i mi göreceğiz? Ne kadar?"

"Rıza Bey'i de ama asıl... şey..."

"Öldürme insanı Yağız, söyle haydi."

"Partiye bağışta bulunmamız gerekiyormuş."

"Partiye mi?"

"Evet."

"Ne kadar?"

Yağız gizli bir şey söyler gibi sesini alçalttı, elini ağzına siper ederek söyledi miktarı.

"Delirdin mi sen!" dedi Yusuf.

"Valla böyle söyleyeceğinizi tahmin ettim, efendim."

"Eşşoğlular! Makbuz veriyorlar mı?"

"Hayır efendim."

"Yahu oğlum olur mu! Ne biçim pazarlık bu Allah aşkına!"

"Vermiyorlar efendim."

"Biz daha önce de partilere bağışta bulunduk. Ama bugüne kadar her zaman aldık makbuzumuzu ellerinden."

"Bunlar vermiyor."

"Yaa!"

"Allah sizi inandırsın efendim, çok kişiyle görüştüm. İyi biliyorum. Partilerine bu bağışı yapmadan kimse hiçbir iş çıkaramıyormuş. İnsanlar, basit bir evin temelini bile kazamıyorlar rüşvetlerini vermeden. Gidici olduklarını bildiklerinden, ne vurursak kârdır, diye düşünüyor olmalılar."

"Bu parayı veremem," dedi Yusuf, "ara o herifi, bir kere daha konuş."

"Nasıl konuşurum, hiç olur mu? Adam söyledi işte ödenecek miktarı."

"Oğlum, şimdi git odana, aç telefonu, o Rıza denen herife de ki, patron ancak bu miktarın yarısını veriyor, de. Canı isterse... kabul etmiyorsa keyfi bilir. Makineleri ya geri yollarız ya da bırakırız paslansınlar gümrükte. Zamanı geldiğinde gazetecilerle gider, paslanmış malların resmini çektirir, gazete haberi yaptırırım. Başlık da şöyle olur: *Takkelilere rüşvet vermeyi kabul etmeyen Ortaçlı ailesi, Şelale Fabrikasının makinelerini gümrükte çürüttü.* Nasıl?"

"Tavsiye etmem efendim," dedi Yağız.

"Dinsizin hakkından imansız gelir derler... sen benim dediğimi yap!"

"Nasıl isterseniz efendim. Odama geçeyim de..."

"Hayır, buradan konuş. Al telefonu..." Yusuf telefonu itti Yağız'ın önüne doğru.

"Numara ezberimde yok. Telefon defterim de odamda, efendim."

"Git al, gel."

Yağız çıktı odadan. Bir sigara yaktı Yusuf, derin derin çekti içine.

"Kerata," dedi, "beni uyutacak aklı sıra."

Bir süre sonra kapısı vuruldu.

"Kim?" diye seslendi Yusuf, sesi geldi Yağız'ın.

"Benim efendim... sekreter yerinde yok da..."

"Gir!"

Girdi Yağız. "Konuştum efendim," dedi.

"Ee?"

"Tamam o iş."

"Nasıl yani?"

"Siz demediniz mi bana Rıza Bey'in istediği bağışın yarısını teklif et diye... söyledim, kabul etti."

"Vay be!" dedi Yusuf.

"Sayenizde pazarlık yapmayı da öğreniyorum efendim."

"Kime yapılacakmış ödeme?"

"Söylediğim gibi efendim, partiye bağış yapılacak."

"Hesap numarasını aldın mı partinin?"

"Elden istediler."

"Yaa! Kime ödeyeceğiz?"

"Rıza Bey'e."

"Önce malları çekelim, sonra öderiz."

"Efendim onu da sordum ben, biz malları çekerken orada bir adamları olacakmış, ona vereceğiz."

"Paranın partiye gideceğini nereden bileceğiz. Bence Rıza'nın cebine girecek."

"Orası bizi ilgilendirmiyor ki. Bizim için mühim olan işimizin görülmesi."

"İyi de oğlum, mallar İstanbul'da."

"Biliyorum efendim."

"Kim gidecek oraya kadar?"

"Ben giderim efendim."

"Beraber gideriz."

"Siz hiç zahmet buyurmayın," dedi Yağız.

"Bu Rıza denen adamı tekrar ara, her şeyi ayrıntısıyla öğren. Bu hafta içinde bitsin bu iş."

"Emredersiniz efendim," dedi Yağız. Yüzünde kocaman bir gülümsemeyle çıktı odadan. Arkasından gözlerini kısarak baktı bir süre Yusuf, "Sen İstanbul'a tek başına gideceğini sanıyorsan, aldanıyorsun Ormankulu," dedi, hin hin gülümseyerek, sonra Nedim'in odasındaki telefonun numarasını tuşladı. Yeğeninin sesini duyunca,

"Ben sana demedim mi oğlum," dedi, "dinsizin hakkından imansız gelir diye... Keh! Keh! Keh!... Yap hazırlığını yeğen, hafta içinde çekiyoruz malları... yok yok babana bir şey söyleme şimdi, kaçırma keyfini ağabeyimin. Koca Kerami Bey'in beceremediği işi bacak kadar Yağız kotarıverdi diye canı sıkılmasın... Nasıl?... Eh vereceğiz tabii bir şey... Partiye bağış adı altında veriliyor bir münasip para... Aaa ne bileyim oğlum, artık partinin kasasına mı koyar, cebine mi atar. Bana ne be!... Bırak bu ağızları yeğenim, ha bu parti ha o parti, hepsi de aynı bokun soyu değil de nedir! Hırsızsa hepsi hırsız, arsızsa hepsi arsız... Ne münasebet yahu! Baban Meclis'te değil ki, ne diye alınıyorsun üstüne... O kibar politikacıların devri çoktaan geçti. Geçtiği içindir ya Kerami evinde pinekliyor şimdi. Namuslu adamı alırlar mı hiç aralarına... Neyse, sana müjdemi vereyim, dedim."

Telefonu kapatınca ayağa kalkıp, zafer kazanmış komutan edasıyla gerine gerine dolandı odanın içinde Yusuf. Sultan Hanım'ın haylaz diye bellenen küçük oğlu, tahsilli, terbiyeli ve çok kıymetli büyük oğlundan daha iyi idare ediyordu Şelale Un Fabrikasını. Zaten bu gerçeği gördüğü için değil miydi, artık Meclis'te olmamasına rağmen Kerami'nin Bozova'ya gelmeyip de Ankara'da kalması.

Yusuf, İstanbul'a gitmeden önce kendine Pera'daki Venedik Oteli'nde, Yağız'a da Sirkeci'deki Saray Oteli'nde yer ayırttı. Niyeti gümrüğe Yağız'la birlikte gidip duruma nezaret etmekti. Bu genç adamın kendinden habersiz bir şeyler çevirebileceğine dair kuşkuları vardı. Ama İstanbul'da pırıl pırıl bir sabaha uyanınca, gümrükte didişmek yerine, çok uzun zamandır tek başına gelemediği şehirde dolaşmayı tercih etti. Yağız, aynı şehirde patronunun nefesini ensesinde hissederken, açıkgözlük yapmaya kalkacak kadar da gözükara değildi herhalde. Bir telefon çaktı Sirkeci'deki otele,

"Oğlum, önemli bir işim çıktı, sen erkenden git, ben sonradan gelir, bulurum seni gümrükte," dedi.

"Emredersiniz efendim," dedi Yağız Ormankulu, "işiniz önemliyse, gelmeseniz de olur. Ben bitiririm işleri efendim."

Yusuf ne zaman iş maksadıyla İstanbul'a gelse, hep eğlence merkezine yakın olan Venedik Oteli'nde kalırdı. Otel barı her zaman hareketli olurdu. Resepsiyonda duranlar da, hatırlı müşterilerinin odalarına misafir çıkarmalarına bir bahşiş karşılığı göz yumarlardı. İstanbul'un bekâr barlarına tüneyen eski günlerin güzel, alımlı ve büyük bir olasılıkla Rus asıllı kadınları, yerlerini Anadolu'dan gelen şuh dilberlere bırakmışlardı. Bu kadınların giyimleri ve davranış biçimleri, artık tarihe karışmış olan yabancı sarışınların gerisindeydi ama, bunların da kendilerine mahsus bir edaları vardı. Etli butlu, şuh ve samimiydiler. Onların yanında kibarlık numaralarına gerek kalmadığı için rahat ediyordu taşralı erkekler, üstelik insanı fazla yorup yalvartmadan da kolayca geliveriyorlardı odalara.

Şehrin gündüz hali de iyice gerilemişti son geldiğinden beri. Bir zamanların en şık caddesinde Markiz, Lebon gibi bildiği lüks pastaneler ve Abdullah Efendi gibi ağız tadıyla yemek yiyebileceği lokantalar çoktan yok olmuştu. Vitrinleri seyreden şık, bakımlı güzel kadınlar da yoktu artık. Beyoğlu'nda saatlerce yürüdü Yusuf, Tünel'den Taksime dek iki kere gitti geldi hoş bir insanla karşılaşmak umuduyla. Hırpani herifler, ellerinde birer cıgarayla yerlere tüküre, sümküre piyasa yapıyorlardı zevksiz vitrinlere bakarak. Tadı kalmamıştı Beyoğlu'nun. Otele döner dönmez, kaliteli dükkânların hangi semte taşındığını öğrenmeye karar verdi. Ceyda, kendisi ve kızları için upuzun bir liste tutuşturmuştu eline. Karısının birlikte gelme isteğine karşı çıktığı için, sipariş listesini eksiksiz almak durumundaydı. "Ben de geleyim, siz çalışırken biraz alışveriş ederim," diyen karısına, "Nerede görülmüş kadınların iş seyahatlerine katılmaları, yeni âdetler çıkarmayalım lütfen," demişti, sert bir sesle. Bayramlarda, yılbaşlarında seyahate götürülmeleri yetmiyormuş gibi, bir de ara namesi istiyorlardı, hiç yüz vermeye gelmiyordu bu kadınlara!

Yağız'ın gümrükteki işi başarı ve beceriyle tamama erdirdiği günün akşamı, oğlana bir ödül olsun diye, Taksim'deki büyük otellerden birinin lokantasına onu akşam yemeğine davet etmeye karar verdi Yusuf.

Patronunun davetine itinayla giyinmiş olarak geldi Yağız. Besbelli ki son ay gördüğü zamla, iki arada bir derede üstüne yeni bir takım almaya vakit bulabilmişti. Sarı çiçekli yeşil kravatı, biryantinlenmiş saçlarıyla şık olmaya çabalayıp fazla özenden dolayı bir karikatürü andıran genç adamla, az ışıklandırılmış bir salonda baş başa oturup rakılarını içerlerken önce işlerden sonra da İstanbul'dan konuştular.

Yusuf, Yağız'ın gün boyu yaptıklarını, verdiği rüşvetleri dinledikten sonra, ona gençliğinin İstanbul'unu anlatmaya başladı, masal anlatır gibi. Bir küçük şişeyi devirdikten sonra dili iyice çözülmüş, İstanbul'un güzelliklerinden sonra sıra İstanbullu dilberlere ve çapkınlık hikâyelerine gelmişti. Yusuf'un anlattıklarını sabırla dinledikten sonra, söz sırası kendine geldiğinde,

"Elbette ben sizin anlattığınız yerlerde gezebilmiş değilim ama, benim de öğrencilik yıllarımda kulağıma çalınmış bazı adresler var," dedi Yağız, "bir değişiklik olur derseniz, buyurun gidelim."

Oğlu yaşındaki genç adamın geceyi yönlendirmesi hoşuna gitmedi Yusuf'un. "Gideceğimiz yeri bize şimdi garson söyler," dedi, "eline iki-üç kuruş bahşiş veririz, öğreniriz en iyi kabare neredir."

• • •

Yusuf hesabı ödedikten sonra kalktılar. Önce oryantallerin dans ettiği bir lokale gittiler. Orada birer konyak içtikten sonra, iyice dumanlanmış kafalarıyla, Beyoğlu'nun arka sokaklarından birinde, izbe bir binanın merdivenlerinden inerek, mahzenden bozma bir bara girdiler. Loş salonda müziğin ritmiyle yanıp sönen fosforlu ışıkta kadınların kırmızı dudaklarıyla tezat yapan dişleri, bembeyaz parlıyordu. Masalarına oturur oturmaz, Yusuf yüksek bar taburesine ilişmiş kadını gördü. Dar eteğinin derin yırtmacından, beyaz bacakları akarsu gibi dökülen sarışını, gözleriyle işaret etti Yağız'a.

"Nasıl?" dedi.

"Muhteşem!"

Yağız'ın baş hareketini o karanlıkta atmaca gibi gördü kadın. Kırıtarak yaklaştı.

"Bana da bir arkadaşını çağırsana... şu kırmızı elbiseli esmeri mesela," dedi Yağız.

Kadın, arkadaşına el etti. Kırmızılı hemen bitti yanlarında. Masa anında donandı. Kadınlar, Anadolu'dan geldikleri ağır duruşlarından belli olan iki erkekle, kırk yıllık dostlarıymış gibi samimi bir sohbete giriştiler. Kadınların sesleri güzeldi. Şantözün içli şarkılarına ara sıra eşlik ediyorlardı ama hüzün uzun sürmüyordu masada. Kadınların kahkahaları da boldu, cilveleri de.

"Eğleniyor musunuz?" diye sordu bir ara Yağız, Yusuf'un kulağına eğilerek, "sıkıldınızsa kadınları defleyeyim, ama hoşnutsanız devamını da ayarlayabilirim."

"Bek heleee! Sen neler bilirmişin böyle," dedi Yusuf, kelimeleri içkili ağzında yuvarlayarak.

"Bizde daha ne numaralar var," dedi Yağız, "İstanbul'u siz bana sorun."

Otel lokantasından çıktıklarından beri, 'efendim' diye hitap etmemişti patronuna. Şimdi bir patron-memur ikilisinden çok, akşamcı iki arkadaş veya evdekilerden gizli, felekten bir gece çalmaya çıkmış ama bunu aralarında bir sır olarak tutmaya kararlı bir baba-oğul gibiydiler.

• • •

Yusuf, akşam eğlencelerinin hatırına birkaç gün daha kalmaya karar verdi İstanbul'da. Nasılsa fabrikanın başında güvenebileceği Nedim vardı. Aklı Yağız gibi çalışmıyordu ama, çalışkan ve dürüsttü yeğeni. Zaman zaman İstanbul'a kaçamaklar yapacak olursa gözünü arkada bıraktırmayacak biriydi. Cuma günü dönmeye kararlıyken, yolculuklarını iki gün daha uzatıp hafta başında birlikte döndüler Bozova'ya Yusuf'la Yağız. Hava meydanına onları karşılamaya giden Nedim, yol boyunca yaptıkları konuşmalardan Yağız'la amcasının arasındaki sizli bizli, mesafeli duruşun değişmiş olduğunu hemen fark etti. Yağız eskiden olduğu gibi Yusuf'a hitap ederken her kelimenin ardına bir 'efendim" eklemiyordu, bu tür saygı sözcüklerinden ve gösterilerinden pek hoşlanan Yusuf ise bu yeni durumu hazmetmiş görünüyordu. Malları nasıl çektiklerini anlattıktan sonra,

"İstanbul'da amcanızla ilerde işimize yarayacak birtakım dostluklar da kurduk, Nedim Bey," dedi Yağız, "bu ilişkileri sıcak tutmak için ara sıra İstanbul'a uzanıvermemiz gerekebilir."

"Gümrükte," diye atıldı amcası, "gümrükte dostluklar kurduk, oğlum. Bu dostlukları pekiştirelim diye, dönmekte geciktik biraz."

Nedim, kimbilir kimlere ne paralar yedirdiler, diye düşündü. İşlerini rüşvetle yürütmekten rahatsız olmayan amcası, Yağız'ı bu işlerde pek becerikli olduğu için takdir ediyor olmalıydı.

Fabrikaya vardıklarında, Nedim aceleyle odasına gitti ve son gelişmeleri haber vermek için babasını aradı.

"Size iyi bir haberim var, baba," dedi, "amcamla Yağız, bir yolunu bulup nihayet halledebildiler bizim işi. Makineler yarın burada olacak. Sevinesiniz diye haber veriyorum."

"Sevineyim mi yoksa üzüleyim mi bilemiyorum, oğlum," dedi Kerami Ortaçlı, "ben bugüne kadar karşımıza çıkan pürüzleri hatırla gönülle, haydi bilemedin, resmi bağışla çözmüştüm. Şimdi rüşvet vererek yeni bir yola girmiş olduk. Allah sonumuzu hayreylesin, çünkü bu rüşvet işi kartopu gibidir, her gün biraz daha büyüyerek ve hızlanarak yuvarlanıp gider, çığ olur. Sonunda hep birlikte altında kalmayız inşallah."

Sultan Hanım'ın Şeker Bayramı ziyaretine, elinde kocaman bir kutu çikolatayla geldi Yağız. Evdeki büyüklerin ellerini öptü, kendine ikram edilen şerbeti içti, şekerlemelerden yedi, fazla konuşmadan terbiyeli terbiyeli oturdu bir kenarda.

Anası, tutulduğu çaresiz hastalığı öğrendiğinde,

"Bir gün emr-i hak vaki olursa, elinden tutacak olan kişi Sultan Hanım'dır, oğlum," demişti, "onun gözüne girmeye bak. Gevezelerle, çok bilmişlerle arası yoktur. Ama ihtiyara kendini sevdirmesini becerirsen, sırtın bir daha yere gelmez!"

Yağız, anasının öğüdünü tutmaya çalıştığı için, bayram tebriklerini kaçırmıyor, ayrıca tatillerde Yusuf'un ailesiyle seyahate çıkmasını kollayarak, yalnızlıktan şikâyetci olan yaşlı kadına kısa ziyaretler yapıyordu. Sultan Hanım'ı ziyarete gittiği günlerde, orada Nedim'in bulunmamasına özellikle dikkat ediyordu. Bayramın birinci günü çiftliğe çok erken gelmesinin nedenlerinden biri de Nedim'le karşılaşmamaktı. Aynı mekânlarda bulundukları zaman, her ikisi de geriliyor, şiddetli yağmur öncesinin elektrikli havası hâkim oluyordu bulundukları yere.

Yağız'la aynı zamanda el öpmeye gelmiş çiftlik çalışanları müsaade isteyip kalkarlarken, ona kaş göz ederek oturmasını işaret etti Sultan Hanım. Satı, konuklarla birlikte aşağı kata inince, ortalıkta dolanan genç hizmetçiye bir acı kahve ısmarladı Yağız için.

"Sen onlarla bir misin! Otur bir kahvemi iç de öyle git," dedi Sultan Hanım ve dizinin dibine oturttu Yağız'ı. "Anlat bakalım nasıl gidiyor işler. Yusuf Bey pek memnun görünüyor senden."

"Kendi işimmiş gibi, elimden geleni yapıyorum efendim. Annem vasiyet etmişti bana sizleri ailemin yerine koymam için."

"İyi, iyi. Benim kızlarla tanıştın mı?"

"Kimlerle efendim?"

"Semra ve Serpil'le?"

"Torunlarınızla mı? Evet efendim, Yusuf Bey beni bir-iki kere çağırdılar evlerine... küçük hanımları orada gördüm."

"Niye evine çağırdı seni?"

"İşlerimiz bitmemişti fabrikada. Bazen akşamları da çalışıyoruz da..."

"İş eve taşınmaz oğlum. Kendini bilen adamlar, işlerini işyerinde bitirir. Sen sen ol, öyle yap!"

"Emredersiniz efendim."

"Kızları beğendin mi bari?"

"Estağfurullah efendim... ne haddime!"

"Aferin oğlum. Haddin olmayan işlere sakın girme. Ben senin de büyükannen sayılırım, sana bir nasihatte bulunayım: Dünyada en yanlış şey, zengin evinden kız alıp içgüveysi girmektir. Tersi olur da... yani fakir kız zengin evine gider de, böylesi olmamalı. Neden dersen, çünkü en güzel kadın bile zaman gelir, bıktırır. Eee, o zaman ne olur? Kocanın gözü dışarı kayar. Bu iş fark edildi miydi, kıçına bir tekme atarlar damadın, bunca yıl kızımıza kocalık yaptı, işimizi yürüttü, kahrımızı çekti demezler, kapının önüne cıpcıpıldak koyuverirler adamı. Kocamaya yüz tutmuşken, sokakta kalırsın beş parasız. Fabrikaya verdiğin emekler boşa gider. Ben çok yaşadım, çok gördüm de onun için söylüyorum, oğlum. Aklın varsa, paranı kazan, bir kenarda biriktir ama ekmeğini yediğin adamın kızını alma. Git kendine nazını çekecek, çapkınlığına katlanacak bir kız bul. Patron kızlarından karı olmaz, ancak baş belası olur."

"Estağfurullah efendim... ne münasebet efendim... hiç böyle bir şey düşünmedim ben."

"Sakın ola ki düşünme! Ben hep senin kale gibi arkandayım ama, böyle bir işe kalkışacak olursan, karışmam."

Yağız, kocakarı nereden çıkardı kızlara talip olacağımı, son akşam yemeğinde birayı fazla kaçırıp farkına varmadan aşırı bir hareket mi yaptım, diye düşündü. Bir daha ikram edecek olurlarsa, ağzına değdirmeyecekti birayı.

"Efendim, emin olun ki nasihatınıza uyacağım. Beni düşündüğünüz için çok teşekkür ederim efendim. Zaten benim nişanlanmayı düşündüğüm biri var... bir münasip zamanda elinizi öpmeye getiririm."

"Amman ne iyi!" dedi Sultan Hanım, "elini çabuk tutarsan, nişanın, düğünün ve çeyizin benden olur, ha oğlum?"

Yağız uzatmadı ziyaretini, müsaade isteyip kalktı. Merdivenlerden inerken, "Allahın cezası ihtiyar, elini ayağını da öpsem, diplomalı da olsam, yüksek mevkilere de gelsem, ebenin oğluyum ya, torununa layık görmüyor beni," diye söylendi içinden, "benim anamın bir mesleği vardı en azından, her girdiği evde saygı görürdü. Bu cahil kocakarının nesi var, kibrinden ve ağa kocasının mirasından başka!"

Yusuf'un kızları daha çok gençti. Aklına bile gelmemişti onlara bakmak. Ama şimdi ihtiyar bir merak düşürmüştü içine. Bir dahaki sefere kızları gördüğünde alıcı gözle bakacaktı her ikisine de. Acaba hangisi daha akıllıca olurdu, inat olsun diye torunlardan birini tavlamak mı, yoksa madem nişan, düğün ve çeyiz bedavaya gelecekti, olmayan sevgiliyi arayıp tarayıp bulmak mı?

Satı, peşi sıra gittiği Yağız'a, konağın ağır kapısını zayıf bedeninden beklenmeyen bir çeviklikle açtı.

"İşin rast gitsin oğlum," dedi elini öpüp başına koyan delikanlıya.

"İşim rast gidiyor Allah'a şükür ama baksana senin hanımın pek küçümsedi beni."

"O nasıl laf! Neden öyle yapsın ki!"

"Herhalde ebenin oğluyum diye."

"Oğlum, ebeler küçümsenir mi hiç! Onlar olmasa nasıl yolumuzu bulur da gelirdik bu dünyaya!"

"Beni layık göremedi torunlarına."

"Kızlara talip mi oldun yoksa!"

"Yoo!"

"Aman olma! Şımarık kızlardır onlar. Sultan Hanım da seni

beğenmediğinden değil, herkesin evleneceği kişiyi kendi seçmek istediğinden yapmıştır, ne yapmışsa."

"Gençler büyükleri karıştırmıyorlar işlerine artık evlenirken."

"Bizim kızlar gelinlik çağına geldiklerinde babaanneleri karışacaktır varacakları kocalara. Şimdiden birilerini düşünmüştür o."

"Benim aklıma dahi gelmediydi onlara yan gözle bakmak, zaten bir yavuklum var benim."

"İyi. Bakma! Çünkü bu Sultan Hanım var ya, istediği yapılmazsa, dünyayı adama zindan eder."

"Ne yaparmış?"

"Valla benden sana söylemesi, Yağız oğlum. Mallar mülkler hep onun üstünedir. Kafası kızmayagörsün, mirası neyi istemediğine düşürtmez. Satar savar, bedava dağıtır, ama sözünden çıkanı gözünden de çıkarır. Sakın ha, oğlum! Madem varmış bir yavuklun, bir an evvel al onu nikâhına, hem hanımın içi rahat etsin hem de elini bol tutsun sana."

"Allah Allaaah! Yok böyle bir şey Satı Hanım. Nereden çıkardınız Yusuf Bey'in kızlarını, kuzum!"

"Biz yaşlıyız oğlum," dedi Satı, "hanımın da işi yok gücü yok ya, gün boyu kahve içer, fincan kapatır, laflarız. Çok konuşan çok yanılır, demişler, kusurumuza bakma sen bizim."

Yağız, bahçenin ferforje kapısından çıkarken tedirgindi biraz. Sultan Hanım'la Satı'nın, ortada fol yok yumurta yokken, lafı Yusuf'un kızlarına getirmesine hiçbir anlam verememişti.

Yaz erken geldi o yıl. Bozova'da tomurcuklanan dallar çiçeğe durmaya hazırlanır, çayırlar yeni yeni yeşerirken, toprağa sanki bir alev topu düştü ve saman rengine dönüşüverdi doğa. Sıcak yakıp kavuruyordu ortalığı. Sadece bitkileri ve çayırları değil, hayvanları ve insanları da etkilemişti hararet. Kediler köpekler bulabildikleri gölgelerde saatlerce serili kalıyor, atlar eşekler yola koyulmak istemiyor, insanlar dalaşıp duruyordu birbirleriyle. İşte böyle bir günün öğlen sıcağında, güneş tam tepedeyken, oda kapısı aniden açıldı Yusuf'un. Yusuf, üç ayrı pervanenin ortasında oturuyordu serinlemek için. Odasının bütün pencereleri açıktı. Kapı açılınca, cereyandan dolayı, büyük bir gürültüyle çarparak kapandı pencere. Yerinden sıçradı Yusuf. Karşısında, elinde bir dosyayla Nedim duruyordu, burnundan soluyarak.

"Hayrola!"

"Amca, hemen konuşmamız lazım."

"Önce vaktim var mı diye sormayacak mısın oğlum?"

"Bu iş çok önemli amca!"

Yusuf yeğenini ilk defa böyle görüyordu. Sinirden titriyordu genç adam.

"Otursana hele," dedi, "nedir bu halin? Haydi anlat bakalım kim kızdırdı seni?"

"İşler böyle gidemez, amca. Bu Yağız başımızı belaya sokacak. Fabrikanın girdisini çıktısını inceledim dün gece... olacak şey değil."

"Dur bakalım, yavaş ol yeğen. Önce neden bahsediyorsun, onu söyle."

Nedim derin bir nefes aldı ve elindeki dosyadan yer yer göstererek açıkladı amcasına hesaplardaki tutarsızlıkları.

"Nedim oğlum, bak ben seni sabırla dinledim. Şimdi sen de beni dinle. Biz taa en başından beri bir işbölümü yaptık mı bu fabrikada, yaptık! Babanı gerektiğinde sorunlarımızı çözmesi için, Meclis'e yolladık mı, yolladık! Baban milletvekili olmanın cefasını çektiği kadar sefasını da sürdü mü, sürdü! Ben de onun Meclis'e gittiği yıllarda bu fabikanın başına geçtim mi, geçtim! Bugüne kadar vazifemi hakkıyla yaptım mı, yaptım! Şu anda önümüzde bir işbölümü daha var. Sen pazarlama müdürüsün, Yağız da muhasebe müdürü... Sen bu hesapları incelemekle, kendi vazife sınırını aşmış oluyorsun. O senin satış planlarına, tanıtım işlerine burnunu sokuyor mu? Malları hangi marketlerde hangi raflara koyduruyorsun, hangi gazete ve dergilere reklam veriyorsun, karışıyor mu?"

"Amca, benim Yağız'dan bir farkım olduğunu düşünüyorum.

Bu fabrikada babamın hissesi var. Yarın öbür gün babamın başı Yağız'ın yüzünden belaya girebilir. Ben onun menfaatlarını da korumakla görevliyim."

"Senin baban benim ağabeyim değil mi?"

"Elbette amca ama siz aldırmıyorsunuz bu işlere. Babam sizin gibi değildir."

"Oğlum, ben ne yaptığımı biliyorum. Başımızı belaya sokacak işlere elbette girişmem. Hepiniz benim sorumluluğum altındasınız."

"Bakın, demin bana işbölümünden bahsettiniz, şimdi bu Yağız'ın benden habersiz, kendi başına bir nakliye şirketiyle anlaşması benim işlerime burnunu sokmak olmuyor mu?"

"Hesapları incelerken, nakliyeciye yaptığımız ödemeleri görmüş, daha ucuza getirebileceği bir nakliyeci bulmuş. Fena mı etmiş?"

"Bu onun işi değil. Nazif Bey hiç karışmazdı kendini ilgilendirmeyen işlere."

"Nazif Bey öldü! Şimdi artık onun koltuğunda Yağız oturuyor. Genç, dinamik bir müdür oldu. Memnunum ondan."

"Amca, bu nakliye işinden kötü kokular geliyor. Ayrıca, Yağız'ın yetkilerini aştığını düşünüyorum. Onu, kendi yetki sınırına çekmenizi rica ediyorum."

Yusuf, karşısında yüzü sapsarı dikilen yeğenine baktı hiçbir şey söylemeden. Sessizlik uzayınca Nedim, boğazını temizleyip tekrar konuştu.

"Eğer bu ricamı kabul etmeyecek olursanız, ben de önlemlerimi alacağım."

"Ne yapacaksın yani?"

"Bu fabrikanın hisselerinin bir kısmı da bana ait."

"Ne münasebet! Senin tek bir hissen dahi yok. Bu fabrika ağabeyimle bana ait."

"Babamın haklarını ben temsil ediyorum. Hem halamı da unutuyorsunuz amca."

"Kadınların hisseleri sayılmaz!"

"Sayılmaz olur mu? Medeni kanuna göre, miras kardeşler arasında eşit paylaştırılıyor. Babaannemin kızı olmayabilir ama halam, bu fabrikanın ilk ve tek sahibi olan dedemin öz kızı."

Yusuf bir kahkaha attı, "Hisseler fabrikanın kasasında duruyor oğlum," dedi "şunu bil ki, kasanın anahtarı kimdeyse, hisseler de ondadır!"

"Şaka ediyorsunuz amca!"

"Şaka eder bir halim var mı?"

"Babam bunu duymasın. Yüreğine iner."

"Ağabeyimi öldürmeye hiç niyetim yok. Onun hisseleri onundur. Ama bu fabrikanın idaresi de benimdir."

"Anladım. İşin bu noktaya gelmesini hiç istemezdim. Şimdi içeri geçip istifa mektubumu yazacağım ve birazdan size takdim edeceğim."

"Sen bu ailenin bir ferdisin. İstifa mektubunu kabul etmeyeceğim. Havalar asabını bozmuş senin, sıcaktan sinirin tepene çıkmış. Al bu pervanelerden birini odana götür de serinle."

"Benim odamda pervanem var. Teşekkür ederim, amca."

Nedim odadan çıkarken, pencerenin yine cereyan yüzünden çarpmaması için dikkat etti, yavaşça kapadı kapıyı. Odasına girdi ve ilk işi babasının Ankara'daki evini aramak oldu, elleri titreyerek. Telefon meşguldü. Bir on beş dakika kadar sonra yine aradı, yine meşguldü. Bir sigara yaktı, odada dolaşa dolaşa içti sigarasını, telefonu bir kere daha aldı eline. Düt düüüt-düt düüüt! Sonunda pes etti, oturdu, dolmakalemini çıkardı, istifa mektubunu yazmaya başladı.

Yusuf, yaklaşık bir saat süren telefon konuşmasının sonunda, ahizeyi yerine bıraktığı anda, yeniden çaldı telefon.

"Alo," dedi.

"Ne kadar uzun konuştunuz patronum! Oysa haberlerim vardı size. Hoşunuza gidecek gelişmeler oldu."

"Biraderle konuşuyordum... ne oldu, niye arıyordun beni?"

"Müjdemi vermek için."

"Verilecek müjde mi var?"

"Var ya! Şu İstanbul'daki mesele hakkında... hani şu özel mesele."

"N'olmuş?"

"Kızlar hazır. Yirmi iki-yirmi üç yaşlarında iki sarışın afet. Biri Macar asıllı galiba, diğeri Rusya'dan bir yerlerdenmiş. Hafta sonuna bizi İstanbul'da bekliyorlar."

"Tuzluya patlayacak."

"Şirkete yazacağız efendim. Masraf göstereceğiz."

"Vallahi bu ilişkileri şirkete hangi kalem altında masraf yazacağını merak etmiyor değilim."

"İnsani münasebetler! Halkla ilişkiler. Yemin etsem başım ağrımaz. Un ihracatımız için araştırma ve ilişki geliştirme seyahati olarak göstereceğim."

"Haydi bakalım," bir kahkaha patlattı Yusuf, "bu münasebetleri duyanlar da, adamı bu yaştan sonra teneşir paklar diyecekler bana, ama..."

"Duyan olmayacak patron. Üstelik adamı her yaşta sadece ve sadece genç ve güzel kadın paklar, teneşir filan değil. Ben yol hazırlıklarını yaptırıyorum. Uçakla gideriz, değil mi?"

"Öyle yaparız, yolda vakit kaybetmeyelim."

Yusuf telefonu hoşnut bir yüzle kapattı. Nedim'le aralarında geçen konuşmadan sonra iyice gerilen sinirlerine iyi gelmişti bu haber. Nedim'in masasının üzerine bıraktığı raporu görünce yeniden asabileşti. Oğlu yaşındaki yeğeni kafa tutuyordu amcasına, yaşına başına bakmadan. Bu kuşağın terbiyeden nasibini alamadığını düşündü. Kendi nesli böyle miydi! Nedim'i ensesinden tutup odadan dışarı atmadıysa, sırf ağabeyine duyduğu saygıdan dolayıydı. Aile içinde tatsızlık çıkmasın ve annesi tedirgin olmasın, diyeydi. Sultan Hanım hayattayken, hisselerin durduğu kasanın anahtarı elinde olsa bile, istediği gibi at koşturamayacağını iyi biliyordu Yusuf. Üvey kızının hakkından gelmişti ama gerekirse büyük oğlunun haklarını sonuna kadar savunurdu anası. O hayattayken, fabrikanın tek ve mutlak sahibi olmasına imkân yoktu. Bu yüzden bir saat dil dökmüştü ya Kerami'ye, Nedim'le konuşup onu ikna etmesi için. Cehennemin dibine kadar yolu olduğunu düşünse de, doğru olmayacaktı Nedim'in işten ayrılması. Anası başta olmak üzere bir sürü insana hesap vermek zorunda kalacaktı. Sıkıntıları aileyle sınırlı kalsa neyse, kredi aldıkları bankalar da merak edebilirlerdi bu istifanın nedenlerini.

Allahtan, Nedim odadan çıkar çıkmaz telefona sarılıp aradığı ağabeyi de kendi gibi düşünüyordu. Ne demekti istifa etmek! İnsan kendi işinden istifa eder miydi! Hemen telefon edecekti oğluna aklını başına toplaması için. Yusuf, Nedim'e dair tatsız fikirleri zihninden uzaklaştırıp hafta sonunda yatağına atacağı genç kadının hayalini kurmaya çalışarak, masasının üzerindeki sigara paketine uzandı.

Nedim yazıp yazıp yırttığı istifa mektuplarının sonuncusuna imzasını atarken çaldı telefonu. "Aaa baba! Ben de sizi arıyordum," dedi, "Ama hep meşgul çıkıyordu. Çok uzun konuştunuz telefonda! Amcamla mı konuşuyordunuz?... Yaa... o benden önce davranmış demek!"

Bir süre babasının anlattıklarını dinledi.

"Evet ama sonunda başımıza bela açacak bu adamın yaptıkları baba," dedi, "amcamı ikna edemiyorum. Gerçekler önünde duruyor ama görmek istemiyor. Açık seçik yolsuzluk yapılıyor fabrikada. Amcam yetmiyor gibi, babaannem de kanatlarının altına almış bu Yağız'ı, ebenin öksüzüdür diye tutturmuş!" Bir süre karşı tarafı dinledi Nedim, canı sıkkın konuştu yine,

"Baba, olur mu hiç! Ben nasıl derim öyle şey! Ya o ya ben demek, kendimi Yağız'ın seviyesine indirmek olur. Asla yapmam. Bana düşen çıkıp gitmektir. Soranlara, benim Bozova'da sıkıldığımı, İstanbul'da yaşamak istediğimi söyleriz, olur biter."

Nedim ayağa kalktı, babasını dinlerken, telefon kordonunun izin verdiği mesafede dolanmaya başladı masasının çevresinde.

"Pekiyi baba," dedi, "hafta sonu geleceğim Ankara'ya. Bir çözüm bulabileceğinizi sanmıyorum ama... neyse... annemi de görmüş olurum. Tamam, sizinle konuşana kadar söz veriyorum hiçbir şey yapmamaya. Mektubu vermeyeceğim amcama. Ama beni dinlediğiniz zaman, göreceksiniz ki haklıyım ve durum değişmedikçe, istifadan başka çarem yok!"

Nedim telefonu kapattı, çekmecesini açıp dosyalarını karıştırmaya başladı. Daha önce amcasının önüne koyduğu rapordan bir tane de babası için hazırlamalıydı. Kâğıtlarla boğuşurken çaldı telefon. Sıkkın bir sesle,

"Alo," dedi.

"Oğlum, düşündüm de, sen buraya kadar geleceğine, ben Bozova'ya gelmeye karar verdim. Annemi de görmemiştim epeydir, onu da sevindirmiş olurum. Hafta sonu hem temiz hava alırız hem de orada rahat rahat konuşuruz," dedi babası.

"Annemi de getirecek misiniz?"

"Annenin şu yardım derneği var ya... Kanserle Savaş mıdır nedir, işte onların balosu var hafta sonunda... o gelemez."

Güldü Nedim, "Baba, sen baloya gitmemek için iyi bir bahane buldun, anladığım kadarıyla," dedi.

"Vallahi oğlum, doğru bildin. Benimkine, bir taşla birkaç kuş vurmak denir," dedi Kerami, "Satı'ya söyle de bana keşkek hazırlasın. Bozova'nın yemekleri gözümde tütüyor."

Konakta

Nedim orta kattaki oturma odasının penceresinden, önünde uzanan bahçeye bakarken, pencereye erişebilmek için babaannesinin ayaklarını uzattığı pufu çekip üstüne çıktığı günleri hatırladı. Kaç kere yere yuvarlanmıştı puftan. Pencerenin diğer tarafında duranlara, geçen zaman içinde önce kumral başının tepesi ve iki meraklı gözü, derken burnu, en sonra da güzel yüzünün tamamı görünmüştü. Böyle derdi Satı, "Ben avluda durur bakardım, sen pencerenin ötesinde boy atardın yavaş yavaş, sulandıkça uzayan bir fidan gibi. Sonra birden upuzun oluverdin!" derdi.

Odadaki kokuyu gözlerini kapatıp iyice içine çekti. Sabunlu suyla silinmiş tahta ile babaannenin lavanta kolonyasının birbirine karıştığı bir koku vardı bu odada. Şimdi birilerine, burnuna sobada sönmüş odunların kokusunun da geldiğini söyleyecek olsa, "Aklını mı kaçırdın, yazın ortasındayız, ne sobası! Hem soba mı kaldı artık. Kalorifer döşendi konağa," diye yanıtlarlardı şüphesiz. Ama Bozova'da geçen çocukluğunun tüm kokuları burnundaydı şu anda; yanmış odun kokusu, közlenmiş patlıcan kokusu, turuncu domateslerin kokusu, yağmurun kokusu, gübre kokusu, hanımellerinin kokusu ve hamamdaki sıcak nem kokusu...

"Nedim Bey'im! Hoş gelmişin!"

Nedim döndü. Karşısında, eski tazeliği solmuş da olsa, hâlâ ışıl ışıl bakan gözleriyle Ziynet duruyordu, üstünde uzun basma elbisesi, başında beyaz yemenisiyle. Çocukluğunda çoğu kez yaptığı gibi kadının kollarına koşmayı ve ona sığınmayı düşündü bir an. Tuttu kendini. Biraz hırıltılı çıkan bir sesle

"Nasılsın Ziynet?" dedi. "Seni çok iyi gördüm."

"İyiyiz beyim, Allah'a şükür. Epeydir uğramıyordunuz. Sizi görünce daha da iyi olduk. Kerami Bey'im de geliyormuş bugün."

"Hafta sonu buradayız baba-oğul."

"Aman ne iyi, ne iyi. Büyük hanım çok özlemişti oğlunu."

"Babaannem odasında mı?"

"Giyiniyor. İner birazdan. Bir kahve yapayım mı?"

"Sağol Ziynet. İçerim."

Ziynet odadan çıkınca rahatladı Nedim. Dadısıyla karşılaşmalarında duyduğu huzursuzluk yılların içinde giderek azalmıştı ama her zaman boğazı tarazlanırdı ona ilk selamını verirken.

Ortaokulu bitirmek üzere Ankara'ya gittikten sonra sadece yazları gelmişti Bozova'ya. Uzun yıllar da yurtdışında kalmıştı eğitimi için. Hatta üniversitedeyken birkaç yıl hiç dönmemişti memlekete. O yıllarda Ziynet'in evlenip çiftlikten ayrılmış olabileceğini düşünmüştü. Hoş evlense haberi olurdu ama kendini evlendiğine inandırmak rahatlatmıştı onu. Sonra, artık kocaman bir delikanlı olarak askere gitmeden önce babaannesini ziyarete geldiği yıl, onu karşılamak için bahçe kapısının önüne dizilen hizmetkârların biraz gerisinde, ellerini önüne kavuşturmuş beklediğini görünce, kıpkırmızı olmuştu yüzü.

"Dadını kucaklamayacak mısın?" demişti babaannesi.

Ziynet kollarını açmış, onu bekliyordu. Üzerine bol gelen yerlere kadar bir basma elbise ve başında yemenisiyle, yaşından çok büyük gösteriyordu. Şefkatli, sevecen bir dadı görünümündeydi. Gidip iki yanağından öpmüştü dadısını.

"Benim kıymetli oğlum," demişti Ziynet, gözlerinde yaşlarla. O gece yatağında, utanç ve hasret duyguları birbirine karışırken, bir karar almıştı kendi kendine. Eğer Ziynet odasına gelecek olursa, yıllar önce olan olayın tekrarlanmasına asla müsaade etmeyecekti. Ziynet'i kırmayacak sözlerle anlatmaya çalışacaktı, artık böyle bir ilişkinin mümkün olamayacağını. Sabaha kadar uyuyamamıştı Nedim. Ziynet gelmemişti. Sabah kahvaltıya indiğinde, yumurtasını çocukluğunda yaptığı gibi, küçük bir kâseye kırmış, tuzlayıp biberlemiş olarak önüne koyarken, sadece şefkatli bir anneye benziyordu. Vücut hatlarını belli etmeyen bol giysileri, sımsıkı geriye çekilip toplanmış saçları, bağlanmamış uçları göğsüne sarkan beyaz yemenisiyle, cinselliği çağrıştırmayan orta yaşlı bir kadına dönüşmüştü vaktinden önce. Rahatlamıştı Nedim. Yine de kahvaltı boyunca başta babaannesi ve yengesi olmak üzere tüm Bozova kadınlarının özel hayatına dair sıraladıkları soruları yanıtlarken göz göze gelmemeye çalışmıştı Ziynet'le.

"Eee, artık yaşın erdi evladım, bize ne zaman bir gelin getireceksin?" demişti Sultan Hanım.

"Bak Nedim'ciğim, sakın bir gâvur kızı alıp getirme buralara. Duyduk ki İngiltere'de çok güzel sevgililerin olmuş. Gençsin, gezip tozacaksın elbette. Ama evlenmek için mutlaka bir Türk kızı seç," demişti Ceyda yengesi.

"Koyuncuların kızını gösterecekler sana İstanbul'da," demişti Sultan Hanım.

"Aaa babaanne, aşk olsun. Artık öyle kız gösterme mi kaldı! Nedim ağabey canının istediği kızı kendi seçer," demişti Ceyda'nın büyük kızı Serpil.

Tüm bu gereksiz konuşmalar boyunca, hiç renk vermemişti, masanın başında bekleyen Ziynet. Hatta bir ara, Sultan Hanım'ın çayını yenilerken,

"Zamanı geldiğinde elbette en güzel gelini getirir benim oğlum," diye lafa bile girmişti. Önce irkilmiş ama kadının samimiyetini görünce gevşemişti Nedim. Sanki aralarında geçenler hiç olmamış gibiydi. Bozova'daki ikinci gecesinde, yatağına yine huzursuz bir bekleyişle girmiş, saatler sonra tam uykuya yenilme noktasında, bir mermer hamamın buharları içinde cinselliğe ilk uyanışının gerçek değil de bir bir rüya olduğuna inanmıştı nerdeyse.

O günden bu yana gelip geçen yılların içinde Ziynet'in anısı, bir annenin kollarında sarmalanmanın verdiği huzur ve rahatlık duygusunun bir kaza kurşunu gibi aniden şehvetle birleşiverdiği ürkütücü bir rüya, çoğu zaman da bir kâbustu, Nedim için. Hep unutmak istediği, hiç unutmak istemediği, ona hem utanç ve acı hem de tarifi zor bir rahatlama hissi veren bu yersiz hatıradan kurtulabilmek için çok çabalamıştı.

Yıllar sonra, taşlar yerine oturuyordu nihayet. Son karşılaşmalarında, Ziynet onun dadısı, o da dadısının sevgili oğlu olmuştu yeniden, işte o kadar! Bu senaryoyu kabullendiği her halinden belli olan dadısına derin bir minnet hissi duymuştu kahvaltıda.

Ziynet elinde kahveyle odaya girdiğinde, Nedim'i sedire oturmuş, gözlerini yola dikmiş öylece bakarken buldu.

"Bir derdin var senin oğlum," dedi, kahveyi yanına bırakırken.

"Yok vallahi."

"Var, ben anlarım. Yüzünü görür görmez bildim canının sıkkın olduğunu. Neyin var, oğlum?"

"… …"

"Anlat bana, rahatlarsın."

"Fabrikada canımı sıkan şeyler oluyor."

"Sultan Hanım'a söylesen dakikada halleder."

"Daha neler!"

"Bu ailenin başı hâlâ odur. Kimse çıkamaz sözünden, Yusuf Bey bile."

"Ben kendi işimi kendim hallederim."

"Elbette. Ama çok sıkıntılısın, aslanım. Ben elimde büyüttüm seni, anlamaz mıyım sanıyorsun halinden. Yüzün sapsarı, gözlerinin altı mosmor. Sıkıntıyı içe atmak iyi değildir, binbir türlü dert açar başına. Derdini demeyen derman bulamaz!"

Nedim bir yudum içti kahvesinden.

"Ziynet, bu konuyu kapatalım emi?"

"Nasıl istersen."

Kahveyi önündeki sehpaya bıraktı. Nedim'in, konuşmakla susmak arasında kararsız olduğu belliydi. Aslında içinden çocukluğu boyunca yaptığı gibi, her şeyi bağıra çağıra Ziynet'e anlatmak geliyordu. Bir nevi terapi gibiydi bu kadının göğüslerine başını dayayıp içini dökmek. Ziynet, usul usul saçlarını okşarken, onu hiç konuşmadan dinler ve hep ona hak verirdi. Elinin yumuşak temasından huzur duyardı Nedim.

"Bu Yağız var ya" dedi yavaşça, "Allah'ın bir belası bu herif Ziynet, nereden musallat olduysa başımıza..."

"Nereden musallat olacak, senin babaannenin işleri hep. Sen aldırma ona, yanaşma gibi bir şey zaten. Sen patronun oğlusun, sen ne dersen öyle olur."

"Amcam ona toz kondurmuyor. O önemli değil de, öyle işler çeviriyor ki, bir gün başımızı belaya sokacak."

"Allah korusun!" dedi Ziynet.

"Allah böyle işleri korumaz. Bu Yağız'ın yediği herzelerin yüzünden babamın itibarı sarsılabilir. Off Ziynet, çok canım sıkılıyor, çok!"

Dışardan gelen motor sesiyle ikisi birden pencereye döndüler. Kerami Bey'i getiren araba, iki yanı selvili yolda yavaş yavaş yaklaşıyordu. Nedim elindeki kahve fincanını sedire bırakıp babasını karşılamaya aşağıya koşarken,

"Kahven," dedi Ziynet yavaşça, "oldu mu ya, soğuyacak şimdi!"

Baba oğul, Satı'nın nerdeyse iki gün mutfaktan çıkmamacasına yaptığı yemekleri, uzun sohbetlerle süsleyerek yediler, Sultan Hanım'dan defalarca dinledikleri anıları bir kere daha dinlediler, tekrarlayıp durduğu soruları sabırla yanıtladılar ve iş konusunda hiç konuşmadılar. Sofrada bir ara Sultan Hanım, "Biliyorsundur herhalde Kerami, bizim Neriman'ın oğlunu da fabrikaya aldı Yusuf... Neriman canım, şu hepinizi dünyaya getiren Neriman... hakkı ödenmez," deyince,

"İnşallah iyi niyetinize layık biridir," dedi Kerami.

"Aman oğlum, olmaz mı! Pek memnun Yusuf'um. Benim de rahmetli anasına verilmiş sözüm vardı, neyse gözüm arkada gitmeyeceğim. O da aileden sayılır, öyle değil mi?" diye sorduğunda, Nedim babasıyla göz göze geldi ve hemen kaçırdı bakışlarını.

Sofra faslından sonra, hep birlikte orta kattaki salonda kahvelerini içtiler. Sultan Hanım odasına uzanmaya gidince, nihayet baş başa kaldılar. Nedim yanında getirdiği dosyaları babasının önüne serdi. Kerami hesapları incelerken, Nedim elleri arkasında bir aşağı bir yukarı gezinip duruyordu odada. Kerami dosyanın kapağını kapatıp masanın üzerine bırakınca, Nedim gitti, babasının karşısında durdu.

"Evet oğlum," dedi Kerami, "haklı olduğunu görüyorum ama ani karar verme."

"Ben kararlıyım baba. Yağız'la aynı çatı altında asla çalışmam."

"Bir şey düşündüm Nedim... seni ikna edemeyeceğimi bildiğimden, düşünüp duruyordum yolda gelirken... aklıma bir çözüm geldi."

"Nasıl bir çözüm?"

"İstanbul'da bir irtibat ve dağıtım bürosuna ihtiyacımız olacak yakında. İhracatları, satışları Bozova'dan sevk ve idare etmek kolay olmuyor. Yusuf geçen ay Ankara'ya geldiğinde konuşmuştuk zaten. Bu işi hızlandıralım ve sen İstanbul'daki büronun başına geç. Böylece Yağız'dan kurtulmuş olursun."

"Yağız'dan asıl şirketin kurtulması lazım, baba."

"Yusuf'la çok uzun konuştuk. Amcana biraz zaman tanı Nedim, olanları o da görüp anlayacaktır yakında. Üstüne gitmeyelim. Aile kavgasına döndürmek istemiyorum işi. Nedense haklarına müdahale gibi görüyor bu konuyu, makul olamıyor. Bir yanda da annem var... gördün işte yemekte..."

"Babannem ne bilir ki! Yağız'ın yaptıklarını ona anlatırsak bize hak verecektir."

"Verecektir ama üzülecektir de. Bilirsin huyunu, vefa borcu diye tutturmuş işte."

Nedim babasından istediği yanıtı alamayınca, "Ben biraz hava alayım müsaade ederseniz," dedi ve ikişer ikişer indi merdivenlerden. Bahçeye çıkmasıyla içeri kaçması bir oldu. Bahçe kavruluyordu sıcaktan. En üst kattaki odasına çıktı. Kırmızı tahta atını, üç tekerlekli bisikletini, bir sepetin içine atılmış tahta oyuncakları ile kurşun askerlerini, camekânla kapattıkları balkona koymuşlardı ama şimdi ona çok ilkel gelen teypi hâlâ başucundaydı. Boz ayısı, ilkokul arkadaşlarıyla çekilmiş resimleri, okul koşularında kazandığı birkaç madalya, kırkbeşlik plaklar duvara çakılı rafın üzerine sıralanmışlardı. Daha önce dikkatini çekmemiş olan ayrıntılara şaşarak baktı. Oysa kaç kere yatmıştı odasında Bozova'ya döndükten sonra, kaç hafta sonu geçirmişti. Eğitimini tamamlamak üzere yurtdışına çıkarken, babaannesine vedaya geldiğinde, Ziynet'in, kulağına eğilip, "Odanı olduğu gibi saklayacağım, kimseye el sürdürtmeyeceğim," diye verdiği sözü hatırladı. İlk kez fark ediyordu Ziynet'in sözünde durduğunu. Dadısı yılları dondurmuştu sanki mavi perdeli, balkonlu odada. Evin bütün kadınlarının peşinden koştuğu, kaygısız geçen çocukluk yıllarını özledi. Kollarını başının altına koyarak sırtüstü uzandı yatağına. Tavanda, yatağının tam üzerinde üç kollu bir pervane dönüp duruyordu, metalik bir ses çıkararak. Tsırt... tsırt... tsırt... 'Tıpkı bu pervane gibiyim,' diye düşündü Nedim, 'hiçbir yere ulaşamadan dönüp duruyorum olduğum yerde, aynı tatsız sesi çıkararak ve hiçbir yere varamayarak... Tam bir kısırdöngü benim durumum. Hiçbir şey olmuyor, hiçbir şey değişmiyor, hiçbir şey düzelmiyor. Ne fabrikada ne de benim hayatımda hatta ne de ülkede!'

Yurtdışında geçirdiği yıllar canlandı belleğinde yeniden. Kadınların arasında şımartılarak büyütülmüş bir çocuğun, kendini İngiltere'nin katı disiplinli okullarının soğuk yatakhanelerinde buluvermesi ve yeni konumuna alışması pek kolay olmamıştı. Sivilceli İngiliz oğlanlarla tek ortak noktaları, kızlara karşı tutuk oluşlarıydı. Üniversiteye geçtiğinde ise rahat etmişti. İngiliz kızları, karşı cinsleri gibi çekingen değillerdi. Üstüne üstüne gelmiş, utangaçlığını yenmesine yardımcı olmuşlardı. Sevgilileri olmuştu. Sütbeyazı gövdelerini altına çektiği küçük memeli körpe kızlarda, hayal meyal hatırladığı tadı bulamamıştı ama, pes de etmemişti. Kızdan kıza geçerek arayıp durmuştu tam olarak kendinin de bilemediği o şeyi. Aradığı her neyse, kızların bacak aralarında kesin değildi. Neydi o halde, neydi? Hırsla, ısrarla ve umutla bir şey arıyor, bir yere varmak istiyordu. Varmak istediği yer Bozova'nın çok uzağındaydı. İçinden bir ses ona Bozova'dan çok uzağa kaçmasını söylüyordu. Ama görünmez bir bağ, onu zeytin ağaçlarının bezediği bu buharlı ve sıcak beldeye bağlıyor, düğümlüyordu sanki. Üniversite, yüksek lisans, yeni kurslara katılmalar... Eğitimini, babasına, "İlmin sonu yoktur, bir yerde durmasını bil," dedirtecek kadar uzattıktan, yurda dönmeyi geciktirmek için elinden geleni yaptıktan sonra, artık ister istemez Bozova'daydı. Gezip tozup, kürkçü dükkânına geri dönmüştü ve tahmin ettiği gibi ailesi kendi kanatlarıyla uçmasına mani olmuştu. Babaanne başta olmak üzere herkes karşı çıkmıştı, aile işi dururken başka bir yerde iş aramasına. Kapana kıstırılmış gibi hissediyordu kendini. Bu dar muhitte bir sevgili veya eş bulamayacağına göre, ona bilmem hangi zengin ailenin kızını ayarlayacaklardı bir süre sonra. Evlenecekti, çocukları olacaktı ve kıstırıldığı kapanında yaşamaya devam edecekti, kitaplarını okuyarak müziğini dinleyerek ve fabrikanın daha da büyümesi için elinden geleni yaparak. İşte buydu yıllardır hazırlandığı hayat! Çiftlikten arabayla yarım saatlik yolculuk sonunda varılan fabrikayla, bir saat uzaklıktaki kent merkezi arasına sıkışmıştı yaşamı. Bu kadardı! Onca bilgiyle donanmış kafasını duvarlara vurmak gelmişti içinden önceleri. Sonra, yavaş yavaş alışmaya başlamıştı koşullarına Nedim. İş dolayısıyla sık sık İstanbul'a, Ankara'ya gidiyor, rastgelirse hafta sonlarını büyük şehirlerde, otel barlarında içki içerek geçiriyordu. Bozova'da kaldığı hafta sonlarında ise, doğanın binbir tonlu yeşilinde ata biniyordu saatlerce. Hafta içlerinde, işten başını kaldıramadığına memnundu. Teknolojinin birden ilerleyiverdiği yıllarda, köhne kalmış fabrikanın yenilenme projeleri, promosyon programları tüm vaktini alıyordu, sıkılacak zaman bulamıyordu böylece. İşini benimsemeye, şartlarına uyum sağlamaya başlarken, önünde uzanan renksiz, heyecansız fakat huzurlu hayat için kendiyle barışırken, nereden çıkmıştı bu hırsız herif! Bu dizginlenemeyen ihtirası, açgözlülüğü, hileleriyle baş belası Yağız!

Ya sıkıntıdan ya da öğle yemeğinde çokça içtiği şaraptan iki kaşının arasında başlayan dayanılmaz bir ağrı, gözlerinin üzerinden alnına dağılarak başının ortasına kadar çıktı. Parmaklarını sımsıkı bastırdı kaşlarının üzerine, uyumaya çalıştı. Uykuyla uyanıklık arasında, kâh babasını ikna ettiğini, kâh Yağız'ı sille tokat dövdüğünü hayal ederek ve sıcaktan içi geçerek yatıyordu öylece, odaya birinin girdiğini fark ettiğinde. Açmadı gözlerini. Odaya girenin yatağın yanında diz çöktüğünü, ellerini yumuşacık temaslarla saçlarında, yüzünde gezdirdiğini, sonra o ipeksi dokunuşların çok yavaş hareketlerle omuzlarından göğsüne, beline, karnına doğru kaydığını... inledi... düğmelerini çözdüğünü... inledi... ona dokunduğunu hissetti. Başındaki ağrı, göğsünün üzerindeki ağırlık, boğazındaki taş kayboldu. Yüreği ısındı, kalp atışları hızlandı. Karnında kıvılcımlanan ateş kasıklarına yürüdü. Bir yay gibi gerildi gövdesi. Gözleri sımsıkı kapalı, elleri hâlâ kaşlarının üstünde, hiç kıpırdamadan sırtüstü yatarken yüzüne değen göğüslerin bildik kokusunu içine çekti. Rahatladı.

Çözülmeler

İstanbul

Ziynet dadı odasına gittikten sonra ben de kendi odama çekilip yatağıma uzandım ve bir sigara yaktım. Yatak odamda sigara içme alışkanlığım yoktu ama hatıralara karışıp yılların içinde geriye doğru akmak hem yormuş hem de duygulandırmıştı beni. Canım fena halde bir sigara çekmişti. Sigaram dudaklarımda, gözlerimi kapatıp yine düşüncelere daldım. Ne çok güzel anım vardı aslında, içimi ısıtan. Bozova'nın hayatıma girmesiyle, hem çok renkli bir yaşama hem de çok sevdiğim ve anlaştığım bir babaya kavuşmuştum. Kardeşim doğduktan sonra, kıskançlığa kapılmamam için büsbütün ilgi gösterir olmuştu bana, Nedim baba. Kocaman bir yastığa yatırılarak kucağıma verilen kardeşime biberonundan süt içirirken sorardım,

"Beni mi daha çok seviyorsun, Utku'yu mu?"

"Babalar her zaman kızlarına daha düşkün olur," derdi, beni buna gerçekten inandırarak.

"Neden?"

"Öyle!"

"Ya anneler?"

"Bilemem. Onu annene sor."

Nedim babaya sık sık sorduğum bu saçma sapan sorularımı anımsayınca, bunca yıl sonra yüzümün kızardığını hissettim. Annemi, Nedim babayı hatta anneannemle dedemi sürekli sevgi üzerine sınamamın nedeni, herhalde babam hayattayken babasız kalmış olmamın verdiği güvensizlik duygusuydu. Ben farkına varmasam da öz babama yüreğimin derininde duyduğum kızgınlığı, kırgınlığı hiç yenememişim demek, diye düşündüm, sigaramın külünü tablaya silkelerken. Oysa kızgınlığa ve kırgınlığa yer vermeyen, mutlu, sevecen bir ailede yaşamıştım yıllarca. Nedim babayla sinemaya gider, balığa çıkar, yürüyüş yapardım. Okul çıkışlarında ofisine gider, işini bitirmesini beklerdim eve birlikte dönmek için. Koridorun sonundaki küçük odada ertesi günün dersini hazırlarken, Şelale şirketlerinde sözü geçen bir müdür olduğumu hayal ederdim. "Küçük yardımcım," derdi bana Nedim baba, "asistanım," derdi. Yapabileceğim ufak tefek işler icat ederdi oyalanmam için. Telefon defterlerini temize çekerdim, örneğin. Ortaokuldayken daktilo yazmayı da o ofiste öğrenmiştim. Lisedeki son yılımda Sinan'ı tanıyıp siyasi eylemlere karışana kadar, okul sonrası zamanımın en eğlenceli saatlerini geçirdiğim yerdi, Nedim babanın bürosu. Adam yerine konmanın, bir büyükle arkadaşlık etmenin, ciddiye alınmanın keyfini yaşadığım bir yerdi.

"Nedim baba, annemle nasıl tanıştınız?" diye sordumdu bir keresinde, annemin saçlarında çiçeklerle evlendikleri gün çekilmiş gümüş çerçeveli fotoğrafını gazete kâğıdına dikkatle sararken.

"İstanbul ofisimizi açtıktan birkaç ay sonra, un ambalajlarını yenilemek için bir reklam ajansına başvurmuştum. Reklamcılar bir şeyler hazırlamışlar, beni toplantıya çağırdılardı. Birtakım genç adamlar ve kadınlarla yuvarlak bir masanın etrafına dizelendik, sunuş için müşteri temsilcisinin gelmesini bekliyorduk. Kapı açıldı, içeriye, kolunda dosyalarıyla annen girdi. Odaya birden parlak bir ışık doldu sanki. Taze açmış gül gibiydi, güzelliği gözlerimi kamaştırmıştı."

"İlk görüşte aşk, ha?"

"Aynen öyle."

"Daha önce hiç âşık olmamış mıydın? Sevgilin yok muydu?"

"Kırkına yaklaşmış bir adamın sevgilileri olmaz olur mu? Ama kesinlikle ilk kez âşık oluyordum."

“Hemen mi evlenme teklif ettin anneme?”

“Hemen değil. Bir yıla yakın flört ettik. Benim hiç uzun süren bir ilişkim olmamıştı. Nedense ciddi ilişkilere girmeye korkmuşum. Ben sonunda korkumu yendim ama bu kez de annen beni peşinden koşturduydu.”

“Evlenmek mi istemedi?”

“Zor karar verdi. Kızını öz evlat gibi benimseyebilecek biriyle evlenebilirmiş ancak.”

“O halde dört ayak üstüne düşmüş annem. Öz babam bile beni senin kadar benimsemedi, Nedim baba.”

“Bak bu işte annenin hiç payı yok, Ayda. Kıvır kıvır saçların, cin gibi gözlerinle pek şeker bir şeydin. Sana da tıpkı annene olduğu gibi, ilk görüşte vuruldum.”

“Sonra da beni Bozova cadılarının her birine zorla kabul ettirdin.”

İkimiz de attıktı kahkahaları. Bozova cadıları, çiftlikte yaşayan tüm kadınlara annemin taktığı isimdi.

“Zorlamam gerekmedi onları. Hepsi görür görmez sana bayıldılar.” Nedim baba, masasının üzerinde duran bir başka çerçeveli fotoğrafı uzatmıştı bana.

“Aman dikkatli kaldır, kırılmasın,” demişti, “kimin bu kadar güzel bir ailesi var?” Fotoğrafa bakmıştım. Annemle yan yana konağın ön bahçesindeki hasır koltuklara oturmuşlar, annem Utku’yu kucağına almış, ben dizlerinin dibine çökmüşüm. Nedim babanın bir eli benim, bir eli annemin omzunda. Mutlu, huzurlu bir aile görüntüsü veriyoruz. Benim eylemlerimin ve annemin bunalımlarının getireceği sıkıntılara yıllar var daha. Fotoğrafa hasretle bakıp yerde duran gazete kâğıtlarına sarmış, özenle karton kutulardan birinin en üstüne yerleştirmiştim.

“Bu resmi de alalım mı baba?”

Masasının arkasında asılı resimde, Şelale Fabrikasının kuruluş kutlamalarından birinde fabrika sahipleri olarak yan yana dizilmiş, çalışanlarla birlikte resim çektirmişler.

“Hayır, o kalsın.”

“Aaa, neden ama… hatıradır, alalım.”

“Onu duvarda bırak yavrum. Yerime kim oturacaksa, o bak-

sın artık bu resme.”

“Ya bunu?” Masasının hemen önünde duran küçük kilimi göstermiştim.

“Kilimi al. O annenin armağanıdır bana. Büromda ev sıcaklığı olsun da işimi benimseyeyim diye almıştı…”

“İşini sevmez miydin yoksa?”

“Aile işi olmasa başka bir şey yapmayı tercih ederdim. Diplomat olabilirdim mesela ya da bir üniversite öğretim görevlisi.”

“Bundan böyle istediğin işte çalışacaksın, baba.”

“İnşallah!” demişti içtenlikle.

Nedim babaya ofisindeki odasını boşaltırken yardım ediyordum. Bir yandan çene çalıyor bir yandan da toparlanıyorduk. Babasının desteğini arkasına alarak politikaya atılıyordu üvey babam. Fabrikadan çekiyordu elini eteğini, Bozova kadınlarının itirazlarına aldırmaksızın. Kerami dedenin de kurucu üyesi olduğu yepyeni bir parti kurulmuştu. Kerami dede hiçbir aktif görevi kabul etmemiş, onu parlemenoda görmek isteyenlere,

“Bu yeni oluşum, bizlerin değil gençlerin partisi olmalı, ülkenin yeni fikirlere ve taze kana ihtiyacı var,” demişti, “Beni bırakın oğluma teklifte bulunun. Bizlerden geçti artık. Bizler, yeri geldiğinde ancak nasihat vermeli, tecrübelerimizden yararlandırmalıyız gençleri. Ama artık kenara çekilmemizin ve onların önünü açmamızın zamanı geldi.”

Üvey babamın siyasete atılması böyle oldu sanıyordum, o sırada. Utku, yaşı küçük olmasına rağmen, babasının Meclis’e girmesinden dolayı çok gururlanmıştı. Annem ise endişeliydi. Kocasının partinin başını çeken muhafazakârlara uyum sağlayamayacağından ve yine hüsrana uğrayacağından korkuyordu. Oysa Nedim baba uçuyordu sevinçten,

“Bu oluşum, bildiğin partilerin hiçbirine benzemiyor,” diyordu anneme, "aramızda alışık olduğun, o at gözlüklü, komünizm paranoyalı tutucular yok! Sağın da solun da ilerici beyinleri buluşuyor bu partide. Devrimci bir oluşum bu! İktidarı alabilirsek, çok ileri taşıyacağız Türkiye'yi."

Sultan Hanım'ı altı ay önce kaybetmiştik. Uzun yaşamı sona erdiğinde doksanını geçmişti babaanne. Ailesini yatağının etrafında, hizmetkârlarını ayakucunda iki gün boyunca ağlaşarak beklettikten sonra, yummuştu gözlerini, bolluk bereket içinde doyasıya yaşadığı dünyaya. Biz çocuklar okulda olduğumuz için katılamamıştık cenazeye. Nedim babayla annem, babaannenin cenazesi için gittikleri Bozova'da uzun kalmamışlar, cenaze merasiminde taziyeleri kabul etmiş, duaya katılmış, ertesi gün dönmüşlerdi İstanbul'a. Kerami dedeler de yedinci gün duasını bile beklemeden, bir gün sonra peşlerinden gelmişlerdi. Oysa biz, en az bir on gün Bozova'da kalacaklarını sanıyorduk. Anneme bu erken dönüşün nedenini sorduğumda, hem Kerami dedenin işlerinin çokluğundan hem de Bozova'da pek hoşlanmadıkları biri olduğundan söz etmişti.

"Hoşlanmadıkları kişi, Yağız Bey mi?" diye sormuştum.

"Sen Ziynet'le Satı'nın dedikodularını mı dinliyorsun?" demişti annem, "çocuklar böyle şeylere burunlarını sokmamalılar."

Cenazeyi takip eden günlerde çok sıkıntılıydı Nedim baba. Geceleri uyku tutturamıyor, evin koridorlarında, yatak odasıyla salonun arasında volta atıyordu sabahlara kadar. Gündüzleri de erkenden çıkıyor, Suadiye'de oturan babasıyla buluşmaya karşı tarafa geçiyordu. Birkaç kez bürosundan telefon etmişlerdi de eve, annem öyle öğrenmişti kocasının işe değil de babasıyla buluşmaya gittiğini. Baba oğulun, Sultan Hanım'ın kaybından dolayı birbirlerini teselli ettiklerini düşünmüştü. Neden sonra öğrenmişti, üvey babamın, babasını teselliye değil de, yeni kurulan partiyle ilgili çalışmalara katılmaya gittiğini.

• • •

O yıl, Nedim baba fabrikadaki görevinden istifa etti, fabrikadan elini eteğini çekti ve yeni kurulan partinin milletvekili adayı olarak dolaşmaya başladı Ege kasabalarında. Aile şöhretinden yararlansın diye, onu Kerami dedenin bölgesinden aday göstermişlerdi. İsabet etmişlerdi, çünkü darbe sonrası yapılan ilk seçimlerde, Ortaçlı ailesi kısa bir aradan sonra yine Meclis'teydi, bu kez genç kuşaktan bir temsilciyle.

Annem, iktidarda olan yeni partiye güvenemediği için suskundu. Bozova'nın Sultan Hanım'dan geriye kalan kadınları da küskündüler üvey babama, aile işini bırakıp gittiği için. Hatta Ziynet dadı seçimlerden önce taa Bozova'dan kalkıp gelmişti bir otobüse binerek, yeni kaybettiğimiz Sultan Hanım'ın sözlü vasiyetini iletmek için torununa. "İşine karışmak gibi olmasın ama, rahmetlinin kemikleri sızlayacak mezarında," demişti, "Yapma oğlum, aile işinden elini eteğini çekme. Satı da dua ediyor geri dönmen için. Babaannen ailenin dağılmasını hiç istemezdi. Bir kere daha düşün! Sen de çıkıp gittin miydi, her şey amcanın insafına kalacak."

Yusuf amca yeğeninin kararına karışmamış, nasıl istiyorsa öyle yapsın, diye haber yollamıştı. Zaten kimseye kulak asmamıştı Nedim Ortaçlı. Babasının desteğini arkasına alıp okumuştu bildiğini. Annem dahil hepimiz, Nedim babanın siyasetin rüzgârına kapıldığı için işinden ayrıldığını sanıyorduk. Ziynet hariç. Her şeyi bilen, duyan ve susan Ziynet, onun siyasete girme kararının esas nedenini sabaha karşı anlatacaktı bana.

Gecenin bir yerinde aniden uyandım. Kötü bir rüyanın etkisindeydim herhalde, göğsümün üzerinde bir ağırlık vardı. Perdenin açık kalan kenarından, karın beyaz aydınlığı sızıyordu odama. Nerede olduğumu hatırlamaya çalıştım. Erzurum? Yok hayır, o dündü. İki gün süreyle sabahları kristal havasına uyandığım Erzurum çok uzakta kalmıştı. Dün, bütün günü yollarda geçirerek geri dönmüştüm şehrime. Uyurken sıkıntıyla yorganı tekmeleyip düşürmüş olmalıydım. Üşüyordum. Uzanıp aldım, üstüme örttüm ve kendimi bir kâbus gördüğüme inandırıp uyumaya çalıştım. Oysa, kâbus görmemiştim. Kâbus olmasını umut ettiklerim gerçekti. Gerçeğimi kabullenmek zorundaydım. Beni bekleyen zor günlerden kaçışım yoktu. Derin nefesler aldım, sabaha güçlü olmalıyım, diye telkinlerde bulundum kendime. Uyumak için çabaladım. Olmadı. Koyunları saydım, ertesi gün yapılması gereken işleri sıraladım kafamda, bankada elimin altında kaç para olduğunu hesaplamaya çalıştım ve vardığım sonuçla içimin rahat etmesi gerekirken, yine olmadı. Başucumdaki ışığı yakıp sonuna yaklaştığım kitabı okudum belki dalar giderim diye. Dikkatimi veremedim. Söndürdüm ışığı, hareketsiz yatmayı denedim. Bütün yorgunluğuma rağmen, yatakta dört dönüyor, bir türlü uyuyamıyordum. Kafamdan kovmaya çalıştığım düşünceler üstüme üstüme geliyordu. Endişelerimi paylaşabileceğim tek kişi, yan odada uyuyan seksenini devirmiş ihtiyar bir kadındı. Yalnızlık ve çaresizlik boğuyordu beni. Yatakta çarşafları fışırdata fışırdata uzun süre debelendikten sonra, kalktım. Sırtıma sabahlığımı alıp çıktım odamdan, çıplak ayak yürüdüm koridorda ışığı yakmadan. Mutfağa süzüldüm. El yordamıyla elektrik düğmesini çevirir çevirmez, canhıraş bir çığlık koptu! Zıpladım, bir çığlık da ben atarak.

"Aman Allah'ım! Ne oldu?"

Ziynet dadı, mutfak masasının etrafındaki iskemlelerden birine ilişmiş, yüzü kül gibi, gözleri yuvalarından fırlamış, tir tir titriyordu.

"Dadı, ne var, ne oldu, neden haykırdın böyle?"

Odama koşup battaniyeyi aldım, getirip omzuna koydum.

"Dadı, ne yapıyordun mutfakta?... Bak üşümüşsün... Dadı konuşsana Allah aşkına... Seni korkutmak istemedim... Kendime ıhlamur kaynatmak için geldimdi... Bak titriyorsun, sen de içersin bir fincan ıhlamur, değil mi?"

Bir yandan su dolduruyordum çaydanlığa, fincanları alıyordum raftan, bir yandan konuşuyordum Ziynet'le. Ama o, oturduğu yerde, suç işlerken yakalanmış çocuk gibi gibi, omuzlarını kısmış, başını önüne eğmiş tir tir titremeye devam ediyordu.

"Dadı neyin var? Şoka mı girdin?... Konuşsana... Niye titriyorsun? Bir şikâyetin mi var? Doktor çağırayım mı?"

Başını salladı hayır anlamında. Fokurdayan suyu fincanlara boşalttım, içlerine birer poşet ıhlamur salladım. Fincanlardan birini önüne koydum.

"İç haydi, iyi gelir, ısınırsın. Ne yapıyordun karanlıkta dadı? Niye korktun böyle?"

"Habersiz geldin. Habersiz gelinmez."

Ters bir şey söylememek için tuttum kendimi. Evimde istediğim an mutfağıma gitme hakkımı ne zaman kaybettim ben? Bozova kadınlarına boşuna cadılar dememiş annem!

"Sen niye uyumuyorsun, dadı? Bir şey mi istedindi? Acıktın mıydı?"

"Sessiz ve habersiz geldin, korkuttun beni," diye tekrarladı.

"Özür dilerim. Burada olduğunu bilmiyordum."

Yavaş yavaş renk geliyordu yüzüne. Titremesi azaldı. Uzattığım ıhlamurdan bir yudum içti.

"Uyuyamayınca... yerimi yadırgamışım... mutafağa geldim. Oturmuş düşünüyordum... bir şeye ihtiyacım yok kızım. Sağ olasın."

Bir zamanların heybetli Ziynet'i şimdi küçücük bir kız çocuğu gibi duruyordu, Aslı'nın üzerine bol gelen penye geceliğinin içinde. O kadar çaresiz, o kadar korumasızdı ki, gidip sarıldım sımsıkı. Sırtından kayan battaniyeyi yeniden yerleştirdim omzuna.

"Keşke salonda oturaydın. Daha rahat ederdin."

"Mutfak rahat."

Elbette! Ömrünün büyük bir kısmını mutfakta geçiren bir insan, salonda rahat edebilir mi? Salonlara bizler kuruluruz kurum kurum. Biz hanımlar. Dadılar, hizmetkârlar mutfakta oturup emirlerimizi beklerler. Kahve yap Ziynet! Çayı demle Ziynet! Bir bardak su getiriversene Ziynet! Sultan Hanım'ın sultasından kurtulduktan sonra, kendine bahşedilen küçük evinde de mi hep mutfakta oturdu acaba Ziynet dadı, diye düşündüm.

"Dadı, seni korkuttuğum için kusura bakma. Ben nereden bileyim burada olduğunu. Ben de uyuyamadım senin gibi de..."

"Git ayağına bir şey giy kızım. Üşüteceksin."

"Al ıhlamurunu da içeri geçelim. Salon daha sıcak," dedim. Battaniyeyi katlayıp kalktı. O salona yürürken, ben terliklerimi almaya gittim odama. Döndüğümde, pencerenin kenarındaki koltuğa oturmuş, dışarı bakıyordu.

"Bozova'da pek az yağardı kar. Ben üç kere rastladım sadece," dedi.

"Her birini ayrı ayrı hatırlıyorsun demek?"

"Hatırlamaz mıyım! Hele de sonuncusunu. Hiç unutmamışımdır. Sultan Hanım'ın ölümü sırasındaydı."

"Eee, öyle bir olaya denk gelmiş ki, unutulmaz elbette."

"Yok Sultan Hanım'ın yüzünden değil... O öldü, gitti işte her fani gibi, kazık kakacak değildi ya! Asıl Nedim'imin Bozova'dan, aile işinden kopmasına denk geldiydi de o yüzden hiç gözümün önünden gitmez kar tanelerinin pencere önünde uçuşmaları."

"Yaaa!"

"Evet, öyle!" İçini çekti.

"Anlatsana dadı?"

"Anlatamam."

"Neden?"

"Söz verdim sırrımı toprağa kadar götürmeye."

"Kime?"

"Kerami Bey'ime."

"Bir sır mı vardı?"

"Vardı ya!"

"Nedim babanın Bozova'dan ayrılışına dair?..."

"Elbette."

"Babam siyasete atılmak için ayrıldı işinden."

"Sen öyle bil!"

"Bozova'dan zaten ayrılmıştı, dadı. Biz İstanbul'da oturuyorduk, unuttun mu?"

"O başka. İşinin başındaydı ama. Ayda bir-iki kere gider gelirdi fabrikaya. Bozova'da kalırdı."

"Peki neden ayrıldı işinden?"

"Söyleyemem yavrum. Kerami Bey'e söz verdim."

"Kerami dede öldü. Nedim baba da öldü. Bence bu sır neyse söylemelisin artık."

"Ihlamur pek iyi geldi. Ellerine sağlık."

"Dadı, bak, bazı sırları taşımak insanları tedirgin eder. Allah bilir ben mutfağa girince ödünün patlamasında, tir tir titremende payı vardı bunca sene susup oturmanın. Anlat bana da rahatla. Kimseye söylemem merak etme. Zaten dedikodu yapacak kim kaldı ki?"

"Belki de bilmenin zamanıdır kızım. O yılan size başka zararlar vermesin diye..."

"Hangi yılan?"

"Yusuf'u baştan çıkaran, doğru yoldan saptıran yılan."

"Ay gene mi geldik Yağız konusuna, dadı. Bırak Allah aşkına sen de. Yağız adam olsa yüreğim yanmaz."

"Başınız çok ağrıdı onun yüzünden ama haberiniz yok!" dedi Ziynet.

"Anlat o zaman." Ayaklarımı altıma aldım, ıhlamurumun son yudumunu da içip bıraktım fincanı sehpaya. Sabahlayacağımız belliydi. Ne gam, zaten uyuyamadıktan sonra. Sabaha karşı bir saatte, Bozova hikâyeleri dinleyecektim üvey babamın dadısından.

"Babaannenin toprağa verilmesinden birkaç gün sonraydı. Gelinler, torunlar ve cenaze için başka yerlerden gelen akrabalar, okullarına işlerine güçlerine dönmüşlerdi. Yusuf'la Ceyda zati oradaydılar da, başsağlığı ziyaretleri günlerce sürer ya bizim oralarda, Kerami Bey'le Semihanım da gelen gideni ağırlamak için kalmışlardı Bozova'da. Bir de Cemile vardı. Yedinci gün duasını bekliyorlardı."

"Bilirim, dualara pek meraklıydılar," dedim, kardeşimin doğumunda okuttukları mevlidi hatırlayarak. Ziynet dadı, pencere yanındaki koltuktan kalkıp karşımdaki koltuğa oturdu, battaniyeyi de üstüne çekti. Titremesi tamamen geçmişti. Bir ıhlamur daha içer mi diye sormak geçti içimden ama, üşendim. O, artık çook uzaklarda kalmış Bozova masallarını anlatadururken belki ben de dalar giderdim uzandığım kanepede.

"Kerami Bey en büyükleri olarak, mirası nasıl paylaşacaklarını anlatmak için, yemek odasında toplamıştı herkesi," dedi.

"İlahi dadı, Kerami dedeye niye düşsün ki miras paylaştırma işi? Kanunlar kime ne kalacağını belirtmiyor mu?"

"Kızım, lafımı kesme! Cemile'yi hatırlıyorsun değil mi, Ağa babanın ilk evliliğinden olan kızı."

"Cemile hala yani?"

"Evet. Bilirsin öyle sık sık gelip gitmezdi ama, bayramdan bayrama uğrardı babasının elini öpmeye. Sultan Hanım da söylenir dururdu, bayram bahşişini almaya geldi, diye."

"Sevmez miydi Cemile halayı?"

"Üvey kızını kim sevmiş?" dedi Ziynet, benim de bir üvey kız olduğumu unutarak.

"Kerami dede, annesinden kalan mülklerle, mücevheratı Yusuf'la paylaşacaklarını söylediydi. Ama babalarına ait olan çiftlikten ve konaktan, Cemile'ye de hak düşüyormuş, öyle dediydi."

"Cemile hala babası öldüğünde almamış mıydı hakkını?"

"Almamış zahir. Sultan Hanım ne yapıp edip her şeyin üstüne oturmuş. Satı söylediydi, ancak onun ölümünden sonra geçmiş haklar Cemile'ye, nasıl işse!"

"İntifa hakkı almıştır."

"Hah, öyle yapmış işte. Neyse, Kerami Bey dediydi ki mülkü böldürmemek için değer biçtirip Cemile'ye düşeni paraya çevirelim. Ablasına sorduydu ne dersin, diye. Vallahi, iyi olur Kerami, demişti Cemile. Çok iyi olur. Önümde torunun düğünü var, demişti, anneanne olarak ben de katkıda bulunurum azıcık, evlerine bir-iki parça beyaz eşya alırım. Bir de benim hisselerim vardı ya, çocuklar, demişti. Satmak istersen önce bize haber ver demiştiniz ya, hazır mal paylaşılırken, hisseleri de halledelim. Elbette abla, demişti Kerami Bey. Hangi hisseler diye atılmıştı Yusuf.

Babam öldüğünde bana düşen hisseler, demişti Cemile. İlahi abla, babam öleli yıllar oluyor. Nerdeyse geri gelmesi yaklaştı, demişti Yusuf. Tövbeee!"

"Dadı, bütün bunları nereden biliyorsun. Onları mı dinliyordun konuşurlarken?

"He ya."

"Yapma dadı! Senin yanında mı konuştular bütün bunları?"

"Benim yanımda konuşurlar mı hiç! Mutfakla yemek odasının arasındaki o küçük geçme vardı ya, ofis derdi oraya annen, işte ben orada duruyordum."

"Kapı açık mıydı?"

"Kızım, kapıda buzlu cam vardı ya... babaannenin duasının okunduğu akşam kızlardan biri elinde tepsiyle koşuştururken ayağı takılıp düşmüştü, camını kırmıştı kapının. Helvalar melvalar hep yerlere saçılmıştı. Neyse işte, hafta sonuna denk geldiydi, yaptıramadıktı camı. Semihanım tutturmuştu, yemek odasından mutfağın dağınığı görünüyor diye, ben de Sultan Hanım'ın tül perdesini sökmüştüm penceresinden, nasılsa ölen ölmüş, giden gitmiş demiştim, üç kat edip iki ucundan büzüvermiş, raptiyelemiştim kapının tahtasına. Mutfak filan gözükmez olmuştu da durmuştu çenesi Semihanımın. Bir şey tutturmaya görsündü bu senin kaynanan. Pek titiz bir kadındı canım..."

"Dadı sen sadede gel!"

"Nerede kalmıştım kızım?"

"Yusuf hangi hisseler diye sordu, dedindi."

"Ha, ne diyordum, işte ben o tülün gerisindeydim. Kapı kapalıydı ama, cam yok ya üstünde, hem duyuyordum hem de belli belirsiz görüyordum onları..."

Öyle canlı anlatıyordu ki Ziynet, zaman içinde renkleri biraz uçmuş, yüzleri biraz silikleşmiş oyuncuların çiftlikteki meşe masanın çevresinde oturup rol aldıkları bir sinema seyrediyordum sanki.

Hile

Bozova

İskemlesinde geriye doğru yaslanarak, sakin sakin, "Hangi hisseler?" diye sormuştu Yusuf.

"Babam öldüğünde bana düşen hisseler."

"İlahi abla, babam öleli yıllar oluyor, adamın neredeyse gelmesi yaklaştı." Yusuf kimsenin yüzüne bakmıyor, gözlerini karşısındaki duvara dikiyordu konuşurken.

"Olsun, çok zaman geçse de benim hakkım baki olmalı."

"Valla, o günden bu yana köprülerin altından çok sular aktı. Biliyorsun, hisse bu! Para bile değerini kaybediyor durdukça."

"Sen ne demeye çalışıyorsun Yusuf?" demişti Kerami.

"Sıkıntılı günleri olmadı mı sanıyorsunuz fabrikanın... Ne krizlerden geçti memleket. Bizi hiç etkilemedi mi yani? Her ikiniz de işin içinde olmadığınızdan haberiniz yok. Yağız getirsin de göstersin size hesapları."

"Hesap sormuyorum ben. Hisseler fabrikanın kasasında duruyordu. Ablama düşenleri veririz eline, değerleri neyse o fiyattan bize geri satar."

"Hisse misse yok abi!"

Rengi sapsarı olmuştu Kerami'nin, "Anlamadım," demişti.

"Anlamayacak bir şey yok. Ben Cemile ablamın hisseleri olduğunu ilk defa duyuyorum."

"Seni gidi sarı çıyan," diye bağırmıştı Cemile, "tevekkeli sana haramibaşı dememişlerdi çocukken!" Ayaklanmış, Yusuf'un üstüne yürümüştü.

"Abla, sen müsaade et, bu işi ben halledeyim," demişti Kerami. Cemile'nin yüzü kıpkırmızı kesilmiş, alnında boncuk boncuk terler birikmişti. Yerine dönüp yığılır gibi oturmuştu iskemlesine.

"Şimdi kalkıp fabrikaya gideceğiz ve hisseleri..."

"Dedim ya hisse yok."

"Ayyy fena oluyorum..." İskemlesinden kayıp halının üzerine boylu boyunca uzanıvermişti Cemile hala. Kerami fırlamış, "Orada kimse yok mu? Su getirin hemen... kolonya getirin, haydi çabuk olun!" diye bağırmıştı kapıyı açıp. İlk Ziynet koşturmuştu elinde sürahiyle içeri. Cemile'yi şezlonga taşımışlar, yüzüne su serpmişler, kolonyayla şakaklarını ovmuşlardı. Ceyda suçluluk duygusu içinde eline geçirdiği peçeteyle yelpazeliyordu halayı. Yusuf gözlerini duvara dikmiş oturuyordu, kıpırdamadan.

"Abla sen burada dinlen, kendine gel," demişti Kerami, "bu işi ben halledeceğim. Sen sakın üzme kendini." Sonra kardeşine dönmüş, "Yukarı salona!" demişti, sert bir sesle. Kerami önde Yusuf arkada merdivenleri çıkıp orta kattaki salona gitmişlerdi. Ayakta karşı karşıya durmuşlardı.

"Ne yaptığını zannediyorsun?" diye sormuştu Kerami burnundan soluyarak.

"Aile servetimizi muhafaza etmeye çalışıyorum."

"Ablana kazık atarak mı?"

"Bunca yıldır ablam mı çalışıyor fabrikada? Ceremesini o mu çekiyor işçilerin? Kocasıyla çocuklarıyla yan gelmiş yatmış şehirde, senelerdir, şimdi ise hazıra konmak istiyor. Haliniz nicedir diye sormak bir kere bile aklına gelmedi. Kâr dağıtımlarında parayı lüpledi durdu da, şimdi mi bildi hemen hesap sormasını. Birdenbire şahin kesildi."

"Cemile'nin hisselerini vereceksin Yusuf!"

"Abi, Cemile yüzünden aramızı açmayalım, olur mu? Öz ablamız bile değil!"

"Cemile'nin hisselerini ona verirken, bana ait olanları da bana vereceksin. Kendi özel kasamda saklayacağım bundan böyle."

"Bak abi, kasada duran hisseleri ikiye böleceğim. Ben kendi hissemden yüzde beş kadarını Yağız'a vereceğim..."

"Yaa! Neden?" diye sözünü kesmişti Kerami kardeşinin.

"Söz verdim. Çok iyi iş çıkarıyor. Çalışkanlığını mükâfatlandırmak lazım. Sen de kendi payından istediğin kadarını Cemile'ye hibe edebilirsin."

"Ne münasebet!"

"Bence en adil çözüm budur."

"Cemile'nin hakkını sadece ben ödeyecek olursam, senin karşında küçük ortak durumuna düşerim. Oysa büyük kardeş olduğum için bu işi babamın bana emanet etmesine karşın ben hep ikimizi eşit düşündüm, bugüne kadar. Üstelik fabrikayı idare şekline de hiç karışmadım, birçok şeye itirazım olduğu halde. Ama işler değişecek bundan böyle."

"Evet abi," demişti Yusuf, Yağız'ın sık sık ona tekrar ettiği sözleri hatırlamaya çalışarak,

"Dediğin gibi işlerin bundan böyle değişmesi gerekiyor. Sen bizi eşit düşündün ama eşit değildik, öyle değil mi? Çalışan bendim. Fabrikayı büyüten, kârı çoğaltan, Şelale'yi memleketin en iyi un markası yapan hep bendim. Demek istediğim şu; eşit olmamız bana haksızlıktı. İşi ben yürüttüğüme göre, büyük ortak ben olmalıydım. "

Kerami bakakalmıştı kardeşine. Elleri, dudakları titriyordu.

"Biz babamın sağlığında birlikte karar almadık mı, içimizden birinin Ankara'da olmasının bize faydası olur, diye. O kişinin ben olmasını babam istemedi mi? Kimsenin gözü tutmamıştı da seni, ben ısrar etmiştim babamıza, haksızlık etmeyelim Yusuf'a, işin başına geçince sorumluluklarının bilincine varır, diye. Ben onu ikna etmeseydim, Şelale'nin başına bir müdür koyacaktı babam. Sen de Cemile gibi yıl sonlarında paranı alırdın ancak."

"Ama Şelale'nin başına ben geçtim ve kısa zamanda büyüttüm fabrikayı."

"Tüm izinlerini, teşvik belgelerini ben itibarımı kullanarak

Ankara'da çarçabuk çıkarmasaydım, zor büyütürdün. Üstelik yıllardır bana attığın kazıkları da görmemezlikten geldim. Oğlumu bile kırdım, sırf aile birliğimiz bozulmasın diye." Sesi titriyordu. En yakındaki koltuğa yıkılırcasına oturdu.

"Aile birliğimizin bozulmasına hiç gerek yok, abi. Biz hâlâ aynı aileyiz. Tek farkımız, şimdi ben, elimdeki hisselerle büyük ortak oldum ve kararlarımı kimseye danışmak ya da hesap vermek durumunda değilim, bundan böyle," demişti Yusuf, "hele de bacak kadar yeğenime!"

"Bu iş mahkemede biter."

"Mahkeme bana hak verir. Hisseler elimde."

"Mahkeme hisseleri eşit paylara böler. Sadece etrafa rezil olmakla kalırsın."

"Benim bir şahidim var, işin başında olduğum için, babamın hisselerin idaresini bana devrettiğine dair."

"O şahitin Yağız mı? Yağız babam öldüğünde Bozova'yı rüyasında bile görmemişti."

"Babamın mektubunu okudu ama."

"Hangi mektubunu? Ne diyorsun Allah aşkına?"

"Babamın bana bıraktığı mektup. Vasiyet mahiyetinde."

"O düzenbazla baş başa verip bir de mektup mu imal ettiniz? O yüzden mi hisse veriyorsun elin ahlaksız herifine? Çevirdiğin dalaverelere sus payı olarak?"

Hiç yanıt gelmemişti Yusuf'tan. "Sen küçükken de böyleydin," demişti Kerami, "yanında iyi huylu bir arkadaşın varsa, iyi huylu olurdun, başıbozuklarla zorba kesilirdin. Annem hep endişe ederdi senin için, kardeşini kolla da yanındakilere uyup kötü yola düşmesin derdi bana, kötülüğünden değil, kötüyle iyiyi ayırmaya aklın yetmeyeceği için."

"Ben de nihayet büyüdüm işte abi, artık beni kollamana gerek kalmadı." Yusuf arkasını dönüp çıkmıştı odadan, hiç acele etmeden yavaş yavaş merdivenleri inmiş, bahçeye yürümüştü.

Yusuf merdivenlerde kaybolunca, salonun kapısında Ziynet belirmişti, elinde kolonya şişesiyle. Aralık duran kapının önünde beklemişti bir süre. Kerami yıkılıp kalmıştı koltukta. Sapsarıydı yüzü. Ziynet hayal gibi süzülmüştü içeri,

"Burası havasız kalmış Kerami Bey'im," demişti, "pencereleri açayım da temiz hava girsin içeri. Biraz da kolonya dökeyim elinize. Yemekler ağır gelmiş belli, sararmış yüzünüz."

"Sen ne zamandır burdaydın?"

"Şimdi geldim."

Ziynet'in yüzüne inanmayarak bakmıştı Kerami.

"Doğru söyle!"

"Şimdi geldim vallahi, ellerinize kolonya serpmeye ama Yusuf Bey'e yetişememişim."

"Ne kolonyası bu, durup dururken!" Tahta duvarların ses geçirdiklerini bilen Kerami, "Kardeşimle aramızda geçen konuşmaya kulak misafiri oldunsa Ziynet, bunu hemen unutacaksın," demişti, "Bu odada konuşulanları hiç kimse bilmeyecek. Ne Satı ne Semiha ne de Nedim. Hiç kimse! Aile şerefimizin lekelenmesine izin vermeyeceğim. Anladın mı kızım?"

"Anladım efendim." Ziynet uzatmıştı şişeyi Kerami'ye doğru, avuçlarına bolca serpelemişti kolonyadan. Kerami kolonyayla ensesini, şakaklarına ovmuştu.

"Kol kırılır yen içinde kalır. Bir daha söylüyorum Ziynet. Etrafta dedikodu duyacak olursam, affetmem seni, bilmiş ol!"

"Ben şimdi aşağı ineyim de bakayım Cemile Hanım limonatasını içmiş mi," demişti Ziynet. Odadan çıkarken dönmüş, "Ben hiçbir şey duymadım beyim," diye eklemişti "içinizi ferah tutun siz."

Elindeki kolonyayla şakaklarını ovmayı sürdüren Kerami, yalnız kalınca, "Allah'ım," demişti kendi kendine, "bu ayıbı nasıl taşıyacağım ben! Ailemizde böyle bir yüz karası olduğunu ya bir duyan olursa... Koskoca Ortaçlı ailesinin içyüzünü ya öğrenen olursa! Kardeşim hiç utanmadan hisselerimizi çalıyor! Allah'ım, ben ne yapacağım şimdi?" Zorlukla kalkmıştı yığıldığı koltuktan, gitmiş, açık pencerenin önünde durup temiz havayı derin nefeslerle içine çekmişti birkaç kez kendine gelmek için. Yusuf'un arabası selvili yolda hızla uzaklaşırken, oğlumu kurtarmalıyım bu çirkefin içinden, diye düşünmüştü, Nedim bu fabrikayla alakasını kesmeli, Yusuf'la hiçbir ilişkisi kalmamalı. Ama olup biteni kimselere duyurmadan, Ortaçlı adını rezil etmeden nasıl yapabilecekti bunu? Nedim'in aile işinden ayrılmasını, dedikodulara meydan vermeden nasıl halledebilecekti? Anadolu kasabalarında en ufak bir laf bile dallanır budaklanır, meyve veren ağaca dönüşürdü. Yusuf'un yediği naneler hepsine bulaşır, her birinin adı düzenbaza çıkardı. Aile itibarları bir kere yere düştü müydü, bir daha zor kalkardı yerden. Başını sıkmıştı ellerinin arasında. Çatlayacakmış gibi ağrıyordu başı.

"Allah müstahakını versin Yusuf!" demişti, "Allah nasıl biliyorsa öyle yapsın seni."

O akşam odalarına çekildiklerinde, Kerami Bey ertesi sabah Bozova'dan ayrılacaklarını bildirmişti karısına.

"Gelmişken mevlidine kadar kalacaktık hani," demişti Semihanım, "Aranız mı açıldı Yusuf'la, ne oldu kuzum?"

"Ne münasebet!"

"Cemile meselesini mi halledemediniz yoksa?"

"Yok canım, nereden çıkarıyorsun?"

"Pek telaşlandı Cemile abla. Kalbi duracak sandım bir ara. Yusuf gidip özür dileseydi keşke ablasından."

"Diler, merak etme."

"Sen de âlemsin Kerami, hiçbir şey anlatmıyorsun. Niye basıp gitti Yusuf? Kavga mı ettiniz yoksa yukarda?"

"Anlatacak bir şey yok ki. Fabrikada işi vardı gitti. Büyütmeyin bu olayı kuzum, her aile içinde olur böyle tartışmalar. Sen hazırlan da yarın erkence ayrılalım buradan."

"Madem dönmek istiyordun, keşke Nedimlerle birlikte ayrılaydık, arka arkaya gider, yolda Bursa'ya uğrar kebap yerdik..." Semiha Hanım lafını bitirmeden susmuştu. Yüzünü bir sıcaklık basmıştı. Kaynanasının vefatının üstünden hafta geçmeden kebap yemeği düşünmek... Ne büyük ayıp! Suçluluk duygusu içinde yan yan bakmıştı kocasına. Kerami Bey duymamıştı bile karısını. Bu kez daha yüksek sesle konuşmuştu sesini duyurmak için.

"Yedinci gün duasını bekleseydik bari. Ceyda'ya ayıp olacak."

"İşlerim var İstanbul'da hanım," demişti Kerami Bey. Bir tuhaftı sesi. Israr etmemişti Semiha Hanım. Acaba göğsündeki sıkıntı mı yoklamıştı yine? Doktoruna mı görünmek istiyordu, yoksa? Hiçbir şey anlatmazdı ki kocası. Ağzı var dili yok bir adamdı. Toparlanmak için odasına giderken merdivenin başında Ziynet'i görmüştü. Ürpermişti. Beyaz yüzü, yere değen etekleri ve uzun boyuyla, eski köşklerin tavanaralarında dolandıkları söylenen ve yaşamın içine katılmadan yaşayanları gözleyen bir hayalete benziyordu Ziynet.

Geçmişin Peşinde

Aslı ile yan yana durmuş, cam bölmenin ardında yatan hastaya bakıyoruz. Başındaki sargılardan dolayı, yüzü görünmüyor. Sağ elinin damarına saplanmış iğne bir seruma, bedenine takılı ince kablolar çeşitli monitörlere bağlı. Kalp atışlarının ritmini takip edebiliyoruz ekranda ama ona dokunamıyoruz, seslenemiyoruz. Aslı yavaşça elimi tutup sıkıyor. Yüzünü göremediğimiz, sesini duyamadığımız biri var orada yaşam savaşı veren, o bizim annemiz.

"Uyuyor mu?" diye soruyor kızım.

"Derin uykuda," diyor doktor.

"Komada mı yoksa?"

"Değil. Biz uyutuyoruz onu."

"Neden?"

"Ağrılarını hissetmesin, dinlensin diye."

"Ağrısı mı var?

"Elbette. Ağır bir beyin ameliyatı geçirdi. Ayrıca düşerken ayak bileğini kırmış, kaburgalarını zedelemiş."

"Aman Tanrım! Aman Tanrım!" Aslı ağlamaya başlıyor.

"Ağlamayın," diyor doktor, "üzülmeyin, önemli değil bunlar. Kaburgalar kendi kendine kaynar. Bileğini de hele kendine gelsin, daha sonra hallederiz. Oynatmaması için alçıya aldık."

Aslı'yla konuşurken sesinde derin bir şefkat var doktorun, dün benden esirgediği. Bu ince, kırılgan güzel genç kıza karşı ne kadar da yumuşak.

"Daha ne kadar kalacak burada?" diye soruyorum.

"Bugünü de geçirelim, yarın her şey yolunda giderse indiririz odasına. Siz boşuna beklemeyin. Öğlene doğru telefon eder bilgi alırsınız."

"Yapabileceğimiz bir şey var mı?"

"Kendine geldiğinde hafıza kaybı olabilir. Evinden ona ait birkaç parça eşya getirin... başucunda bulundurduğu şeyleri, bir aile fotoğrafı mesela..."

Aslı camın ardında yatan anneannesine bir öpücük yolluyor eliyle. Koridorda asansöre doğru yürümeye başlıyoruz.

"İnanamıyorum," diyor kızım, "anneannemin bu hale düştüğüne inanamıyorum. O bakımlı, şık, güzel kadın... ne olacak şimdi anne?"

"Zaman alacak ama iyileşecek yavaş yavaş."

"Ben bilmez miyim onu, sargıları açıldığında ilk iş bir ayna isteyecek. Saçlarını kazımışlarsa ne yapacağız? Bu sefer de kalp krizi geçirir vallahi."

"Hele ayna isteyecek duruma gelsin de..." diyorum.

Dün geceden beri yağmıyor kar. Hava soğuk olduğu için yerdeki de cıvıklaşmamış henüz, gıcırdıyor ayaklarımızın altında, güneş vurdukça yer yer altın tozu serpilmiş gibi parlıyor. Bu kadar berrak ve bembeyaz başlayan bir güne hastanelerin, hastalıkların hiç yakışmadığını düşünüyorum. Aslı ile Nişantaşı'ndaki kahvelerin birinde oturup sıcak bir çay içmek geçiyor içimden. Güneş görmeyen gölge yerlerde camlaşan yolda kaymamak için, dikkatle, yavaş yavaş ve kolkola yürüyoruz kızımla, hiç konuşmadan. Dudaklarımın ucunda yüzlerce soru titreşiyor ama susuyorum. Zamanı değil sorgulamanın, ne dedi dün gece bana Ziynet, anan iyileşene kadar evde huzursuzluk çıkarma, dedi. Kızımla dayanışmamızı, dostluğumuzu zedelememek için dadının sözünü dinlemeye gayret ediyorum ama içimden avaz avaz bağırmak geliyor, dün gece neredeydin, ne yaptın, diye. Gerçekten bir arkadaşının evinde mi kaldın yoksa o demir çubukları birbirine bağlayıp heykel diye yutturan saçlı sakallı herifin atölyesinde mi sızdın ucuz şarapları içerek? Onunla seviştin mi? Eğer seviştinse önlemini aldın mı? Körpe bedenini, yüreğini, ruhunu, saçlarını taramaktan aciz, kendini müthiş bir sanatçı zanneden beş parasız bir ressama sunmana değdi mi? Ben senin annenim, kimin koynuna girdiğini bilmek, sana öğüt vermek, sevgilini onaylamak hakkım benim. Neden bu hakkımı elimden alıyorsun? Dişlerimi kenetleyerek, parmaklarımı avuçlarımın içinde sıkarak bastırmaya çalışıyorum içimdeki feryadı.

"Anne, ben buradan ayrılayım, fakülteye gideceğim," diyor Aslı.

"Kar yüzünden kapalıdır bugün."

"Niye kapansın? Baksana trafik vızır vızır işliyor."

"Nasıl gideceksin?"

"Şu yokuştan aşağı, sonra da Ihlamur'dan yukarı yürüyeceğim."

"Kızım o yokuşlarda ayağın kayar, bir de sen kırık kol bacak çıkarma bana."

"Merak etme anne. Temiz havaya ihtiyacım var. Yoksa binerdim bir taksiye."

"Benimle gelsene, anneannenin evine gidiyorum..."

"Dedim ya, dersim var on birde. Kaçırmak istemiyorum. Akşamüstü hastanede buluşuruz."

Yanağıma bir öpücük konduruyor, arkasını dönüp hızlı hızlı yürümeye başlıyor.

"Cebini hep açık tut," diye sesleniyorum.

"Okey!"

"Aslıı!" Dönüyor.

"Öğlene Ziynet yemek yapacaktı..."

Ellerini sallıyor bana hayır anlamında, uzaklaşıyor caddenin ucuna doğru. Dün geceki sırrıyla birlikte gidiyor kızım. Ben kalakalıyorum Valikonağı Caddesi'ndeki fırının önünde. Çay içme isteğim yok artık. Yapayalnızım, çaresizim, annemin ölüp ölmeyeceğini, ölmezse bize ne halde geri döneceğini bilmiyorum.

Kızımın dün gece nerede ve kiminle olduğunu, neler yaptığını bilmiyorum. Kocamın bu sabah kimin koynunda uyandığını, ikimize dair neler düşündüğünü bilmiyorum. Hiçbir şey bilmiyorum ben. Yalnızım. Çok, çok, çok yalnızım!

Valikonağı'nı Topağacı'na bağlayan ara yollardan birine giriyorum. Annemin evine gidip birkaç parça eşya almalıyım hastaneye getirmek için. Gözlerini açtığında yanında hem Aslı'yla beni bulsun hem de evinden gitme bir-iki parça eşyasını görsün istiyorum. Uzun yıllar yatak odasında asılı duran bir resmimiz vardı Utku ve Nedim babayla çekilmiş. Birbirimize sarılmışız, gözlerimizden neşe fışkırıyor. O resmi hastaneye götürüp yatağının tam karşısındaki duvara asıversem, Utku'nun altı-yedi yaşındayken anneler gününde ona armağan ettiği küçük pirinç şamdanı başucu masasına koysam...

Eve yaklaşırken, anahtarlığımı çıkarıyorum çantamdan. Annemin evinin anahtarını kendiminkilerden ayırt etmek için kırmızı bir bağcıkla bağlamışım. Diğerlerinden ayırıp avcumda sıkıyorum anahtarı. Beş-altı yıl önce, sarkan gerdanını toparlatmak için yaptırdığı estetik ameliyatından sonra, ne olur ne olmaz diye vermişti bana. Ameliyat sonrasında sorunlar çıkmıştı, dikişleri iltihap kaptığı için. Ateşini düşürememiştik günlerce. O sıralarda evine sadece gündelikçiler geliyordu temizliğe, gece kalan yardımcısı yoktu.

"Sende bir anahtarım bulunsun," demişti, "benden uzun müddet ses çıkmazsa, eve girer bakarsın, bir kenara yığılmış yardım mı bekliyorum, yoksa çoktan çekip gitmiş miyim."

"Bu da nereden çıktı şimdi, anne?" demiştim.

"Nermin'in babasını bir hafta sonra bulmuş hizmetçisi, temizliğe geldiğinde. Düşüp kalçasını kırmış, kimseye haber verememiş, kimbilir kaç gün yatıp kaldı düştüğü yerde."

"Anne, Nermin'in babası seksen yaşında!"

"Bu işin yaşı yok. Bazı geceler hafakanlar basıyor biliyor musun, göğsümün üzerine bir kedi oturuyor sanki. Nefes alamıyorum."

"Gençleşeceğim diye zırt pırt ameliyat olmasan, bunların hiçbiri olmaz, anne. Niçin musallat oldu sana bu güzellik merakı!"

"Güzelliğimden başka hiçbir değerim olmadığını anladığım için!"

"Kim demiş! Ne zaman başladı sende bu paranoya, kuzum?"

"Kocama, güzel bir kadından öte bir şey ifade etmediğimi öğrendiğim gün! Nedim için önemli olan buymuş madem, ben de güzel oluyorum işte, ölümünden sonra bile!"

"Laf! Nedim baba seninle sırf güzelliğin için evlenmedi ki."

Yanıt vermemişti annem. Yüzünde son yıllarda sık beliren o kırılgan ifadeye tahammül edemediğim için, "Hani zengin olup kocam beni param için aldı diye üzülsen neyse. Ama kocam beni güzelliğim için aldı diye hayıflananlara deli derler, anne!" diye kestirip atmıştım. Yaşlanan insanların giderek huysuzlaştıklarını, en yakınlarından birine kafayı takıp hep o kişiyle uğraştıklarını biliyordum. Babaannem annemle, Sultan Hanım hizmetçileriyle, kayınvaldem oğluyla bozmuştu yaşlılıklarında. Annemin rahmetli kocasına takılı kalmasında isabet vardı belki de. Hiç olmazsa bizlerden biriyle uğraşmayacaktı.

"Sen benim hiçbir sözüme ehemmiyet vermezsin zaten. Zarar yok, alıştım artık. Ama şu anahtarı al, lütfen, sende dursun. Ne olur ne olmaz!"

Uzatmamıştım konuyu. "Tamam anne, madem ısrar ediyorsun, bende bir anahtarın bulunsun," demiştim. Anahtarını hiç kullanmamıştım bugüne kadar. Zaten kısa bir süre sonra, gündüzleri temizliğe gelen Fatma, kocası genç bir kadınla kaçtığı için, geceleri de kalmaya başlamıştı annemin yanında.

Apartmanının dış kapısını açtırmak için kapıcının ziline basıyorum uzun uzun. Sesimi duyan kapıcı, yukarı geliyor hemen, "Büyük geçmişler olsun, hanımefendi iyi mi?" diye soruyor, "ziyaretine gidecektim öğlene doğru..."

"Zahmet etme Hasan efendi, annem hâlâ yoğunda. Ziyarete izin verdiklerinde ben sana söylerim."

Asansörün gelmesini şifa duaları ederek benimle birlikte bekliyor kapıcı. Beşinci kata çıkıyorum. Annemin anahtarını ilk kez kullanacağım. Başkasına ait bir eve izinsiz girer gibiyim, ellerim titriyor hafifçe. Kilidi kurcalarken açılıveriyor kapı. Fatma, gözleri ağlamaktan hâlâ şiş, boynuma atlıyor.

"Aaa sen evde miydin Fatma!"

"Bu sabah erkenden geldim. Dün benim oğlan izinliydi de, hastaneden çıkınca evime gideyim, dedim. Allah seni inandırsın, iki saat otobüs bekledim kar altında, zor vardım eve, geri dönemedim artık, o karda..."

"Haklısın, dünkü havada geri dönemezdin."

"Bir-iki parça çamaşır ayırdım annen için, bir de çok sever ya, şehriyeli tavuk çorbası pişireyim de götüreyim, dedim. Ocaktan indirince varacağım hastaneye."

"Hiç zahmet etme Fatma. Annem bugün yoğun bakımda kalacak. Çorba morba içemez."

"Uyyy! Ne oldu ki? Ameliyattan sonra bir kötülük mü oldu?"

"İlk gün orada kalması usuldenmiş."

"İyi o halde. Baksınlar beyaz önlüklü karılar, işleri ne!" diyor Fatma. Kocasını bir hastabakıcıya kaptırdığı için bütün beyaz önlüklülerden nefret ediyor birkaç seneden beri...

Annemin kadife perdeli, klasik tarzda döşenmiş salonuna giriyorum. Şöminenin üzerinde benim ve kardeşimin gümüş çerçevedeki resimlerimizde gençliğimizi seyrediyorum hasretle. Fatma sürekli konuşuyor ve dün gece başına gelenleri anlatıyor tekrar tekrar. Allah'ım bu kadın hiç susmaz mı? Çene çalacak halde değilim. Annemin kokusunun sindiği bu evde, anılarımla tek başıma kalmak ve yazgımın henüz belirlenmediği gençlik günlerime dönerek, eski bir şarkı dinler gibi, geçmişi dinlemek istiyorum.

"Fatma, bugün senin yapabileceğin hiçbir şey yok. Anneme ziyaretçi yasak. Ben de buradan bir-iki şey alıp çıkacağım. Sen evine dön istersen."

"Daha yeni geldim," diyor Fatma. "odasını bir toplayıvereyim de öyle gideyim bari. Dün gece öylece bırakıp çıktık yatağı neyi..."

Fatma'dan kurtulmanın yollarını arıyorum, "Bak ne diyeceğim, sen çık şimdi, biraz alışveriş yap, Ihlamur'daki pazara in, sıkma portakalı al. Eve geldiğinde bana bir bardak portakal suyu sıkarsın, canım çekti. Ben toplarım odayı."

Biraz para sıkıştırıyorum Fatma'nın eline. Topağacı'nda yol boyunca dizili apartmanların kapıcılarına teker teker dün gece başına gelenleri anlatacağına ve iki saatten önce dönemeyeceğine eminim. Yine de söylemeden edemiyorum, "Hiç acele etme Fatma, telefonlara filan bakarım ben."

Kadın çıkıyor. Annemin evinde yalnızım şimdi. Yuvarlak sehpanın üzerindeki aile resimlerine, yurtdışı seyahatlerinden getirdiği ince zevkini yansıtan porselen biblolarına bakıyorum teker teker. Bu odada en sevdiği şey neydi acaba? Neyi seçip de hastaneye götürsem bunca eşyanın arasından? Annemin salonu, aile büyüklerinin evlerinden derlenmiş eşyalarla, bir küçük müzeyi andırıyor. Aslı *Anılar Galerisi* der, bu odaya. Nedim baba Meclis'e girdiğinde, şu Ampir kanapeyi iki küçük koltuğuyla birlikte anneannemin evinden taşıtmıştı annem, Ankara'da tuttukları daireye. Bu yüzden bu kanape bana anneannemi, oymalı kütüphane de dedeme ait olduğu için, dedemi anımsatmıştır hep. Piyano ise anneannemin annesine aitmiş. Çocukluğumda anneannemin evinde dururdu. O ölünce piyano da bu eve geldi, dedemin kütüphanesinin yanında bir yere sıkıştı. Annemin piyanoyu, evimizde durursa, Aslı heveslenir de bir gün çalar bahanesiyle bana kakalamaya çalıştığını da hatırlıyorum, dün gibi.

"Katiyen olmaz anne," demiştim, "hap kadar evde bir piyanomuz eksik, Aslı'ya piyano dersi aldırmaya da hiç niyetim yok."

Ben ailemin ilk görgüsüzüyüm. Bana kadar gelen kuşak, Osmanlı'nın yüksek sınıfının nimetlerinden iyi kötü nasibini almış. Köşklerde, konaklarda, bir sürü hizmetkârla birlikte yaşamışlar. Annemin çocukluğu boyaları dökülmüş, tahtaları çürümüş ama azametini muhafaza eden ada köşklerinden birinde geçmişti. Bozova'daki konağa çabucak intibak etmesi bu yüzden miydi acaba? Çerkez asıllı aile uzun yaşadığı için, annem Osmanlı paşası dedesinin son yıllarına yetişebilmişti. Farsça ve Arapça sözlerle zenginleştirilmiş ağdalı Osmanlıca'yı duymuştu annemin çocuk kulakları, gözleri güneş şemsiyeli, yüksek yakaları dantelli büyük büyükanneyle, getrli, gümüş bastonlu büyük dedeyi görmüştü. Oysa ben cumhuriyet aşığı, modern giysili ve modern fikirli büyük anne ve babalarla büyüdüm. Çirkin beton blokların, gürültülü caddelerin, argoların çoğalıp nezaketin, inceliğin ve huzurun tarihe gömüldüğü yılların apartman çocuğuyum; geçip gitmiş bir devrin zarafetini ancak büyüklerin anlattıklarıyla hayaledebilen ve kızına piyano ya da bale dersi aldırmayı hiç düşünmeyen biriyim. Arada derede bile kalmadım, "Ben genlerime işlediği için, burjuva saçmalıklarını gözardı edemedimdi. Sen inşallah çocuklarını baleydi, piyanoydu kurs kurs dolaştırmazsın," diye itirafta bulunan annem gibi. Hem bu tür özentilerin tümünden arınabildiğim, hem de kızımı benim başımı yakan ideolojik saplantılardan uzak tutabildiğim için çok başarılı sayıyordum kendimi. Sonra ne oldu? Piyanodan, baleden, resim ve şan derslerinden nasibini almamış olan ve yabancı dil öğreten okulların içine edildiği için ikinci bir dili doğru dürüst konuşamayan kızım, giysi markalarından başka hiçbir şeye önem vermez oldu. Buna karşın gitti beş parasız bir sanatçıya takıldı. Bir derbeder atölyede ucuz şarap içerek kafa bulmak ile İstanbul'un en lüks ve dejenere mekânlarında dans ederek sabahlamak arasında bocalayıp duruyor. Çocuğumu iyi yetiştiremediğim için bu durumun tek suçlusu benim. Çünkü ben, kendi doğrularım yüzünden kocamın da ellerini bağladım Aslı yetişirken.

Yatak odasına geçiyorum. Karanlık odada oraya buraya çarparak pencereye yürüyüp çekiyorum saten perdeleri yanlara. Camı da açıyorum. Bembeyaz bir ışık ve sağlıklı soğuk hava dolduruyor odayı. Yıllardan beri artık annemden başka kimsenin evinde bulunmayan çarşaf kaplı saten yorganı yerden kaldırırken, birdenbire çook çok öncesine kayıyorum yılların. Küçücük bir kız oluyorum. Annemin kavuniçi yorganının altında Eskimoculuk oynuyoruz.

"Haydi igluya girelim, anne," diyorum. İglu, Eskimoların barınağı. Biz ana-kız iki Eskimo, bacaklarımızla yükselttiğimiz yorgan-iglumuzun altında, sarmaş dolaş kayboluyoruz. Oyunumuzun adı, Buzlar Ülkesine Seyahat. Annemin Eskimolara dair anlattıklarını dinliyor ve kendimi yuvarlak yüzlü, esmer bir çocuk olarak algılamaya çalışıyorum. Birazdan çok sıcak diyarlardan gelen siyah tenli bir yaşıtımı kabul edeceğim iglumda. Annem bana dünya coğrafyasını, bir oyunun içinde masal formatında anlatıyor. En sık oynadığımız oyunlardan biri, bu değişik diyarları ziyaret oyunu. Oyunumuzu bu kadar net hatırladığıma göre, en az beş yaşlarında olmalıyım. Yorgan altındaki iglu oyunumuz annem tekrar evlenene kadar, annemin yorganlarıyla mücadelem ise ömür boyu sürdü. Nedim babayla evlendikten sonra, ne annemin koynunda sabahladığımı ne de yorganının içinde kaybolduğumuzu hatırlıyorum. Ama annem değil kışın, sıcak yaz aylarında bile yorganından asla vazgeçemedi. Ne 60'lı yıllarda moda olan battaniyelere ne de son senelerde kullandığımız düvelere, nevresimlere yüz verdi. İlle de düğmelerle tutturulan çarşafı, haftada bir yıkanıp değiştirilen saten yorgan! Mevsimlerden kışsa kavuniçi renkli, kalın olanı, mayıs ayından itibaren, ekim sonuna kadar da ince, uçuk pembesi... Eskiyip de yenilenmeleri gerektiğinde, çarşıda satılmayan bu çarşafların yüzünden neler çekti ama pes etmedi. Son yıllarda gündelikçi terziler de tedavülden kalktığı için metrelerce keten satın alarak düğmeli çarşaf diktirmek mümkün olmuyordu. Benim ona hediye ettiğim nevresim takımlarını ise, ambalajlarını bile açmadan yılbaşlarında eşine dostuna veriyordu. Bu yüzden eprimiş, solmuş, yıpranmış çarşaflarda yatıyordu annem.

Parmaklarım kaygan yüzeyinde dolaşıyor annemin kış yorganının. Anne, sana hiç böyle şefkatle dokunmadım ben, değil mi? Şimdi bana geri dönmezsen, yorganını okşayarak yüreğimi yakan vicdan azabından kurtulabilecek miyim?

Odanın ortasında durmuş, duvarlara bakınıyorum. Aslı'nın on bir yaşındayken yaptığı suluboya deniz resmini çerçeveletip yatağının karşısındaki duvara asmış. Başucundaki duvar, aile fotoğraflarıyla dolu. Anneannemin, büyükbabamın, Utku ile benim resimlerimiz... Odada Nedim babaya dair hiç resim olmadığını daha önce fark etmemişim. Hayret! Şimdi, düşündükce aklıma takılıyor, vardı resimleri, vardı... Balaylarında gittikleri bir İtalyan köyünde sarmaş dolaş çektirdikleri fotoğraf vardı mesela bir gümüş çerçevede. Bozova'nın bağlarında çekilmiş bir resim daha vardı, annem kocasına bir salkım üzüm uzatırken. Sonraları kaldırmış demek onları annem. Ne geçti acaba aralarında hiçbirimizin hissetmediği? Annemin bunalım döneminden sonra, düzelmiş sanıyordum araları. Yurtdışında yattığı klinikte geçirdiği üç haftanın sonunda iyileşerek eve dönen annem, kendini tamamen güzelliğini korumaya, Nedim baba da kendini işine vermişti. Önceki yıllara göre, aralarında derin bir suskunluk, bir durgunluk, neşesizlik vardı evet, ama hırgür olmadı hiç. Ya da biz çocuklar fark etmedik.

Annemin oraya buraya serpilmiş elbiselerini toparlıyor, dolabına asıyorum. Makyaj malzemelerini çekmecesine kaldırıyorum, başucu masasında duran üstü goblen kaplı tahta kutuyu alıyorum elime. Her zaman kilitli olan kutunun, bu kez anahtarı üzerinde takılı. İçinde annemim incik boncuğu olmalı. Bir keresinde sormuştum bu kutuda ne saklıyorsun, diye. Takılarımı demişti. "Ayol anne, mücevher evde tutulur mu?" demiştim.

"Sana o kutuda mücevher var diyen oldu mu, her takı mücevher midir kuzum?"

"O halde ne diye kilitliyorsun?"

"Kimse karıştırmasın diye."

Gülmüştüm, "Kim karıştırır, Allah aşkına?" İşte şimdi ben merakımı yenemeyerek karıştırmaya hazırlanıyorum annemin hep kilit altında tuttuğu takılarını. Tam kutuya uzanırken telefon çalıyor. Suç işlerken yakalanan insanların tedirginliğiyle sıçrıyorum. Yatağın başucunda duran telefonu kaldırıyorum.

"Alo... Aaa, Sinan, sen misin?... Kimden haber aldın? Aslı mı aradı?"

İşgüzar kızım benim. Dün geceyi bağışlatmak için girişimlerde bulunmuş besbelli. Babasını getirtip başıma musallat ederek, özgürlüğüne kavuşacak.

"Yok hayır, gelmeni gerektiren bir durum yok, ameliyat iyi geçti. Uğradığımda hâlâ uyuyordu. Düşerken bileğini kırmış. Acı hissetmesin diye uyutuyorlarmış... Bir ihtiyacım olursa ararım seni." Sesimde az biraz kinaneyle ekliyorum,

"Rahatını hiç bozma Sinan, orada mandalina mevsimidir şimdi, keyfine bak!"

Kocam şifa temennilerini sıraladıktan sonra kapatıyor telefonu. Ahize elimde bir süre öylece kalıyorum kıpırdamadan, beni kocama bağlayan bağı koparmaya kıyamayarak. Niye söylemedim ona kızımızın dün gece bilmediğim bir yerde, bilmediğim biriyle gecelemiş olduğunu. Kıza rahat ver, o artık bir erişkin, demesinden korktuğum için mi? Tavırlarını, giyim kuşamlarını beğenmediğim, yapıtlarını gülünç bulduğum sanatçılarla kurduğu ilişkilerden yakındığımda, hep yaptığı gibi, insanların saçına sakalına takıp durma Allah'ını seversen, ayrıca senin 'zırvalık' dediğin işler yeni çağın sanatı, dışlayacağına, anlamaya çalışsana, diye azarlanmamak için mi?

Kutuyu elime alırken üzerindeki küçük anahtarı düşürüyorum halının üzerine. Kapağı hemen açılıyor. Kilitli değilmiş demek. Annem dün gece takılarını mı karıştırdı, fenalaşmadan önce? Aaa o da ne! Kutu umduğum gibi incik boncukla dolu değil. İki defter ve birkaç resim var içinde. Resimler annemin gençlik resimleri. Kolej yıllarında sınıf arkadaşlarıyla çekilmiş, sararmış fotoğraflar. Alt alta üst üste kızlar, yatakhane olduğu besbelli bir mekânda itişirken rasgele çekilmişler bir amatör fotoğrafçı tarafından. Hepsinin yüzünden mutluluk, gençlik fışkırıyor. Annem en güzelleri aralarında. Hiç solmayan, yıpranmayan, bıktırıcı, öldürücü, sıkıcı güzelliği bir ranzadan baş aşağı sarkarken dahi besbelli. Fotoğrafları bırakıp defterlerden birini alıyorum elime rasgele karıştırıyorum... bir hatıra defteri bu. Kutudaki fotoğrafların çekildiği yıllarda başlamış olmalı annem anılarını yazmaya. Göz attığım sayfadaki yazının altında ise 16 Nisan 1960 tarihi var. Defteri kapatıp kutuya, kutuyu da yerine koymayalım. Bir başkasına ait anı yazılarını karıştırmak bağışlanamaz bir büyük ayıp. Ama elim varmıyor defteri bırakmaya. Hayat boyu uzak durduğum anneme, bu defter sayesinde biraz olsun yaklaşabilir miyim acaba?

27 Nisan 1960

Dün Öğrenci Lokali'nde yine olaylar oldu. Güney Kore'de polis ateşiyle ölen öğrencilere, Tıp'ta okuyan arkadaşlar bir başsağlığı telgrafı çekmek için önerge vereceklerdi. Önergeyi imzalamak için yüzlerce kişi sıraya girince, Başbakanın şu meşhur Polis Başı'sı önergeye mani olmak amacıyla, Öğrenci Lokali'ni basmış. Polisler öğrencileri fena tartaklamışlar. Bir kısmını da Emniyet Müdürlüğü'ne kadar götürüp saatlerce dayak atmışlar. Akşam evden, Gönül'de ders çalışacağım, diye çıktım, Erkan'ın evinde buluştuk. Galip ve Cengiz de geldiler. Dayaktan Galip'in sol gözü kapanmış, Selim'in ağzını burnunu dağıtmışlar, zavallının yüzü gözü şişmişti. Çocuklar, İstanbul'da ne kadar yurt varsa, hepsini dolaşacaklarmış bu gece. Yarınki Büyük Gösteri'ye hazır olmaları için herkesi uyarıyorlar. Beni de çağırdılar. Elbette gideceğim. Babama gösterilere katılmayacağıma dair söz verdim ama beni anlayacağına eminim. Tahkikat Komisyonu'nun kurulduğunu duyduğunda nasıl da çileden çıkmıştı. Elbette kızının, bu rezil komisyonu protesto etme yürüyüşüne katılmasına kızmayacaktır. Bize emanet edilen değerleri biz gençler koruyamazsak, kim koruyacak?...

Bir sonraki sayfayı çeviriyorum.

Çocuklar sabahın altısında toplanmaya başlamışlar Fakülte'nin önünde. Ben de erkenden uyandım ama, ev halkını tedirgin etmemek için evden çok erken çıkmak istemedim. Ancak ders başlarken girebildim sınıfa. İki bin kişilik koca salon tıklım tıkış doluydu. Hoca anlatıp duruyordu ama dinleyen yoktu. Sürekli kâğıt parçacıkları, notlar gidip geliyordu aramızda. O kadar heyecanlıydım ki, zaman zaman tıkanacak gibi oluyordum. Hepimiz tarihin akışını değiştirmek için toplandığımızı biliyorduk ve çok korkuyorduk. Yanımda Gönül oturuyordu. Onun da yüzü bembeyazdı. Bize, gözlerinizi Hulusi'den ayırmayın, dedikleri için hep Hulusi'yi kolluyorduk. Hoca konuşurken birdenbire bir alkış başladı. Saatime baktım, dersin bitmesine daha dokuz-on dakika vardı. Hoca ders bitti zannetti, kürsüdeki notlarını toplamaya başladı. Gönül kulağıma eğildi, "Şimdi burada bir arbede çıkarsa, eziliriz billlahi!" diye fısıldadı. Dün gece kahramanlık taslıyordu, şimdi korkmaya başlamış. "Olsun, ezilelim. Yeter ki onurlu bir millet olalım," dedim. Elimi tutup sıktı. Hoca dışarı çıkınca, önlerindeki bir yerde oturan Hulusi kürsüye yürüdü. Çıt çıkmıyordu. Hulusi, "Arkadaşlarım," dedi, "kardeşlerim; artık burada hukuk eğitimi almamızın bir anlamı kalmadı. Tahkikat Komisyonu'nun aldığı kararlar, hukukçuların şeref ve haysiyetlerine indirilen çok ağır bir darbedir. Hepimizi dışarıda bir mücadele bekliyor, kardeşlerim. Bu, hürriyet mücadelesidir!"

Hulusi sonra Namık Kemal'den bir mısra okudu. Öğrencilerin hepsi ayaklandılar. Gönülle biz de ayağa kalktık. İtişe kakışa kapıya doğru yürümeye çalıştık. Diğer sınıflardaki öğrenciler de koridora çıkmaya çalıştıkları için, ortalık bir ana-baba gününe dönmüştü. Koridorda sel gibi akıyorduk. Ayaklarım neredeyse yerden kesilmişti. Bir ara nefes alamaz oldum. Çocuklar, Dağ Başını Duman Almış'*ı söylüyorlardı. Koridorda akan sele kapılarak bahçeye ulaştık. Atatürk'ün heykeli etrafında toplandık. Meydan, İstiklal Marşı'yla inlemeye başladı. Marşın ortalarına doğru, üniversitenin kapısında acı bir fren sesi duyuldu. Bir polis cipi kalabalığa fazla aldırış etmeden etrafında toplandığımız heykele doğru geliyordu. İster istemez biraz açıldık. Cip, Atatürk heykelinin etrafında bir tur attıktan sonra durdu ve içinden gözleri dönmüş bir halde Başbakanın polis müdürü fırladı. Kendisi sivildi ama yanında bir sürü üniformalı polis vardı. Küfür kıyamet üzerimize yürüdü. Elinde bir tabanca sallıyordu. Bir ara, "O tabancanı bir tarafına sok!" diye haykıran bir ses duydum. Polis müdürü, bu lafı söylediğini sandığı genci yakasından yakaladı. Gencin bir ara yüzünü görebildim, Roma Hukuku'nda yanımda oturan Salih isimli çocuktu. Bağıran o değildi oysa. Bunu söylemek için yanlarına gitmeye çabaladım ama kalabalığı yaramıyordum. Salih, polis müdürü onu yakasından tutup sıktığı için nefes alamıyordu. Yüzü kıpkırmızı kesilmişti. Müdür cipine atladı, Salih'i yakasından yerlerde sürükledi. Arkadaşları Salih'e yapıştılar. Araba on metre kadar gitti, Salih yerlerde sürükleniyor ama ne müdür ne de çocuklar onu bırakıyorlardı. Gençler cipin etrafını çevirdiler. Müdürün gözü dönmüştü. Salih'i içeri çekemeyince, eli hâlâ oğlanın yakasında cipten dışarı fırladı, yere yuvarlandı. Ana avrat küfrediyordu. Çocuklar yerde yatan polis müdürünü tekmelemeye başlayınca, yattığı yerden doğrulup çocukların bacaklarına doğru ateş etti. Birkaç kişi kanlar içinde yere yığıldı. Herkes haykırıyordu. Bir anda kurşunlar yağmaya başladı üstümüze. Yere kapanıp öylece kaldık.*

Ellerimin titremesini durduramadığım için, zorlukla okuyorum yazıları. Annem bu okuduklarımın hiçbirini nakletmedi bana. Ben onun sadece 27 Mayıs'ı hazırlayan Nisan yürüyüşlerinde, üstünde yeşil deri ceketi, elinde bir Atatürk resmiyle Harbiye -Taksim arasında yürüdüğünü ve avaz avaz, 'Olur mu böyle olur mu, kardeş kardeşi vurur mu?' diye Gazi Osman Paşa Marşı'nı söylediğini bilirdim, anneannemin anlattıklarından. Onu, sarı saçlarını savura savura ve yakınındaki gençleri kendine hayran ede ede yürürken hayal ederdim. "Aman neler çektirdi bize, bu senin annen," derdi anneannem ve eklerdi, "ama sen anana rahmet okuttun!" Niye anlatmamıştı annem bana bu ayrıntıları? 27 Mayıs konusu açıldığında, takındığı tutumdan, birkaç kez, sabah yürüyüşüne çıkar gibi, öylesine yürüyüverdiğini, sonradan da idamlardan dolayı, yürüyüşlere katıldığına pişman olduğunu zannetmiştim. Boğazımda bir yumru, burnumu çeke çeke, okumayı sürdürdüm.

Polislerin yaraladığı gençleri kucaklayarak içeri taşıyordu arkadaşları. Kurşunların karşısında dört yana savrulan bizler, yeniden Atatürk heykelinin etrafında toplanmaya başladık. Tam o sırada bir gürültü oldu. Birkaç polis cipi daha girdi bahçeye. Galip, "Aaa bakın çocuklar, rektörümüz buraya geliyor!" diye bağırdı. Rektör, yanında hocalarımızdan biriyle kapıdan çıktı ve en önde duran cipe yaklaştı. Cipin penceresine eğilip biriyle konuşmaya başladı. Ne konuştuklarını duyamıyorduk. Az sonra cipten iriyarı bir herifin indiğini ve rektörü göğsünden ittiğini gördük. Sendeleyen rektöre iki de yumruk attı, ayı herif! Donup kalmıştık. Galip, "Yürüyün!" dedi. Yerde yatan rektörümüzün yanına koştuk. Rektörün gözlükleri yere fırlayıp kırılmıştı. Patlayan kaşından kan akıyordu. Bir anda hepimiz rektörümüzü kurtarmak için, polislerin üzerine yürüdük. Gözlerim birden inanılmaz biçimde yanmaya başladı. Çocuklardan biri, "Göz yaşartıcı bomba attılar," diye bağırdı. Gönül'le birlikte yere çömeldik, başımızı kollarımızla sardık. Oğlanlar polislerin üzerine yürümeye devam ettiler. Bu kez üstümüze kurşunlar yağmaya başladı. Bizi göz göre göre kurşunluyordu polis! "Galiba bizi öldürecekler... Gençliğimize doyamadan gidiyoruz," dedi Gönül. Ama hiçbirimiz yıkılıp kalmadığımıza göre demek havaya ateş ediyorlardı. Gençlerden biri yüksekçe bir taşın üzerine çıkarak Atatürk'ün Bursa nutkunu okumaya başladı. "TÜRK GENCİ, İNKILÂPLARIN VE DEVRİMİN BEKÇİSİDİR... BUNLARI ZAYIF DÜŞÜRECEK EN UFAK BİR KIPIRTI DUYDU MU... HEMEN MÜDAHALE EDECEKTİR. ELLE, TAŞLA, SİLAHLA... NESİ VARSA ONUNLA KENDİ ESERİNİ KORUYACAKTIR."

• • •

Baba, sana söz verdiğim halde, bu olaylara karıştığım için beni bağışlayacağından eminim. Senin kızın olarak, ben de tıpkı senin gibi, inkılâpların hayranı ve bekçisiyim. Bugün başıma bir şey gelirse, beni anla ve affet babacığım. Kızım, demokrasi ve özgürlük için savaşırken gitti, diye iftihar et benimle. İçimden hep bu sözler geçiyordu, gözlerimden yaşlar fışkırıyordu. Ama yaşlar duygularımdan dolayı mı yoksa gözyaşı bombalarından dolayı mı akıyordu, fark edemiyordum. Gözlerimiz yana yana ön kapıdan gruplar halinde çıkmaya başladık. Bize atılan göz yaşartıcı bombaları yere düştükleri anda kapıp polislere geri fırlatıyorduk. Kapıdan çıkınca ne görelim, az ileride sıra olmuş polisler, silahlarını üzerimize çevirmiş bizi bekliyorlardı. Mücadeleden vazgeçip arka kapıya yöneldik. Allahtan bu kapıyı polis değil de asker tutmuştu. Askerin bize ateş etmeyeceğine emindik. Kapıdan usul usul çıktık. Sonra gruplar halinde toplanarak ara sokaklardan Beyazıt Meydanı'na doğru ilerledik. Pencerelerden, balkonlardan yarı bellerine kadar sarkan kadınlar, dükkânlarından dışarı fırlayan insanlar bize alkış tutuyordu. Biz de boğazımızı yırtarcasına, "KATİL POLİS!" ve "BAŞBAKAN İSTİFA!" diye bağırıyorduk. Atatürk Köprüsü'nden geçerek, Taksim'e çıkmak istedik. Köprüde polisler barikat kurmuşlardı. Mecburen yol değiştirip Eminönü'ne doğru yürümeye başladık. Niyetimiz, Beyazıt Meydanı'na geri gitmek ve orada savaş veren arkadaşlarımızla buluşmaktı. Bize doğru gelen bir başka grupla birleşerek yürüdük. Beyazıt Meydanı mahşer yeri gibiydi. Atlı polisler ellerinde kırbaçlarla kalabalığa dalıp kırbaçlarını sırtımızda şaklatıyorlardı. Biz de onları taş yağmuruna tutuyorduk. Polisler havaya rasgele ateş edip duruyorlardı. Çekilen polis ekiplerinin yerini taze kuvvetler alıyor, kızları yerlerde saçlarından sürüklüyor, hepimizi tekmelerle coplarla kıyasıya dövüyorlardı. Biz de onlara yine taşlarla karşılık veriyorduk. İsabet alan polisler tabancalarını doğrultup bize doğru yaklaşmaya başladılar. Yaklaştılar... daha yaklaştılar. Göğüslerimiz açıp "VURUN HAYDİ," diye bağırdık. Polisler kurşunlarını göğsümüze değil de havaya sıktılar. Sonunda mermileri bitti, Medresenin arkasına çe-

kildiler. Yerlerini yeni ekipler aldı. Bir kere daha tabancaya karşı taşla savaştık.

Yerlerde sürüklendik, coplandık, tekmelendik. Ben de yerlerde sürükleniyordum. Uzun saçlarım bir polisin avcundaydı. Canım o kadar acıyordu ki, kafa derim kopacak ve saçlarım polisin elinde kalacak sanıyordum. Dizüstü sürüklenmekte olduğum için dizlerim parçalanmıştı. Galip'in bana, "Rengigül, sırtüstü dönsene," diye seslendiğini duydum. Zor bela sırtüstü döndüm ve... aman Allah'ım... aman Allah'ım! Önümde bir genç çocuk vardı, sırtındaki yaradan oluk gibi kan akıyordu. Biri daha vardı, bacakları yavaş yavaş bükülüyordu ama yürümeye devam ediyordu. Saçlarını eliyle arkaya atınca tanıdım, bizim Cengiz'di bu.

Yakın tarihin belgeleri vardı önümde, annemin elinden çıkmış. Okurken gözyaşlarım deftere damlıyor, yer yer yazıların bozulmasına neden oluyor. Annemi polislerle dövüşürken hayal etmeye çalışıyor, beceremiyorum bir türlü. Son on yıldan beridir zamana direnen annem, zamanı yenerek kırışıksız, bakımlı ve şık beliriyor gözümün önünde. Yaşını yüzünde ele veren, sadece gözlerindeki sonsuz hüzündü, onu da galiba bir tek ben yakalayabiliyordum bakışlarında. Şimdi, elimde tuttuğum defterin sayfalarında, gerili gerdanın, botokslu kaşların, boyalı saçların ardındaki gerçek insanı bulmaya çalışıyorum. Israrla, hasretle annemi arıyorum.

Cengiz yaralandığının farkında değildi. "Çocuklar, dikkatli atın taşları, birbirimizi vuruyoruz," dedi önce. Sonra yere eğildi bir taş almak için. Ben o zaman gördüm pantolonunun kan içinde olduğunu. Bir çığlık attım. Döndü, bana bomboş baktı ve yere uzanıp kaldı... "Cengiz'i vurdular!" diye bağırdım avazım çıktığı kadar. Saçlarım hâlâ polisin elindeydi. Polis arkadaşımın yerde kan içinde yattığını görünce bıraktı saçımı, Cengiz'in yanına gitti. Başında duran polise aldırmadan birkaç kişi onu yerden kaldırdık, karga tulumba en yakındaki eczaneye götürdük. Başım o kadar çok acıyordu ki, saçlarımın koptuğunu zannediyordum. Eczacı kafa derime baktı, "Bir hafta boyunca saçlarınıza tarak dokundurmayın, saç kökleriniz ödem yapmış çekilmekten," dedi bana...

Defteri yatağa bıraktım. "Anne," diye söylendim kendi kendime, "bunları bana anlatsaydın ya! Ben de benzeri olayların içinde yaşayıp dururken, senin öğrencilik yıllarında yaşadıklarını bileydim, hiç kapılarımı sımsıkı kapatır mıydım sana! Ah anne, neden bu kadar uzak kaldık birbirimize! Kendini, güzellikten örülmüş bir kafesin arkasına hapsettin ve iç dünyana girmeme izin vermedin. Yine aldım defteri elime, atlaya atlaya okudum.

28 Nisan 1960

Biz o gün asker gelip bizi kurtarana kadar çok yaralı ve bir şehit verdik, Beyazıt Meydanı'nda hürriyet için.

Aklıma büyükbabamla yaptığımız konuşmalar geliyor. "Hayatımda bir kere ihanet ettim Atatürk'ün partisine ve bedelini çok ağır ödedim," demişti, yaşım erip de ilk kez oy kullanmaya gideceğim gün, "Kızım oy vermeden önce çok iyi düşün. O bir tek oy, o kadar büyük bir sorumluluktur ki, insan hata yaptıysa, sonra pişmanlığından uykularından olur."

"Ne zaman pişman oldundu büyükbaba?"

"Demokrasiyi o kadar çok özlemiştik ki milletçe, 1950 yılında ilk ve son olarak, bana ters düştüğünü bile bile, devrimleri yapanların partisine oy atmadım. Toprak ağası mıydım? Çiftim çubuğum mu vardı? Yoksa hacı, hoca, tarikat mensubu eşim dostum, yakınım mı vardı? Yoo! İşi neydi Cumhuriyet ilkelerinden taviz veren bir partide benim oyumun! Ama memlekette herkes artık bir değişimden, yeni bir soluktan yanaydı. Kırılası elimle gittim, demokrasiyi yerleştireceklerini sandığım insanlara oy verdim. Onlar ne yaptılar? Kaderimizi değiştirecek olan Köy Enstitülerini kapattılar. Ticanileri başımıza çıkardılar, Tahkikat Komisyonu'nu kurdular. Başbakanları, 'Kendime asla sabık başbakan derdirtmeyeceğim,' diye beyanat verdi. A be adam, seçimle çekilip gitmesini bilemeyeceksen, oraya kazık kakmaya geldinse,

ne günahı vardı beş yüz yıllık hanedanın? Babalarımız padişahın gidişine, Egeli bir toprak ağası gelsin de bizi ilelebet idare etsin diye mi katlandılar? Demokrasi gelsin, Batı devletleri gibi uygar olalım, insanca yaşayalım diye kuruldu bu Cumhuriyet," diye anlatıp dururdu büyükbabam, heyecanını hiç kaybetmemiş sesiyle. Annem onun kızıydı, aynı heyecanı, aynı kaygıları taşıyordu. Büyükbabamı, olayı biraz abarttığını düşünerek hoşgörüyle dinlemişim de annemi dinlemeye niye vakit ayırmamışım. Anneleri dinlemek kızlara ağır geldiği için mi, yoksa annemi küçümsemeye kararlı olduğum için mi?

Anne, kabahat bendeydi, seni güzelliğinin kafesine hapseden ve sana yaklaşmaya korkan, aslında bendim...

Bıraktım defteri elimden. Pencereye gidip dışarı baktım. Hiç kalkmayacağını zannettiğim kar, güneşin etkisiyle eridi eriyecek. Ne tuhaf, yaşamımızdan her şey bir anda geçip gidiyor. Kalıcı olan hiçbir şey yok. Ne kar, ne yağmur, ne insanlar, ne durumlar ne de duygular... Yeniden oturdum annemin yatağına, diğer defteri karıştırmaya başladım rasgele. Bu defterde yetmişli yıllar yazılı. Benim adım çok sık geçiyor.

Kızımı karakola aldılar, diye yazmış annem, ilk tutuklandığım günün akşamında. *Benim onun yaşındayken yaşadıklarımı, demek ki şimdi de o yaşayacak! Hoyrat, kaba adamların elinde hırpalanacak, tokatlanacak, hakarete uğrayacak, aşağılanacak benim kızım! Oysa ben ona bir fiske vurmadım hayatım boyunca. Gözümden sakındım onu... Ya elektrik verirlerse, coplarlarsa, işkence ederlerse, ırzına geçmeye kalkışırlarsa... Allah'ım, yardım et bana, kızımı ellerinden en az hasarla kurtarabilmem için yardım et.*

Sayfaları atlıyor yine okuyorum.

Nedim, nihayet emniyet müdürüyle konuşabildi bugün. Yarın

çıkarıyoruz Ayda'yı. Saçını kesmişler, kilo vermiş, bunalımdaymış. On iki gün sonra ilk kez göreceğim kızımı. Elim ayağım titriyor. Bu geceyi nasıl geçireceğimi bilemiyorum. Onu, kesik saçları, solgun yüzüyle gördüğümde ne yapacağımı da bilmiyorum. Ağlamamalıyım. Heyecanlanmamalıyım. Çözülmemeliyim. Hele İngiltere'ye yollanacağını ona bildirirken sakin ama çok kararlı olmalıyım. İtiraz edecek, direnecek. Sıkı durmalıyım. İstanbul'daki tüm kiliselerde mum yaktım. Tüm yatırlara adak adadım. Yeter ki gitsin, bu bataktan, sonu gelmeyen bu kavgalardan kurtulsun. Burada kalırsa arkası gelecek. O solcu oğlanın peşinde yine eylemlere katılacak, yine tutuklanacak, yine hırpalanacak. Adım gibi biliyorum, çünkü inatçı, dik kafalı ve ukala. Tıpkı benim gibi, kızım.

Elimdeki defter, annemin beni kendine benzettiği satırlarla bitiyor. Kendinin de inatçı, dik kafalı ve ukala olduğunu itiraf ettiği için şaşkınım. Bunlar onun bana yakıştırdığı sıfatlardı, öğrenci olaylarına karıştığım, ailemi üzdüğüm için hak ettiğim sıfatlarım... Benim için üzülmüş, ağlamış, uykusuz geceler geçirmiş. Oysa ben hep onu bana kayıtsız zannetmiştim. Kocasına laf gelecek diye korkuyor sanmıştım. Bu anıların bir devamı olmalı. Diğer defterleri de bulup okumalıyım. Hayatım boyunca güzelliğini kıskandığım için uzak kaldığım annemi, hiç olmazsa defterlerinde tanımalıyım çok geç olmadan.

Başka defterler bulmak için çekmeleri açıp kapıyorum. Dolapların tepesine uzanıyorum bir iskemleye çıkarak. Elbise dolabının arkalarına yerleştirilmiş kutulara bakıyorum teker teker. Mektupları, eski resimleri, miadı dolmuş pasaportları, banka defterlerini yerlere saçarak hırsla, ihtirasla arıyorum, annemin el yazısıyla yazılmış diğer günlüklerini. Mutlaka başkaları da var. "*Tıpkı benim gibi, kızım*", okuyacağım son satır olmamalı. Annemin satırlarından bana akan sevgiye doyana kadar okumalıyım her birini. Oda bir anda yerlere saçılmış resimlerle, kâğıtlarla savaş meydanına dönüyor. Ben, bir çılgın gibi elime geçenleri savura savura aramaya devam ediyorum. Gardırobun üzerinde bir şapka kutusu ilişiyor gözüme. İskemlenin üzerine olmama rağmen yetişemiyorum. İnip bir askı alıyorum elime. Tekrar çıkıyorum iskemleye, askıyla kendime doğru çekmeye çalışıyorum kutuyu. Başardım. Kutuyu yakalayıp atlıyorum yere, kutu fırlıyor elimden, kapağı bir yana, içindekiler öte yana saçılıyor. Üç-beş eski şapkanın arasından kâğıtları sararmış birkaç defter daha düşüyor. Bunları niye bu kadar büyük bir özenle saklamış acaba? Hakkım var mı annemin dünyasına girmeye, anılarını okumaya? Olmadığını biliyorum, defterleri tutan ellerim yanıyor, hatıralarını okumaya başladığım andan beri, yüz kızartıcı bir suç işleyen insanların tedirginliği içindeyim. Ama içimden bir ses, "Hakkın var," diyor, "Hakkın var! Bu yazıları okudukça onu tanıyabileceksen onu sevmeyi başaracaksan, elbette hakkın var." Ben, bu sese kulak vermeyi seçiyorum. Annemin çoğu yaşanmış ömrümden geri kalan kısa zamanı değerlendirebilmek için, okumalıyım bunları. Yere saçılmış defterlerden birini alıp karıştırmaya başlıyorum.

Anneannemle üç günden beri konuşmuyoruz. Dargınız. Beni nişanlıma karşı küçük düşürdüğünü, rezil ettiğini bir türlü kabul etmiyor. Asıl ben küçük düşürmüşüm kendimi ve ailemi. Neden mi? Bir gece içkiyi fazla kaçırdığım için! Hiçbir arkadaşıma bana yapılan baskılar yapılmıyor. Hiçbir arkadaşım, değil nişanlısıyla, arkadaşlarıyla bile bir gece gezebilmek için benim yaptığım gibi ailesine yalvar yakar olmuyor. Ailenin tek çocuğu ve tek torunu olmanın bedelini ağır ödüyorum. Büyük teyzelerim, anneannem, annem sevgileriyle, aman başına bir şey gelmesin endişeleriyle boğuyorlar beni. Ailemdeki kadınların hiçbiriyle anlaşamıyorum, geçinemiyorum. Zamana uyacaklarına, beni kendi gençliklerinin değer ölçülerine çekmek istiyorlar. Hiçbir olayı kendi ölçüsü içinde değerlendiremiyorlar. Kırk yılın birinde içip sarhoş olmak, bir büyük trajediye dönüşüyor. Sırf dırdırlarından kurtulmak için nişanlandım yine de kurtulamadım dillerinden. Keşke hepsi kokuşmuş fikirleriyle birlikte tarihin derinliklerinde kaybolsalar! Geçmiş zaman kumkumaları! Abartı kraliçeleri! Anneannemin Murat'a yaptıkla-

rı aklıma geldikçe içimden ağlamak geliyor. Ellerini bir beline dayaması eksik kalmış mahalle karıları gibi, "Oğlum sen ne yaptın buna? Ne içirdin buna? Bunu bu hale nasıl getirdin?" diye bağırıp duruyor. Bu *diye söz ettiği benim. Benim bir adım var. Ama anneannemin aklıma gelmiyor adımı söylemek. Ezile büzüle, "Valla bir şey yapmadım efendim," diyor Murat, "İçkiyi biraz fazla kaçırmıştı da," sanki kendi hiç içmemiş gibi. "Ne içti bu?" Öldüreceğim anneannemi. Niye bu diyor bana! Doğrulmaya çalışıyorum yattığım yerden ama beceremiyorum. Yer gök birbirine giriyor, başım yastığa düşerken öğürüyorum. "Kusa kusa içi dışına çıktı kızın. Ne içirdin torunuma?" "Rakı." "Rakı mı! Deli misin oğlum, bu yaşta kıza rakı içirilir mi! Konsomatris mi bu?" Yine* bu! *Yattığım yerden bağırıyorum, "Bana bu deme!" diye. "Sen sus! Sen hiç konuşma! Seninle sonra hesaplaşacağız." Murat'a dönüyor, "Ben de seni adam zannedip sana torunumu emanet ettim! Onun içki içmediğini bilmiyor musun sen?"*

"İlk kez içtiğini bilmiyordum ki. Söylemedi."

"Söylemesi mi lazımdı? Nişanlısı olacaksın. İnsan nişanlısını kollamaz mı? Akşam Ankara'ya telefon bağlatacağım. Anasıyla babası gelsinler, alsınlar kızlarını. Ben bu mesuliyetin altında kalamam. Sabahlara kadar sürtüyorsunuz. Meraktan deliye dönüyorum. Sonra nereden sabaha karşı, içki komasında getiriyorsun torunumu." Yattığım yerden çırpınıyorum. "İlk defa eve geç döndüm! Her gece on ikiyi vururken kapıda bitmez miyim, Kül Kedisi gibi," demeye çalışıyorum ama [illegible]. Anneannemin çenesi durmadığı için duymuyor beni. Yattığım yerde [illegible] ağlamaya başlıyorum. "Vallahi [illegible] Zaten [illegible] Hesapla birlikte küçük kadehlerde [illegible] getirdilerdi ikram olarak, o fena [illegible] Murat hiç [illegible]yor. "Babası hele bir gelsin [illegible] görürsünüz!"

[illegible]," diyor Murat.

Murat [illegible] anneannemin [illegible] beyaz tülbenti, başucumdaki [illegible] yeniden. Sımsıkı yumduğum gözlerimi hiç açmıyorum. Uyuduğumu sanıp kendi kendi-

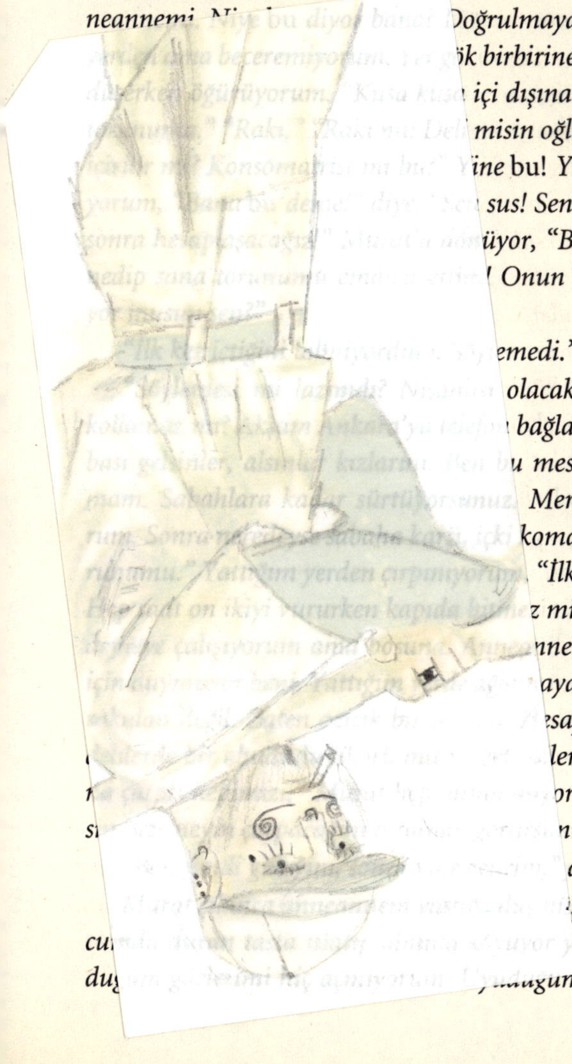

ne konuşuyor. "Küfelik etmiş kızı. Allah'ın cezası, zıkkımlanmak istiyorsan kendi başına içsene. Kızıma ne diye içiriyorsun rakıları. Yok yook, bunlardan koca filan olmaz. Söyleyeceğim telefonda anasıyla babasına, bir an önce gelin buraya, bu nişanı bozun, diyeceğim. Bunu da alsınlar Ankara'ya götürsünler. Okuyacaksa orada okusun."

Bu *deme bana, diyemiyorum. Dilim damağım kurumuş. Başım zonkluyor. Midem bulanıyor. Ağzımın içi zehir gibi.*

Dün gecenin sadece başını hatırlayabiliyorum. Murat, Rona, Gönül, Sevda... birileri daha vardı... upuzun bir masaydık Bakırköy'deki meyhanede. Avaz avaz şarkı söylüyorduk. Deli gibi eğleniyor ve hayatımda ilk kez rakı içiyordum. Sonra rakıyı sevmediğime karar verip limonlu votka istedim. İçtim. Bir tane daha içtim. Bir de yemeğin sonunda yüksük kadar kadehlerde getirdikleri o tatlı içki... Midem fena bulandı. Tuvalete gitmek için ayağa kalkınca... aman Tanrım... rezalet... dizlerim çözülüyor, yıkılıyordum... Murat'ın koluna asılıp zar zor dışarı çıktım. Kustum. Üstüm başım battı. Rezil oldum. Eve dönmek istedim. Sonrasını hatırlamıyorum. Arabaya mı bindik? Meyhaneye geri mi döndük? Beni eve kim getirdi? Kim kusmuklu giysilerimi çıkardı üstümden, kim yatırdı yatağıma beni? Kim soydu? Herhalde anneannem. İnşallah anneannem!

Yüzümde kocaman bir gülümsemeyle okuyorum defteri. Nenem telaşlı halleriyle gözümün önünde beliriyor. Babamı pek sevmediğini bilirdim. Demek daha annem nişanlıyken bozulmuş araları, rakı yüzünden. Birkaç sayfa atlıyorum. Yazıları tükenmezle yazmış olmalı, silinmiş zor seçiliyor bazı satırlar. Mürekkebi hâlâ okunur nitelikte bir sayfadayım şimdi.

"Öyle, bir gece içkiyi fazla kaçırdı diye, sürekli bulanmaz insanın midesi, sen bir doktora görünsene," dedi Gönül bugün. Korkuttu beni. Meyhane akşamından beri, her sabah başım dönüyor, midem bulanıyor. Arkadaşımın peşine takılıp onun doktoruna gittim. Kurbağa testi istedi. Neden? Deli mi bu doktor? İtiraz ettim

ama içime de bir kurt düştü. Gönül'le doktordan çıkıp hemen oralardaki bir laboratuvara girdik. Ertesi sabah laboratuvarda sonucu beklerken dizlerim titriyordu. Neticeyi bir zarfın içinde elime tutuşturdular. Açtım. Sonuç pozitif. Ne demek oluyor bu? Şu demek oluyormuş: Hamileyim! Kapıdan çıkar çıkmaz, merdivenlere çöktüm. Kalkamıyordum yerimden. Gönül karşıdaki pastacıdan telefon etti Murat'a. Murat'ın kuyruklu mavi Chevrolet'si, az sonra laboratuvarın önüne geldi. Arabadan indi, apartmana girdi Murat, yanıma iliști. "Ben gideyim de siz konuşun," dedi Gönül. Ben hiçbir şey söylemeden öylece oturuyordum merdivenin üçüncü basamağında. "Taşın üstünde üşüteceksin, kalksana oradan," dedi Murat. Bende çıt yok. "Gel, arabaya binip Boğaz'a gidelim, yolda konuşuruz," dedi. Robot gibi kalktım, peşinden gittim, ön koltuğa oturdum. Kendini böyle harap etmene gerek yok," dedi arabayı çalıştırmadan önce, kendimi sanki harap ediyormuşum gibi. Sadece susuyordum ben. Şoktaydım. Ne istiyorsam onu yaparmışız. İstersem aldırır, istersem hemen evlenirmişiz. Ne istediğimi bilmiyorum ve hiçbir şey de hissetmiyorum. Tüm duygularım donmuş, uyuşmuş sanki!

"Nasıl oldu bu?" diye sordum.

"Bilmiyorum," dedi.

"Nasıl bilmezsin?"

"O gece bende de film kopmuştu Rengigül. Ben de hiçbir şey hatırlamıyorum," dedi.

"Kustuktan sonra beni hemen eve götürmedin mi?" diye sordum.

"Önce Ronalara uğradık. Birer kahve için de açılın benim evde, dediydi Rona," dedi.

"Eee?"

"İşte, ona gittik. Kahve içtik. Sen kendini çok kötü hissediyordun. Başın dönüyordu, ayakta duramıyordun. Rona'nın yatağına uzandın. Ben de biraz uyursam açılırım, diye yanına uzandım."

"Eee?"

"Hatırlamıyorum. İnan olsun hatırlamıyorum."

Yaşlar pıtır pıtır dökülmeye başladı yanaklarımdan aşağı…

"Ağlama," dedi Murat, "hemen evleniriz." "Bu yüzden mi evlenelim," dedim. "Nişanlı değil miyiz biz? Zaten evlenecek değil miydik," diye sordu. "Ben böyle evlenmek istemem," dedim. "Aldırırız o halde," dedi. "Kime aldırırız? Nerede aldırırız?" diye sordum. "Doktora elbette," dedi. Şişli'nin arkalarında bir doktor varmış bildiği. Daha beter ağlamaya başladım. Hayatımızın dönüm noktasını oluşturması gereken bir mutluluk anını her ikimizin de hiç hatırlamamasına mı yanayım, bebeği aldırmaya kalkarsam, Şişli'nin arka sokaklarında bir muayenehanede ruhuma yiyeceğim darbeye mi yanayım. Ya da evlenecek olursak, tüm yaşamım boyunca sırtımda taşıyacağım evlenme nedenine mi? Murat'a bir türlü iletemiyorum duygularımı. Hiçbir şey anlamıyor nişanlım. "Biz zaten evlenmeyecek miydik," deyip duruyor. Belki de evlenmeyecektik. Boğaz yolunda arabada öpüştüğümüzü gören ve anneme gammazlayan komşumuz olmasaydı evde kıyametler kopmayacak, annem ve anneannemle birbirimize girmeyecek ve babam bu şamatacı kadınların yüzünden nişanlanmamda ısrar etmeyecekti...

Bu bebek kesin ben olmalıyım. Annemle babamın nasıl yaptıklarını hatırlayamadıkları kızlarıyım. O yüzden mi babam bana bu kadar ilgisiz kaldı acaba? Bir sevişmenin, üstelik de ilk sevişmenin ancak saniyelere yayılan zevk anını bile hatırlatamayan bir çocuk... ben!

Bir hafta yatağımda sabahlara kadar ağlayıp durduktan sonra, kesin kararımı bildirdim Murat'a. "Bebek kalacak!" "Ama şunu bil ki, bebek hayatımızı bir ölçüde engelleyecek," dedi. "Nasıl?" diye sordum. "İstediğimiz gibi gezip tozamayacağız, seyahat edemeyeceğiz mesela," dedi nişanlım. "Geceleri de avaz avaz ağlayacak," dedi. "Ama nasıl olsa bebeğe bakacak olan sensin, karar senin," dedi. "Sen bebeğine bakmaz mısın," diye sordum. "Beni kaka temizlerken düşünebiliyor musun," dedi. Düşünemiyorum. Kendimi de düşünemiyorum kaka temizlerken. Ama içimde başlayan yaşamı engellemek gelmiyor elimden.

• • •

Dizlerimin üstüne çökmüş olduğum için, kemiklerim acımaya başlayınca, yerimden kalkmaya çabalıyor, beceremiyorum. Bacaklarım uyuşmuş. Bacaklarımı uzatarak oturuyorum halının üzerinde. Varoluş hikâyemi okurken öylesine kapılıp gitmişim ki, aklıma bile gelmiyor yerden kalkıp koltuğa oturmak. Dehşete kapılıyorum düşünürken. Annemin rahminde filiz veren bir çekirdekmişim bir zamanlar. İstese beni beş dakikayı aşmayacak bir zaman dilimi içinde kazıtıp söküp atabilirmiş içinden. Olmayabilirmişim. Sadece onun kararıyla, önce kel bir bebek, sonra kıvırcık saçlı bir küçük kız ve en sonunda da Aslı'ya can verecek bir genç kadın olmuşum, oysa. Varlığımı bu denli anneme borçlu olmayı idrak etmemin huzursuzluğuyla kıpırdanıp duruyordum halının üzerinde. Hayatıma hiç katılmamış olan babam, dünyaya gelişimde de tek bir sperm iletmekten öte rol oynamamış demek! Gerçek bir yetimim ben!

Babamı üzdüm. Murat'la bir ay içinde evlenmeye karar verdiğimizi söylediğimde, bembeyaz oldu yüzü. "Hani üniversiteyi bitirmeden evlenmeyecektin, hani söz vermiştin bana tahsilini tamamlayacağına dair," deyip durdu. Annemin tesiri altında kalıp "Bu gençle arabalarda dolaşacaksan, nişanlanırsın, ailene laf getirtmezsin," diyen kendi değildi sanki. "Sen istemedin mi nişanlanmamızı." dediğimde, "Nişanlılık birbirinizi tanıma sürecidir. Sen bu süreci kullanmıyorsun kızım, sonra ilerde pişman olmayasın?" dedi. Ah baba, etraf ne der uğruna, farkına bile varmadan ne gereksiz yanlışlara sürüklendiğimizi sen de fark ediyorsun, değil mi? Nişanlanmamış olsaydık, beni akşam gezmelerine bırakmayacaktınız. Bir gece bir sahilde öğüre öğüre kısmam ile sabah yatağımda zombi gibi uyanmamın arasında, iradem dışında başıma gelenler şimdi yaşamıma yön vermekteler. Başıma nelerin geldiğini bilmiyorum. Canım acıdı mı, kanadım mı, hoşuma gitti ve zevk aldım mı, almadım mı, korktum mu, hiçbir fikrim yok. Ama bir şey biliyorum ki, bu bana bir ders oldu. Bir daha hangi şartlar altında olursa ol-

sun, bilincimi asla kaybetmeyeceğim. Gerekirse ağzıma bir damla bile alkol koymamaya razıyım. Hayatımın sonuna kadar bir saniyesini dahi hatırlamadığım bir an olmayacak yaşamımda. Babama hemen evlenme kararımı bildirirken de çok bilinçliydim. Seçimimi günlerce düşündükten sonra, salim kafayla yaptım, bebeğim doğacak, benim olacak ve ben onu çok seveceğim. Tıpkı annemle babamın beni sevdikleri gibi.

Kapı vuruluyor.

"Ne var?"

"Portakal suyunu hazırladım, getireyim mi?"

"İstemiyorum Fatma."

Gitmesiyle dönmesi bir oluyor Fatma'nın. Kapalı kapının ardından sesleniyor yine.

"Şu yokuşun dibindeki bakkal geldi, hani hep alışveriş ettiğimiz... seni istiyor."

"Neden?"

"Geçmiş olsun diyecekmiş."

"Meşgul dersin."

"Kimseye çıkmayacak mısın, gelen olursa... komşulara filan?"

"Kapıdakini sen sav hele, ilgisine teşekkür et, yolla." Kadın giderken bağırıyorum arkasından, "Fatmaa, beni telefona filan çağırma emi. Dinleniyorum biraz."

Fatma kapıdan uzaklaşınca, yerlere saçılmış defterleri, şapkaları, resimleri toparlayıp yerlerine kaldırıyor, goblen kaplı kutudan çıkanları, son okuduğum defterle birlikte tekrar kutuya kilitliyor, kutuyu dolabın üst rafındaki çantalarının arkasına yerleştiriyorum itinayla. Anahtarı çantama atıyorum. Banyoda soğuk su çarpıyorum yüzüme. İçimde sebebini bilmediğim bir sevinç var. Bugüne dek görmezliğe geldiğim örümcek ağı gibi şeffaf, ince ama güçlü bir sevgi bağı beni sımsıkı anneme bağlıyor sanki. Saçlarımı tarıyorum annemin fırçasıyla. Aynanın önünde duran kremlerin arasından, soğuk havada kullanılması gereken koruyucuyu seçip yüzüme biraz sıkıyorum tüpten. Elimle yayıyorum yanaklarıma. Ohh ne hoş bir his! Sanki cildim yumuşayıveriyor parmak uçlarımın altında. Aynanın önünde bir ruj ve bir rimel de var. Ruju dudaklarıma, rimeli kirpiklerime sürüyorum acemi hareketlerle. Aynadan hoş biri bakıyor bana. Bir krem, bir ruj ve bir rimelle yorgun, uykusuz ve mutsuz bir kadın yüzünün bu kadar değişebilmesi olası mı? Makyaj malzemeleriyle annemin dünyasına geri döndüm. Bildiğim sularında yüzüyorum anamın, rahatlıyorum.

Portmantodan mantomu alırken yakalanıyorum Fatma'ya.

"Nereye gidiyorsun Ayda Abla?" diyor telaşlı.

"Hastaneye kadar."

"Ben de geleyim."

"Hayır, sen kal. Bak, gelen giden oluyor. Kapıya telefona cevap verirsin. Belki Aslı uğrar."

"Haa, Ayda Abla, az daha unutuyordum, cebini masanın üzerinde bırakmışsın... Ziynet Dadı aradı, ne zaman geleceğini sordu. Köfte yapmış sana, yemeğe bekliyormuş."

Uzattığı telefonu alıp çantama atıyorum.

"Niye söylemedin bana?"

"İşte söyledim ya!"

"Telefon ettiğinde söylemeliydin."

"Ama abla, beni rahatsız etme demedin miydi?"

"Doğru, dedimdi Fatma."

Mantom omuzlarımda, asansörü beklemeden merdivenlerden aşağı koşuyorum. Hava almaya ihtiyacım var, biraz yürümeye, kafamı toplamaya ama en çok da annemi görmeye.

Hızlı adımlarla çıkıyorum yokuşu hastaneye doğru. Soğuk hava kendime getiriyor beni. Birkaç saattir okuduklarımı hatırlamaya çalışıyorum satır satır. Şimdi gidip annemin yüzüne dikkatle bakacağım, bunca yıldır hiç bakmadığım gibi. Eminim alnında, dudaklarının kenarlarında, şakaklarında, yanaklarında birtakım çizgiler göreceğim. Hatıra defterlerine yaşamımın benim bilmediğim anılarını yazan annemin yüzünde, dikkatli bakarsam, tüm estetik müdahalelere rağmen iç dünyasına ait, daha

önce fark etmediğim işaretler bulacağıma inanıyorum.

Koştura koştura boşuna tırmanmışım yokuşu. Annemin yüzüne değil yakından, camın arkasından bile bakamayacakmışım meğer! Yoğun bakımdan çıkarmamışlar henüz. Yatağının başına üşüşmüş doktorların işlerini bitirmelerini bekliyorum cam bölmenin ardında. Az sonra çıkıp yanıma geliyorlar.

"Ne oluyor?" diye soruyorum telaşla, "bir sorun mu var?"

"Olur böyle şeyler, "diyor genç bir doktor, "çaresine bakıyoruz."

"Nasıl şeyler? Ne oldu, kuzum?"

"Tansiyonu düşüremedik. Bir başka ilaç verdik şimdi."

"Yanına giremez miyim?"

"Şu anda mümkün değil. Belki yarın."

"Evinden bazı eşyalar getirmiştim. Hangi odaya çıkacağı belli mi?"

"Değil maalesef. Çıkacağı zaman hangi oda boşalmışsa o odayı vereceğiz. Refakat istiyor musunuz? Odayı ona göre ayarlayalım."

"Hastabakıcı mı?"

"Hastabakıcılara yatak gerekmez. Yanında kalmak istiyorsanız ya da başka biri kalacaksa, refakatçi için ikinci bir yatak konacak odaya."

"Ah elbette. İsterim yanında kalmak. Evet, evet."

Doktor uzaklaşıyor. Hiç düşünmeden, "Ben kalırım," deyiverdiğim için pişmanım biraz. Nasıl yaparım acaba, gece hastanede yatıp gündüz üniversiteye mi giderim eve uğramadan? Okula haber veririm diye düşünüyorum, annem hasta derim, başında beklemem lazım. Bana bir süre izin verirler. Ne de olsa özel üniversite... kuralları gevşek tutmak ellerinde idarecilerin. Her işte bir hayır vardır, şimdi devlet üniversitelerinin birinde olaydım, yapamayabilirdim bunu. Sinan ne kadar küçümsemişti beni, özel üniversitede hocalığı kabul ettiğim için. "Yirmi yıl önce halk düşmanı saydığımız adamların kurumlarında ders mi vereceksin," demişti. "Evet," demiştim, "sen Gümüşlük'te mandalinalı votkanı içerken, içimizden birinin para kazanması gerekiyor. Kızımızın eğitimi tamamlanmadı henüz."

Bir uyumsuzluk örneği idi benim kocam. Zamanla ve zamana göre değişemiyordu bir türlü. Ne sular akmıştı köprülerin altından yirmili yaşlarımızdan bu yana. Her şey değişmişti. Dünya değişmişti. Ekonomi sınavlarında, hocaların sınav soruları hâlâ yirmi yıl öncesinin aynıydı, ne var ki soruların yanıtları değişmişti yılların içinde. Berlin Duvarı yıkılmış, Rusya'da sistem çökmüş, soğuk savaş sona ermişti. Bir tek kocam değişemiyordu nedense. Kuru bir dal gibiydi, asla eğilemeyen, bükülemeyen, yeşeremeyen, tomurcuklanamayan. Küskünler diyarına sürgüne taşımıştı kendini, aramıza buzdan bir duvar koyarak. O duvarın örülüşüne katkıda bulunduğumu yadsıyamazdım. Tartışmalarımızın birinde, kendimi tutamamış, avaz avaz, "İyi ki ayrıldın üniversiteden. Senin gibi düşünen dinozorlar yeterli hasarı yapmaktalar zaten bulundukları noktalarda. Böylece, gençlerin yanlışlara odaklanmalarına ve dolayısıyla ülkenin olduğu yere çakılıp kalmasına, bir türlü silkinememesine bizzat katkıda bulunmamış oluyorsun hiç olmazsa!" diye bağırmıştım. Bakakalmıştı bana, yaralı bir hayvanın acı çeken gözleriyle bakar gibi. Kocamın üniversite yıllarımızda içimi titreten mahzun bakışları, bir süredir sadece bıkkınlık ve acıma duyguları uyandırmaktaydı bende.

Şu anda ise bir başka buzdan duvarın önünde duruyordum annemle beni ayıran. İki metre ötemde yatan annem, benim onu içim ezilererek seyrettiğimi, onun için ölesiye kaygılandığımı, iyileşmesi için dualar ettiğimi bilmiyordu, tıpkı benim ilkgençliğimde onun da benim için yaptığı gibi. Aramıza duvarı ben ellerimle koymuştum. Şimdi, o duvarı aşarak ulaşmak istiyordum anneme ama bu kez de gerçek bir cam bölme ayırıyordu bizi.

Avuç içlerimi cama yapıştırıp çaresizlik içinde bekledim bir süre. Bildiğim bütün duaları okudum, çabucak sağlığına kavuşması için. Ayaklarım geri geri giderek ayrıldım oradan, merdivenleri indim, uzun koridoru geçtim, çıktım hastaneden. Kuru soğuğu ciğerlerime çeke çeke ve ağzımdan buharlar çıkara çıkara yürüdüm, evime gittim, Ziynet dadının sıcaklığına sığınmaya.

Kızarmış köfte kokusunu duyunca ne kadar acıktığımı fark ettim. Dadı sofrayı kurmuş, salatayı hazırlamış, mutfakta köfte kızartıyordu.

"Çok özledim Bozova'nın kuru köftelerini, dadı," dedim.

"Bir koşu kıyma aldım geldim şu aşağıdaki kasaptan. Bilirim çok sevdiğini de."

"Bu yaşıma geldim, sizin köfteler gibisini hiçbir yerde yiyemedim."

"Ekmeğini ve baharatını bol tutarız da ondan, kızım," dedi Ziynet dadı, "Aslı da gelecek, değil mi?"

"Bilmiyorum. Ben söyledim söylemesine ama bunlara fazla ısrar edilmiyor."

"Edilmez. Gençlere laf anlatmak kolay değil. Kendi gençliğini hatırlasana."

"Son yirmi dört saattir başka şey düşündüğüm yok zaten dadı. Çocukluğumla gençliğimin arasında savrulup duruyorum. Annemin hastalığı beni anılarımın içine attı nedense."

Sofraya iki kişilik servis koymuş Ziynet dadı. Elinde köfte tabağıyla gelip dikildi başımda.

"Otursana," dedim.

"Orası Aslı'nın yeri."

"Gelecek olursa ona da bir tabak koyarız. Otur Allah aşkına dadı."

Fazla ısrar ettirmedi, biraz tedirgin, ilişti karşımdaki iskemleye.

"Demek üzülürdü annem ben yürüyüşlere katılıp göz altına alındığım zamanlar," dedim pat diye.

"Üzülmez olur muydu! Sabahlara kadar dolaşırdı evin içinde elinde cıgarayla. Nedim Bey'im boşuna teselliye çalışırdı onu. Kuruttun ananı kızım, kuruttun. Bu yüzden Utku'yu dışarı yolladılar ortayı bitirir bitirmez. Ben bu çektiklerimi bir kere daha yaşayamam dediydi babana, bu da kimbilir kimlerin peşinden gidecek, dediydi. Bence yanlış yaptı dışarı yollamakla. Gitti de gelmez oldu oğlu."

"Alsana dadı," dedim köfte tabağını uzatarak.

"Onlar Aslı'ya kalsın."

"Ayol köfte dolu tabakta. Ona da kalır, al sen."

Çatalının ucuyla bir tane aldı, koydu tabağına.

"Ziynet dadı, annemin bunalıma girmesine ben mi sebep oldum sence? Benim yüzümden mi yattı kliniğe?"

"Bunu da nerden çıkardın şimdi."

"Sen demedin mi anneni çok üzdün diye."

"Anasını üzmemiş çocuk gelmiş mi bu dünyaya? Analar hep üzülür durur kızım. Bir neden bulurlar evlatlarına üzülmek için. Bak, Semihanım oğlu çocuklu dul aldı diye, Sultan Hanım büyük oğlu şehirli kız, küçük oğlu akılsız kız aldı diye üzüldü. Torunu Yağız'a varırsa diye de üzülmüştü, rahmetli. Seninki de bir bahane buldu işte üzülmek için."

"Ne? Yağız kızlardan biriyle evlenmeye mi kalkıştı?"

"Serpil'e göz diktiydi bir ara."

"İnanmıyorum!" Gülmeye başladım.

"Vallahi doğru. Serpil boşanıp da dönmüştü ya Bozova'ya, o yaz... Hâlâ bekârdı Yağız. Yusuf Bey'le de arası çok iyiydi. Kimbilir neler çeviriyorlardı birlikte, Kerami Bey'e karşı. İşte tam o ara, Serpil'i teselli etmek bahanesiyle köşke çiçek getirmeler, kızı gezmelere götürmeler... neyse, geçmiş zaman."

"Serpil'in ona yüz verecek hali yoktu herhalde, değil mi?"

"'Kadınlar üzgünken n'apacakları belli olmaz," derdi Sultan Hanım. Zaten onun yüzünden, bu iş başlamadan bitti."

"Ne yani, Sultan Hanım mı mani oldu evlenmelerine?"

"Evlenecekleri filan yoktu canım. Ama işkillendi rahmetli.

Kızın şehirde bir işi filan çıktı mıydı, Yağız hemen arabayı alıp koşturuyordu. Düşündü çaresini."

"Ne yaptı?"

Kıkır kıkır güldü Ziynet, "Ceyda'yı çağırttı eve, ona, 'Aman kızım, ayağını denk al, bunun anasının ailesinde akıl hastalığı vardı. Neriman'ın hem annesi hem de kız kardeşi tımarhanede ölmüş. Akıl hastalığı irsidir. Çocukta çıkmasa, torunda çıkar. Kızı baştan çıkarırsa, aileye deli soyu sokmuş oluruz,' dediydi. Haftasına kalmadı kızı anasıyla birlikte İstanbul'a yolladı Yusuf. Üsküdar'daki evi de işte o sıralarda verdilerdi yıkıcıya. Kız, İstanbul'da kaldığı o kış şimdiki kocasını buldu, yeniden evlendi. Bizimkinin de içi rahat etmişti böylece."

"Ama sen, Sultan Hanım Yağız'ı kollardı, derdin hep."

"Kollardı başka! Anasının hatırı var diye arka çıkardı ama o kendini beğenmiş kadın, ebenin oğluna verir miydi hiç torununu!"

"Dadı, düşünüyorum da, bunları duydukça anneme haksızlık etmişim gibime geliyor. Sinan'ı komünist diye istemediydi ama böyle şeyler hiç yapmadı bana annem. Yine de ben hep kızardım ona. Her neyse... keşke daha yakın olsaymışım anneme."

"Şimdi ameliyattan sonra alırsın anacığını yanına, yakınlaşırsınız, koklaşırsınız ana kız. Hem ne diye ayrı evlerde oturuyorsunuz ki madem Sinan Bey de bırakıp gitmiş seni? Yap bunu Ayda kızım, içinde ukde kalmasın sonra. Annenle meseleni hallet."

"Bir meselemiz yok aslında, dadı."

"Her neyse, gönlünü alıver eğer kalbini kırdıysan. Nedim Bey'im de yattığı yerde huzurlu uyusun. Hiç üzülsün istemezdi karısı. Ama insan bazen istemeden de olsa... Günahlarımızın bedelini öte yanda ödeyeceğiz tamam da, suçları bu dünyada vicdan azabı olarak taşımak, cehennemde yanmaktan daha zordur, kızım. Dinle beni, hakkını helal etmesini iste anandan. Sonra çok üzülürsün. Ben de bunu isteyeceğim."

"İlahi dadı, seni duyan da büyük bir günah işlemişsin sanacak."

"Günahsız kul olmaz kızım."

"Senin en büyük günahın, herhalde Bozova'da üzümlere dadanan kuşları kışkışlamaktı."

Ziynet dadı güldü. Feri kaçmış gözlerinin içinden ileri yaşına aykırı bir ışık gelip geçti.

"Rahmetli Satı senin gibi düşünmezdi. Hain derdi bana."

"Allah Allah! Seni iyi tanımazdı o halde?"

"Beni en iyi o tanırdı."

"Hain misin sen dadı? Kime ne kötülüğün dokundu senin?"

"Kimseye isteyerek, bilerek kötülük etmedim. Ama bir kere birine kin tuttum muydu, o insanı dünya bir araya gelse, sevemem artık. İşte bu huyuma kızardı Satı."

"O sevemediğin kişi Yağız olmasın?"

"Nasıl da bildin!"

"Onu her ne yaptıysa hiç affedemedin, sen."

"Doğru. Yağız'ı da, Yusuf amcanı da lanetlemişim bir kere. O ikisini de Kerami Bey'im ile Nedim'ime yaptıkları kötülüklerden dolayı Allah'a havale ettim ben. Cezalarını ödediklerini göremeden gideceğim ama bak sana söylüyorum kızım, eğer bunların veya ailelerinin başına bir felaket gelecek olursa, bu lafımı unutma. Allah'ın sopası yoktur! Mezarıma gel demiyorum ama, bulunduğun yerden bir rahmet oku bana ve de ki, 'Ziynet dadı, rahat uyu, günahlarının kefaretini ödediler,' de, ben duyarım."

Ürperdim. "Aman dadı, kimsenin çoluğuna çocuğuna lanet okuma, gözünü seveyim!"

"Ben ister miyim lanet okumak! Ama onlar hak ediyorlar. Allah onları bu dünyada ben yaşarken cezalandırmadı nedense, başka bir vakte havale etti cezalarını."

"Dur bakalım, sen daha burdasın, eski bir çınar gibisin maşallah. Hem niye bu kadar kızgınsın onlara? Nedim baba bile, Allah nasıl biliyorsa öyle yapsın onları, demiş, geçip gitmişti. Fabrikanın satışında onu dolandırdıklarını bal gibi biliyordu ama, bu kirli işlerle uğraşmak istememişti. Yoksa, Yusuf'un fabrikanın içini kendi kasasına boşaltıp öyle sattığını sadece Nedim baba değil cümle âlem biliyordu. Hakkını aramak istemedi çünkü namuslu adamların mahkeme kapılarında sürüneceğine ve

her zaman rüşvet yediren tarafın kazanacağına inanmıştı babam. Yorgundu, hastaydı, uğraşmak istemedi."

"Malda mülkte gözü yoktu rahmetlinin. Oysa Yusuf ile Yağız ahlaksızlıkta pek yakışırlardı birbirlerine. Baba oğul gibiydiler âdeta! Kızım sen benim bildiklerimi bileydin, sen de benim kadar nefret ederdin her ikisinden de."

"Benim bilmediğim neyi biliyordun, kuzum?" Güldüm, "Fabrika satılırken, artık kimse oturmuyordu konakta. Bu kez kapı ardında birilerini dinlemiş olamazsın, dadı!"

Yüzüme uzun uzun baktı yaşlı kadın, köfte tabağını aldı, kalktı masadan. Mutfağa yürürken söylendiğini, dişlerinin arasından, "Sen öyle zannet," diye mırıldandığını duydum mu yoksa bana mı öyle geldi?...

Yüzleşme

Bozova

Satı'nın başını, yastığıyla birlikte kaldırıp elindeki bardaktan su içirmeye çalıştı Ziynet. Bir-iki yudum içtikten sonra öksürük nöbetine tutuldu ihtiyar. Eliyle itti Ziynet'i.

"İstemem, verme."

"Doktor, ilacı bol suyla almanı tenbihledi ama."

"Sen bana iyilik istiyorsan, Yusuf Beyi' getir buraya."

"Söyledim ya cancağızım, bu sabah erkenden aradım, yine söyledim. Satı teyzenin vakti kalmadı, bir diyeceği varmış size. Elinizi ayağınızı öpeyim gelin, yoksa gözleri açık gidecek, dedim."

"Eee?"

"İşi varmış bugün akşama kadar. Akşam eve giderken uğrarım, dedi."

"Kaç şimdi saat?" Yine öksürüklerle sarsıldı Satı.

"Daha erken gülüm, öğlen olmadı daha. Akşama çok var. Sen kapat gözlerini de uyu biraz."

"Bundan sonrası zati bana hep uyku Ziynet'im," dedi Satı, "şu perdeleri aç da ışık girsin içeri."

Ziynet pencerenin önüne yürüdü, açık duran perdenin önünde oyalandı biraz. Sonra kapının yanındaki elektrik düğmesini çevirdi. Sonbahar güneşiyle zaten aydınlanan odaya hiçbir faydası olmadı lambanın.

"Hava kapalı bugün," dedi, "o yüzden karanlık oda."

"Gelecek değil mi, söz verdi demiştin."

“Gelir inşallah. Dün de söz vermişti.”

“Ya yine gelmezse?”

“Bilemem! Kerami Bey'im gibi değildir o, bilirsin, domuzun tekidir.”

“Ya gelmezse,” diye yineledi Satı.

“Nedir diyeceğin ona Satı bacı? Madem bu kadar mühimdi, niye daha önce söylemedin?”

Satı yanıtlamadı. Usulca inledi yattığı yerde. Bir haftadan beri iyice kötülemişti. İki gün önce doktor getirtmişti Ziynet. Doktor reçete bile yazmamıştı bu gelişinde.

“Her ömrün bir sonu var,” demişti odadan çıktıktan sonra, “Sıcak tutun, ağrıları için hep aldığı ilaca devam edin. Yapılacak bir şey yok. Allah'a kalmış işi. Daha da kötülerse haber verirsiniz.”

Satı, doktorun arkasından bakakalan Ziynet'in yüzündeki ifadeden anlamıştı durumunu. Doktor gittikten sonra, Yusuf Bey'i çağırın, diye tutturmuştu. Çağırtmışlardı ama gelmemişti Yusuf.

“Ceyda Hanım'ı getirteyim ya da kızlara haber edeyim,” demişti Ziynet.

“Olmaz. Yusuf'u çağır.”

“Vasiyetin mi var Yusuf'a? Malını mülkünü ona mı bırakıyorsun yoksa?”

“Eğlenme benimle.”

“Niye çağırırsın o halde?”

“Diyeceğim var.”

“Ne diyeceğin olacakmış!”

“Anasına verilmiş sözüm var. Konuşacağım onunla. Yoksa gözüm açık giderim.”

Ne konuşacağı olabilirdi ki Yusuf'la Satı'nın. Ziynet, Satı'nın bunaklığına vermişti dediklerini. Ama madem son dileği buydu, ona düşen Yusuf'u yatağının başına getirtmekti ihtiyarın, ne söyleyeceği varsa söylesin diye.

• • •

Satı, Sultan Hanım'ın ölümünden sonra birden çöküvermişti. Sıranın kendine geldiğini biliyordu. Her ne kadar Ziynet ona, bu iş ne parayla ne de sırayla, Allah'ın kimi önce alacağı belli olmaz, sen kendini sırada zannederken, bakarsın ben gidiveririm, dese de, ikna olmuyordu. Şimdi sadece Ziynet'le kendine kalmış olan bu köhne konakta, Sultan Hanım'ın pencere önündeki yerinde oturuyor, tesbihini çekerek ölümü bekliyordu. Ziyneti de karşısında istiyordu yalnız kalmamak için. İtiraz etmiyordu Ziynet, zaten ne iş vardı yapacak ne aş vardı pişecek. Gelen gidenin ayağı kesilivermişti konaktan. Haftanın iki günü, bir eksiğiniz var mı diye sormaya gelen bakkal çırağı bile uğramaz olmuştu. Sultan Hanım'ın ölümüyle canlanan ev, başsağlığı ziyaretleri ve dualar nedeniyle birkaç hafta boyu dolup dolup taşmış, sonra Yusuf'la Ceyda'nın da evlerine dönmesiyle bir mezar sessizliğine bürünmüştü. Bir zamanlar işten başını kaldıramadığından şikâyet eden Ziynet, arar olmuştu evin o hareketli, bereketli günlerini.

"Kerami beylerin Ankara'ya taşınmasıyla uğuru kaçtı konağın," der dururdu Satı. Haklıydı. Yıllar önce, Keramilerin gidişinden birkaç ay sonra Ceyda da bir saat uzaklıktaki şehre taşınmak istemişti. Kızların okula gidip gelmesi daha kolaylaşacağı için Yusuf onaylamıştı karısını. Gerçi her hafta sonunu hâlâ çiftlikte geçiriyorlardı ama aynı şey miydi kuzum! Her ayrılanla biraz daha içine kapanmış, biraz daha köhneleşmişti ev. Kerami beylerin ayrılmasıyla bozulan ağız tadı, Nedim'in de ayağı kesildikten sonra iyice kaçmıştı. Allahtan çocuklar ara sıra Sultan Hanım'ı ziyaret için gelir bir-iki gece kalır dönerlerdi. Yaz aylarında torunların hep birlikte gelip birkaç hafta kaldıkları da olurdu. İşte o zaman konağın kadınlarına gün doğardı. Sultan Hanım emirlerini art arda sıralarken, Satı ve Ziynet peşlerinde yardımcı kızlarla deli danalar gibi koştururlardı çiftlikte. Sabahtan akşama çeşitli yemekler hazırlamaktan, hamur açmaktan, darmadağan bırakılmış yatak odalarını toplamaktan, çamaşır yıkayıp ütü yapmaktan hiç gocunmazlardı. Misafirler gidince tekrar derin sessizliğine gömülürdü konak, içine dönerdi. Yumuşak adımlarla yürüyen kızlar, yaşlı hanımın çevresinde dolanır, kahvesini, çayını, çorbasını sa-

niye sektirmeden getirir götürürken, evin boşalmasıyla rütbeleri yeniden yükselen Satı ve Ziynet onunla sohbete otururlardı pencere önündeki sedirde.

Sultan Hanım'ın ölümünden sonra ayak işlerine bakan hizmetçilere yol verilmiş, Satı ile Ziynet baş başa kalmışlardı koca konakta. Ziynet,

"Kapatalım burayı," demişti Ceyda'ya, "boşuna masraf etmeyin konağa. Ben Satı ablayı İstanbul'a götürürüm, Üsküdar'daki evimde can yoldaşı olur bana."

İtiraz etmişti Ceyda, "Yok yok kalın burada. Ara sıra da olsa gelir kalırız, bakarsın. Biz gelmesek çocuklar gelir, misafir getirirler, sonra efendime söyleyeyim bayramı var seyranı var. Tamamen kapatmak olmaz konağı. İçinde yaşanmayan evlerden hiç hayır gelmez," demişti.

Kalmışlardı. Hayatla bağları kopmuş olarak karşılıklı otu-rup duruyorlardı pencerenin önündeki sedirde, gün boyu geçmiş günleri konuşarak, sevdiklerini hasretle anıp sevmediklerini yerden yere vurarak. Önceleri ara sıra telefon ediyordu Ceyda, güya hal hatır sormak ama aslında evde akıp kokan bir şeylerin olup olmadığını öğrenmek için. Sonraları telefonları, sadece kırk yılın birinde hafta sonu geleceklerini haber vermek için eder olmuştu. Söyleyeceğini söyler, hemen kapatırdı hiç sohbet etmeden, hal hatır bile sormadan. Semra'nın da boşandığını komşu çiftlikte çalışan kadınlardan öğrenmişlerdi. Ziynet hemen telefona sarılmıştı,

"Ceyda Hanım, Satı'yla ben de aileden sayılırız. Bu haberi komşudan mı duyacaktık," demişti, "keşke haber etseydiniz, Satı okurdu, üflerdi. Bilirsiniz iyi gelir onun nefesi. Şimdi kız üzüntülüdür, burada kafa dinlemek isterse... bilirsiniz, Serpil Hanım da, Ayda Hanım da sıkıntıları oldu muydu hep çiftliğe gelirlerdi, yollayın Allah aşkına. Bakarız ona biz."

Telefonu kapayınca, yanı başında havadis bekleyen Satı'ya dönmüş,

"Semra'yı Avrupa'ya gönderiyorlarmış," diye bilgi vermişti, "Yağız biletlerini filan hazırlıyormuş kızın..."

"Yağız da gidecek miymiş Semra'yla?"

"Onu da nereden çıkardın? Niye beraber gitsin, kuzum işi gücü varken fabrikada."

"Sen sordun mu, kız kiminle gidiyor, dedin mi?"

"Âlemsin Satı bacı! Anasıyla ya da ablasıyla gidiyordur herhal. Yağız'ı ne yapsın peşinde!"

"Doğru."

"Ama Yağız'a kalsa, koşa koşa gider."

"Neden böyle dedin kız?"

"Yağız domuzu çıkarının nerede olduğunu bilir de ondan. Bir de damat olursa aileye, sırtı yere gelmez artık."

"Haşa! Neredeyse babası yerinde kızın. Üstelik unuttun mu ayol, Sultan Hanım, Serpil'in peşinde dolaşmaya başladığında, o işi hallettiydi."

"Sultan Hanım öldü gitti. Söylediklerini unutmuştur Ceyda."

"Varsın unutsun, kız zaten istemez onu. Söylesene Ziynet, istemez, değil mi?"

"Kız istemez ama bu adam niye hiç evlenmedi, dersin? Bana sorarsan illa da bu aileye damat olmak için fırsat kolluyor. Gül gibi genç kızlarını verecek halleri yoktu ama, kızlar boşanıp da çocuklu dul olunca iş değişir diye umuda kapılıyordur."

"Bu kızlar da neden böyle boşanıveriyorlar acaba Ziynet?" diye sormuştu Satı, "Bizim zamanımızda kimseler boşanmazdı. Yazık değil mi sokağa atılan o düğün dernek paralarına?"

Uzun uzun dedikodu yapmışlardı kahve fincanları ellerinde. Satı bir de fal bakmıştı, kahveyi Ziynet'e içirtip, Semra'nın niyetine kapattıraraktan.

"Yok, şimdilik nikâh filan gözükmüyor ufukta," demişti sevincini saklamaya lüzum görmeden, "Kimseyle evlenmesin zati. Biraz kafasını dinlesin kız. Koca niyetine evlendikleri zamane gençlerinden hayır gelmiyor baksana."

Çiftliğin iki emektarı kendi yağlarıyla kavrulup giderlerken, hastalanmıştı Satı. Yıllardır hanımına eşlik etmek için içtiği sigaraların zifti nefes borusunu öylesine tıkamıştı ki, ciğerlerine hava gidemez olmuştu. Artık ne iş görebiliyor ne iki adım yol yürüyebiliyordu. Konuşmak bile ıstırap vermeye başlamıştı ihtiyara. Masraftan kaçınmak için sadece yattıkları ve oturdukları iki odayı sobayla ısıttıklarından, kış aylarında evin buz gibi olan diğer mekânlarında üşütüp bir de bronşit olmuş ve bir daha kurtulamamıştı öksürükten. Sabaha kadar öksürdüğü bir gecenin sabahında da, tutturmuştu Yusuf'u çağır bana diye. İşte bu yüzden tam üç kere telefon etmişti Ziynet fabrikaya.

Günler kısalmaya başlamıştı bir süredir. Ziynet, kuzeye baktığı için erken kararan bu odanın perdesini kapatıp ışığı yaktı.

"Oh dünya varmış!" dedi Satı oda aydınlanınca, "kaç oldu saat?"

"Yedi buçuğa geliyor."

"Gelmeyecek demek ki!"

İhtiyarın yüzündeki çaresizliği görünce, nereden söyledim saatin kaç olduğunu, diye kendine kızdı Ziynet.

"Gelir merak etme. Ancak bitmiştir işi fabrikada."

"O kalmaz bu saatlere kızım, bilmem mi ben!"

"Ben çorbanı ısıtayım da sana içirivereyim. Çorbayı içene kadar o da gelir bakarsın."

Ziynet çıktı odadan mutfağa indi. İçinden küfretmek geliyordu Yusuf'a. Satı'nın yanına hemen dönmemek için oyalana oyalana ısıttı çorbayı. Belki çorbayla ıslatır da yer diye bir dilim ekmek koymayı da ihmal etmedi tepsiye.

Birkaç günden beri katı bir şey geçmiyordu ihtiyarın boğazından. Ziynet, Tanrı'nın alacağı canın önce rızkını kestiğini bildiğinden, önlenemez sona yaklaştıklarının farkındaydı ve yüreği demir bir pençeyle sıkılıyor gibiydi. Kendini bildi bileli ona analık, ablalık ve arkadaşlık etmiş olan can, çıkmak üzereydi bedenden. Onun dünyasını bilen tek kişi, yaşamı paylaştığı, yarenlik ettiği yegâne dostu da gittikten sonra, bu koca konakta hatıralar ve hayaletlerle baş başa kalmak istemiyordu. Nedim'in ona verdiği kata gider yerleşirdi İstanbul'da. Belki de apartmanda iki çift laf edecek bir-iki ahbap edinirdi komşuların arasından. Edinirdi edinmesine de, onlar Bozova'yı bilmezlerdi ki! Sultan Hanım'ı, Satı'yı, Ağa Bey'i, Kerami Bey'i, Yusuf'u, Nedim'ini, onların karılarını ve çocuklarını, çiftlikten gelmiş geçmiş bütün hizmetkârları ve Yağız domuzunu tanımayan insanlarla sohbetin tadı mı olurdu!

Yatağında dik oturan Satı'nın dizlerine koydu tepsiyi, bir yarım limonu sıktı çorbanın içine.

"Kız çok sıktın. Ekşi sevmem ben."

"Sevmesen de ye, Satı bacı. Ne dedi doktor, bol meyve yesin, güçlensin dedi."

"Bana limon ağacını bile yedirsen, benden artık ne köy olur ne kasaba, kızım. Sultan beni çağırıyor öte tarafa."

"Çağırır elbette. Orada işlerini gördürecek birini bulamadı zahir. Sen de inadına gitme be Satı."

"Her gece rüyama giriyor."

"Burada bir saniye oturtmazdı seni yerinde. Oradan da mı yetişti? Ne istermiş?"

"Yusuf'a vasiyeti var."

"Haa! Tevekkeli değil tutturdun Yusuf diye. Kendi niye söylememiş oğluna her neyse vasiyeti."

"Saat kaç oldu?"

"Sen hele çorbanı iç. Düşünme şimdi saati filan."

"Bak, yine gelmedi işte!" dedi Satı. İtti kaşığı ağzına uzatan Ziynet'in elini. Başını yastığına yasladı, gözlerini kapattı. Zor nefes alıyordu. Ziynet kaldırdı tepsiyi dizlerinden.

"Dinlen biraz," dedi, "sonra yine içersin birkaç kaşık."

"Yusuf gelirse haber ver!"

Ziynet tepsiyi aldı çıktı odadan. Yusuf'un gelmeyeceğini biliyordu. Hayatını, Sultan Hanım'ın emirlerini, arzularını yerine getirmek için yaşamış olan Satı'nın Yusuf gelmedikçe huzura ermeyeceğini de biliyordu.

"Öte yanda da tedirgin etmesini bildin bizleri, Sultan Hanım," diye geçirdi içinden, "yaptın yine sultanlığını."

Satı'yı hırıltılı uykusuna teslim ettikten sonra, çıktı çiftlikten, ağır ağır yürüdü taa komşunun arazisine varana kadar. Ertesi gün kendini fabrikaya götürecek vasıtayı ayarlayıp geri geldi.

Ertesi sabah erkenden kalkan Ziynet, Satı'nın sürgüsünü sürdü, altını temizledi, aptestini yaptırdı, bezini bağladı. Sonra kaşık kaşık çayını içirdi ihtiyarın.

"Bak suyunu hemen şuraya, yanına koydum," dedi, "Çişin gelirse salıver. Ben temizlerim dönünce seni. Karşı karşıya gelmedikçe olmayacak bu iş. Yakasına yapışıp getireceğim sana Yusuf'u. Söz!"

Başından yemenisini çıkarıp lacivert başörtüsünü bağladı, sırtına hırkasını aldı, indi merdivenlerden, yandaki çiftliğe yürüdü çevik adımlarla.

Komşu çiftliğin kahyası Hamza ağanın kamyonetinden, fabrikanın önünde indi Ziynet.

"Sağ olasın Hamza Bey oğlum," dedi, "Allah tuttuğunu altın etsin!"

"Bekleyeyim mi seni Ziynet Hanım?"

"Yok bekleme yavrum. Bakarsın işim uzar. Beni bir arabaya koyar yollarlar geri. Araba mı yok fabrikada. Haydi sana hayırlı işler."

Adam uzaklaşınca hızlı hızlı yürüdü, girdi binadan içeri. Kapıda duran bekçiler eskiydiler, tanırlardı onu. Saygılı bir tavırla yol verdiler Ziynet'e önlerinden geçerken. Üst kata çıktı. Yusuf'un odasının önünde oturan emektar sekreter Sakine Hanım, şaşırdı onu görünce.

"Hayrola Ziynet Hanım!" dedi.

"Sana da hayırlar olsun kızım."

"Bir şey mi oldu çiftlikte? Bir yaramazlık mı var?"

"Satı abla ağırlaştı. Yusuf Bey'i göreceğim."

"Yusuf Bey toplantıda. İstersen fabrikanın doktoruna haber vereyim, araba da ayarlarım, doktorla seni çiftliğe götürmesi için."

"Doktoru değil Yusuf Bey'i istiyor, Satı abla. Yanına soksana beni."

"Çok önemli bir toplantı bu Ziynet Hanım, seni yanına sokamam. İstersen otur bekle. Ama uzun sürer, bilesin."

"Ölümden de mi önemli bu toplantı?"

"Öldü mü yoksa Satı?"

"Hayır ama yakındır."

"Valla ölmekte olan Satı ise," sesini alçalttı, "evet, daha önemli."

"Ne işiymiş bu böyle?" yerleşti sekreterin karşısındaki koltuğa Ziynet. Başörtüsünü omuzlarına kaydırdı.

"Biliyorsun fabrikayı satıyorlar," dedi Sakine Hanım yine alçak sesle.

"Amanin! Sahi mi? Böyle bir şey çalınmıştı kulağımıza ama inanmamıştık. Nedim Bey'in haberi var mı?"

"Olmaz olur mu! Elbette var."

"O da içerde mi şimdi?"

"Yok, hayır. Yağız Bey'le Yusuf Bey ilgileniyorlar. Onlar yapıyor anlaşmaları."

"Kim alıyormuş fabrikayı? Gâvura mı satıyorlar yoksa?"

"Tarhuncular alıyor."

Ziynet içini çekti, "Eh, hiç olmazsa Müslüman'a gidiyor. Hayırlısı olsun," dedi.

"Bilemem artık hayrını. Bizleri düşünen yok. Allahtan ben emekli olmuştum üç yıl önce. Sözleşmeyle çalışıyordum. Allah kapı önüne konacak işçilere acısın," dedi Sakine Hanım.

"Kızım belki tutarlar onları. Nasılsa işçi çalıştıracak değiller mi?"

"Tutmazlar. Bu Tarhuncular sendikalı işçi çalıştırmazlarmış."

"Yaaa!" Ziynet, sekreterin söylediğini anlamış gibi yaptı, başını salladı iki yana. Onu ilgilendiren sadece fabrikanın satılıyor olmasıydı.

Eski günlerde olsa çok üzülebilirdi fakat uzun zamandan beri ilgisi azalmıştı bu gibi haberlere. Nedim de artık fabrikadan ayrıldığına göre, varsın satılsın, dedi içinden. Bir süre konuşmadan oturdu koltukta. Sekreter sürekli çalan telefonları yanıtlıyor, notlar alıyor, dolaplardan dosyalar çıkarıyor, Yusufu'un odasına telefonlar bağlıyordu. Ziynet'le konuşacak vakti yoktu.

Bir saat kadar sonra,

"Kızım, tuvalete gitmem lazım," dedi Ziynet.

"Şu merdivenleri in..."

"İçerde de vardı tuvalet," başıyla Yusuf'un odasını işaret etti, "beni merdivenlerden indirip çıkarma şimdi. Dizlerimde kireç var."

Sakine Hanım bir an kararsız kaldı, "İyi, pekâlâ gir bakalım. Aman yavaş ol, içerdekileri rahatsız etme," dedi sonunda.

Ziynet kapıyı usulca açıp Yusuf'un odasına geçiş veren küçük hole girdi. Karşılıklı iki koltuk ve bir sehpanın durduğu bu bölümden gidiliyordu tuvalete. Nedim'i çocukluğunda babasını veya amcasını görmeye fabrikaya getirdiğinde, bu tuvalete işetirdi. Yavaşça süzüldü tuvalete, kapıyı kilitledi. İçerdeyken bazı kapıların açılıp kapandığını, toplantı yapılan odaya birilerinin girip çıktığını duydu. İşini bitirip çıktı. Yusuf'un odasına açılan kapı aralık kalmıştı. Odadan Yağız'ın sesi geliyordu. Kulak kabarttı. Pazarlık yapıyordu Yağız. Tanımadığı bir adam konuştu, sonra Yusuf'un sesini duydu... Yağız konuştu yine. Bir önceki adam konuştu Başkaları da vardı odada. Koltuklardan birine iliști Ziynet, bacaklarını bitiştirdi, çantası dizlerinde, kulak kesilip dimdik oturdu.

Yaşlı kadın uzun bir süre gözükmeyince, kapıyı aralayıp baktı sekreter. Ziynet koltukların birinde uyuyakalmıştı. Yavaşça sokulup dürttü. "Ziynet Hanım, Ziynet Hanım," diye seslendi ağzını kulağına yaklaştırıp. Bir türlü uyandıramadı Ziynet'i. Gürültü çıkarmak istemiyordu. Yusuf Bey veya Yağız Bey Ziynet'i buraya onun soktuğunu öğrenirlerse canına okurlardı. Ziynet burada yakalanacak olursa, en iyisi, size muhasebeden istediğiniz dosyayı getirmeye indiğimde ben görmeden tuvalete girmiş, ben de gitti zannettim, demekti. Kapıyı yavaşça çekip yerine döndü.

Tarhuncuların avukatını geçirmek için odadan çıktığında gördü Yağız, Ziynet'i.

"Ne arıyor bu burada?" diye bağırdı. Sıçrayarak uyanan Ziynet ve içeri dalan sekreter aynı anda konuşmaya başladıkları için, önce her ikisinin de ne söylediğini pek anlayamadı Yağız ama Ziynet'in sesi daha pes perdeden çıkıyordu.

"Tuvale girmiştim, nefeslenmek için şuraya ilişince uyuyakalmışım."

"Niye soktun bunu içeri, Sakinanım?"

"Vallahi ben görmedim efendim, ben aşağı indiğimde girmiş zahir..."

"Hela mı yok başka yerde? Aşağı inseydi ya!"

"Nerede hacet gidereceğimin hesabını mı verecekmişim sana, yoksa! Seni gidi utanmaz adam!" Ziynet'in bağırtısını duyan Yusuf koşarak geldi toplantı odasından.

"Ziynet! Ne yapıyorsun sen burada?"

Yusuf'u görünce sesini indirdi Ziynet,

"Hayırlı olsun beyim, satıyormuşsunuz fabrikayı," dedi.

"Bizi mi dinledin sen?"

"Daha neler! Sakine kızım söyledi."

Sekreterine dik dik baktı Yusuf, "Ne var, niye geldin buraya?"

"Satı ölüyor Yusuf Bey. Yarına çıkmaz belki. Size söyleyecek çok mühim bir şey varmış, daha önce de söyledimdi ya. Bekleyeceğim burada, birlikte döneriz çiftliğe."

"Saçmalama Ziynet. Bu gibi şeylerle uğraşılacak zaman değil. Bak öğrenmişsin işte, fabrikayı satıyoruz. Hiç boşuna bekleme, bugün işim bitmez."

"İşiniz bitince, akşam gideriz."

"Akşam da içerdeki konuklarla yemeğe çıkacağız. Bugün olmaz. Ben uğrarım merak etme."

"Telefonda kaç kere söz verip gelmediniz. Ben bekliyorum sizi."

"Haydi bakalım Ziynet dadı, hemen aşağı! Bu kata sen nasıl çıkabildin zaten?" dedi Yağız.

"Ben buralarda sen ananın karnına düşmezden önce de gezerdim oğlum, çekil bakayım önümden," dedi Ziynet. Sakine Hanım, yüzüne yayılan gülüşü göstermemek için arkasını döndü. Yağız sevilmezdi fabrika çalışanları arasında.

"Ziynet şimdi seni eve göndereceğim. Yolda alışverişin varsa yaparsın. Satı'ya benden selam söyle. Bu işler bitince geleceğim, söz!" dedi Yusuf.

Ziynet sımsıkı tuttu kolunu Yusuf'un, kendine doğru çekti. Yusuf az biraz eğilmek zorunda kaldı, kulağına konuşurken Ziynet.

"Yusuf Bey, şu ölümlü dünyada işlediğin günahlara bir tane daha ekleme. Ölmekte olanın son arzusunu yapmamak olmaz. Satı, seninle konuşamadan giderse onun iki eli ahrette, benim iki elim de bu dünyada yakanda kalır, rahat yüzü görmezsin. Sen, bu gece gel mutlaka. İki elin kanda olsa gel! Bak yalvarıyorum sana," dedi. Gözlerini Yusuf'un gözbebeklerine dikmişti, "Bugüne kadar hiç konuşmadım, hep sustum. Ama Satı'yı öte yana gözleri açık gönderirsen, yemin ediyorum konuşurum. İçimde biriktirdiğim onca yıllık lafın hepsini, son duyduklarımla birlikte deyiveririm önüme gelene." Sımsıkı tuttuğu kolunu iterek bıraktı Yusuf'un,

"Şimdi bana bir araba ver de döneyim çiftliğe," dedi, yüksek sesle.

"Ne duymuş bu kocakarı? Neler diyor Allah aşkına?" diye sordu Yağız.

Eliyle Yağız'a sus işareti yaptı Yusuf.

"Çok yüz vermişler buna!"

"Annemin emektarıdır. Rahmetli şımarttı hepsini. Atsan

atamazsın, satsan satamazsın," dedi Yusuf, sekreterine döndü, "Söyleyin de bir araba çıkarsınlar, çiftliğe bırakıp gelsin Ziynet'i."

Ziynet, Yağız'ın yüzüne nefretle bakıp dimdik yürüdü merdivenlere doğru.

Ziynet'in konağa döner dönmez ilk işi, Satı'ya akşama Yusuf'un geleceği müjdesini vermek oldu. Sonra altını temizledi ihtiyarın, yastıklarını kabartıp bir bardak limonlu çay içirdi ve nihayet iskemlesini yatağa bitiştirip oturdu burnunun dibine.

"Ah Satı bacı," dedi, "sana öyle haberlerim var ki, dudağın uçuklar."

"Anlat!"

"Keşke eski günlerde olaydık da kafa kafaya verip bir çare araydık seninle. Şimdi sen beni tek başıma bıraktın, yataklara düştün. Bari yattığın yerde bir akıl ver bana. Nedim'ime kazık atıyor bunlar. Fabrikayı satıyorlarmış. Kulağıma çalındıydı ama inanmamıştım. Meğer doğruymuş. Bugün konuşurlarken her şeyi duydum. Kerami Bey'in ve Nedim'in paylarını çalıyorlar. Aralarında anlaştılar."

"Kimler?" dedi Satı hırıltılı sesiyle.

"Tarhuncuların adamıyla Yağız domuzu."

"Sen ne anlarsın bu işlerden?"

"Anlarım. O kadarını ben bile anlarım. Yusuf dışarda bir yerlere yollatıyor fabrikanın parasını. Yerin adını duydum ama dilim dönmez ki söyleyeyim. Yağız da yüzde istedi, yüzde! Kerami Bey'e düşeni aralarında kırışıyorlar, satıcıyla alıcı! Hırsız herifler! Arsız herifler!"

"Yalnış duymuşundur kızım. Koskoca Tarhuncu, Kerami Bey'in parasına mı kalmış?"

"Bunlar nasıl para yaptılar sanıyorsun sen. Hep söylerdi Kerami Bey'im, bir kişi fazla zengin olmuşsa, altında bir hinlik yatar, derdi.

"Sen burnunu sokma bu işlere."

"Nedim'e haber vereceğim."

"Kimse seni dinlemez, Ziynet. Zaten araları açık, büsbütün düşman edersin kardeşleri birbirine."

"Ben haber vereceğim."

"Sana ne be kadın! Nedim de adam olup kollasaydı parasını pulunu. Çekip gitmeseydi. Bak, kurt gibi oturdu malının başında Yusuf..." öksürmeye başladı Satı. O kadar uzun öksürdü ki, kıpkırmızı kesildi suratı. Ziynet dik oturmasına yardım etti ihtiyarın, nefes pompasını getirip ağzına dayadı. Kriz geçtikten sonra, yorgunluktan bitkin ihtiyarı yastıklarına dayadı tekrar.

"Bak, bu gece geleceğine söz verdi bana. Gelirse, kimseye bir şey demem. Ne halleri varsa görsünler. Paradan fayda gelmiyor zati kimseye. Para, ne ölüme ne de hastalığa mani! Amma, gelmeyecek olursaaa..."

"Kızım, kendini boşuna kötü kişi etme, yavuz hırsızlarla başa çıkamazsın, minareyi çalarken kılıfı da hazırlamıştır onlar," dedi Satı nefes nefese.

"Kime kötü kişi olacakmışım? Irz düşmanı Yusuf ile Yağız hınzırına mı?"

"Ziynet, niye nefret eder durursun bu Yağız'dan sen?"

"Bu Yusuf, başlarda bu kadar kötü değildi Satı bacı," dedi Ziynet, "uçkuruna hâkim olamazdı, o başka. Ama kötülük namına ne öğrendiyse, Yağız'dan öğrendi. O adı batasıcadan. Tam da dediğin gibi işte, o yavuz hırsızdan!"

"Kızacaksan, Yusuf'a kız. Yağız onun oğlu yaşında..." nefes nefese kalıp dinlendi bir an Satı, "senin çocuğun da o yaşta olacaktı, yaşasaydı."

Ziynet hayretle baktı Satı'nın yüzüne,

"N'apalım yani! Nedim'im de onun yaşında aşağı yukarı. Vaktini düzenbazlıklara mı harcıyor?"

"Yağız, hiç İngilterelerde okumuş etmiş Nedim'le bir olur mu? O da bizim gibi bir garibandır. Kimbilir ne zorluklarla..." bitiremedi diyeceğini, öksürükle kesildi lafı.

"Günahı boynuna, anası kimbilir hangi sütübozuktan peydahlamış onu," dedi Ziynet, "Neriman'ın kocasının kısır olduğunu dünya âlem biliyordu. Hanımla sen inandınız tedavi gördüğüne ama ben hiç yutmadım." Öksürüp duran Satı'nın sırtına hafif hafif vuruyordu, tükürüğünü yutabilmesi için.

Öksürüğü durduktan sonra,

"Başka şeyler de duydun mu fabrikada?" diye sordu Satı, "Semra nasılmış? Dönmüş mü seyahatten?"

"Ay ne bileyim ben. Dönmüştür herhalde."

Satı uzun konuşmanın yorgunluğuyla yastıklara yaslanıp daldı biraz. Ziynet mutfağa inip yiyecek bir şeyler hazırladı. Odaya geri döndüğünde hâlâ uyuyordu Satı. İç geçirdi Ziynet. Eski günlerde olsa, şimdi çoktan bir yolunu bulmuş haber etmişlerdi Nedim'e. Seni aptal yerine koyuyor bunlar, aman oğlum, gözünü dört aç, demişlerdi. Oysa şimdi ikisi de oralı değildi. Yaşlandıkça tembelleşiyordu insan. Her şeye ilgisi azalıyordu.

"Kızım, kaçta gelir Yusuf?" Satı'nın sesiyle irkildi Ziynet.

"Uyandın mı? Geç kalır herhalde. Kırk haramilerin hesaplaşması kolay kolay bitmez. Ama bu akşam mutlaka gelecek, merak etme sen," dedi Ziynet, "neyse diyeceğin, söylersin işte."

"Ya gelmezse!" diye mırıldandığını duydu Satı'nın.

"Gelmezse de bana söylersin, ben derim ona. Satı, ananı rüyasında görmüş, anan sana şunu şunu tenbihlemiş, derim. Dertlenme bu kadar."

Gün geçmek bilmedi. Ziynet mutfakla Satı'nın odası arasında mekik dokuyup durdu akşama kadar. Ara sıra da bahçeye çıkıp bir sigara tellendiriyordu. Güneş batınca yemeğini hazırladı ama Satı'ya çorbasını üç kaşıktan fazla içiremedi. Kadının göğsünden gelen hırıltılar iyice artmıştı. Bir ara saati sordu yine. Saat dokuzu geçiyordu ama Ziynet yalan söyledi,

"Sekize geliyor. Heriflere yemek yedirecekmiş. Daha gelemez," dedi.

"Hangi heriflere?" diye sordu Satı.

"Tarhunculara işte! Fabrikayı alanlara. Hayrını görmesinler."

"Beddua etme," dedi Satı.

• • •

Ziynet kendi yemeğini de yeyip bulaşıkları kaldırdı. Saat ona geliyordu. Odaya çıktı yine. Satı, içeri girdiğini duyunca,

"Kızım yanıma gel," dedi, zorlukla. Yatağın ayakucuna iliş-ti Ziynet.

Satı'nın gözleri kapalıydı. Güç nefes alıyordu. Hırıltılarının arasında, dediklerini duymaya çalıştı.

"Bu Yağız var ya, Yağız..."

"Allah onun belasını versin," dedi Ziynet.

"Bela okuma..."

"Nasıl okumam, Nedim'imin parasının üzerine oturdu demedim mi sana... kulaklarımla duydum Satı."

"Sana ne! Aç değil açık değil Nedim."

"Nedim benim oğlum sayılır. Ben onu koynumda büyüttüm. Ölen yavrumun yerine koydum. Ona kötülük edeni affetmem," dedi Ziynet.

"O da senin oğlun..." öksürmekten konuşamadı Satı.

"Evet o da benim oğlum yaşında. Önce de söyledin ama, düzenbazın teki o. Neyse şimdi kendini yorma bunlarla. Sakla nefesini Satı. Birazdan gelir Yusuf," dedi Ziynet. Satı'nın yüzünde renk kalmamıştı. Odaya hava girmesi için pencereye yürüdü, camı açtı. Taaa uzakta, tepenin ardındaki yokuşun orada, bir farın parlayıp söndüğünü gördü. Virajlı yolda kâh belirerek kâh kaybolarak bir araba yaklaşıyordu çiftliğe.

"Seni gidi korkak Yusuf," dedi dişlerinin arasından, "Nasıl da bildim seni getirtmesini. Seni gidi ırz düşmanı, seni!"

"Sıkı dur Satı," diye seslendi yataktaki kadına, "gözün aydın, beklediğin geliyor işte!" Başına yemenisini atıp aşağı indi, bahçe kapısını açmaya.

Yusuf, şoförün kullandığı arabanın arkasında oturmuş sigara içiyordu. Ziynet'in açtığı ferforje kapıdan süzülüp girdi araba, az gidip konağın kapısında durdu. Arabanın peşi sıra yürüyen Ziynet, içeri girmekte olan Yusuf'un arkasından bağırdı,

“Sigaranı söndür de öyle gir. Doktor sigarayı yasak etti odasında. Zaten zor nefes alıyor zavallı.”

Yusuf bir an durdu, Ziynet'i üstüne sıçratmamak için, yere attığı sigarasını üzerine basıp söndürdü. Yusuf önde, Ziynet arkada çıktılar merdivenleri.

“İyi oldu gelmen,” dedi Ziynet, “böylece kurtuldun elimden.”

“Hangi odada?” diye sordu Yusuf, Ziynet'i duymamazlığa gelerek.

“Hanımın yanındaki odada yattıydı ya son yıllarda ona yakın olsun diye. Hâlâ orada,” dedi Ziynet. Yusuf bildik adımlarla yürüyüp odanın kapısını araladı. İçeri göz atıp Ziynet'e döndü, “Uyuyor.”

“Uyumuyor,” dedi Ziynet, “günlerdir seni bekliyor. Git yanına.”

Yusuf ayakları geri geri giderek yaklaştı yatağa. Yastıklara yaslanmış iskelete baktı midesi bulanarak. Satı'nın yüzünde bir gram et kalmamıştı. Kafatasının üzerine gerilmiş bumburuşuk deride, bir çift fersiz göz parlar gibi oldu bir an. Gayret gösterip elini uzattı, ihtiyarın çarşafların üstünde duran kemikli elini tuttu.

“Yusuf Bey…”

“Benim. Beni istetmişsin. Geldim işte.”

“Sana diyeceğim var. Anana söz vermiştim… yaklaş biraz.”

Yusuf tiksinerek yataktaki iskelete doğru eğildi, kulağını ağzına yaklaştırdı.

Karyolanın başında dikilmekte olan Ziynet, açık kapıdan dolayı cereyan yapan pencereyi kapatmaya giderken, tuhaf bir hırıltı duyunca döndü, Yusuf'un allak bullak olmuş suratını gördü. Koştu yatağa doğru. Yusuf'un yüzü bembeyazdı. Satı'nın yüzüyse, dingin, huzurlu ama iki boyutlu bir karakalem resim gibi duruyordu beyaz yastığın üzerinde.

Sır

Ziynet, yeni kızarmış köftelerle döndü mutfaktan.

"Kapadım tavanın altını," dedi, "senin kız gelmeyecek, belli. Başka kızartmayacağım artık."

"Keşke bunları da kızartmasaydın."

"Akşama yersiniz. Kuru köfte soğuk daha güzel olur."

"Dadı, demin sen mutfağa giderken bir şey mi dedindi bana?"

"Dedim demesine de... neyse kızım, olan olmuş. Eski yaraları deşmenin faydası yok."

"Haklısın."

"Şimdi bana kızacaksın ama, ben bir de pohaça koyuverdim fırına. Kıyma artınca, senin sevdiğin o pohaçalardan yapıverdim birkaç tane, çay için. Aslı gelince yersiniz sıcak sıcak."

"Aman Allah'ım, dadıcığım bu kadar işi ne zaman yaptın?"

"Sabah yaptım kızım. Bozova'da sabahla öğle arası, etlisiyle, tatlısıyla beş türlü yemek yapardık her gün. Mutfağında un vardı, yumurta vardı, açıverdim hamuru, yaptım."

"Ellerine sağlık. Çayda yeriz birlikte. İnşallah Aslı da gelir."

"İnşallah. Pek özledim onu. Gelsin de yine Bozova'yı anlatayım ona."

"Hep masal gibi anlattırır sana değil mi? Bizler gibi yaşamadığı için orada, Bozova'yı pek merak eder benim kız."

"Ahhh Bozova! Bereketi bol, sıcağı yaman Bozova. Rüyalarımda görürüm hep kızım. Hiç çıkmaz aklımdan Bozova günleri."

"Ben de düşünürüm sık sık. Çocukluğumun en renkli, en mutlu günleri orada geçti."

"Kerami Beyler ile baban oradan ayrıldıktan sonra konağın eski tadı kalmadı kızım. Bozova kurudu gitti."

"Olur mu hiç! Oranın tadı tuzu sizlerdiniz. Sultan Hanım, Satı, sen..."

"Allah rahmetini eksik etmesin üzerlerinden. Neler gördük, neler yaşadık hep birlikte. Hey gidi günler!"

"Dadı," dedim, "laf eskilerden açılmışken... sana hep sormak istedimdi, sen her şeyi bildiğine göre eminim bunu da bilirsin..."

"Sor bakalım." Bozova'nın muhtarıymış gibi, kendinden emin, kibirli bir hali vardı dadının.

"Bizimkilerin arasında ne geçti? Sen biliyorsundur, anlatsana."

"Kimlerin?"

"Annemle Nedim babamın. Niye kırılmıştı kocasına annem?"

"Ben nereden bileyim karı kocanın arasında geçenleri."

"Nedim Bey'imin her şeyini bilirim diyen sen değil misin?"

"Böyle şeyleri bilmem. Ben kalkayım artık Ayda kızım," dedi Ziynet dadı, "bak hazır kar durmuşken, bir an evvel varayım evime. Birden bastırırsa yine, neme lazım, yolcu yolunda gerek."

"Bilmez olur musun! Haydi, anlatsana, ne olur!"

Kendi tabağını telaşla mutfağa taşıdı Ziynet dadı.

"Meyve yemeyecek misin?"

"Sağ ol yavrum. Gideyim ben."

"Dadı, ne oldu birdenbire, şurada ağız tadıyla yemek yiyiyorduk!"

"Kar," dedi dadı, "Ne olur ne olmaz. Ben gelirim yine. Hava açınca gelirim. Bir istediğin olursa söylersin, emi kızım."

"Hani çay vakti pohaçaları yiyecektik! Aslı'yı görecektin!"

"Bakarsın gelmez. Yolcu yolunda gerek."

Aslı'nın geleceğinden hiç emin olmadığım için ses çıkarmadım. Kapının önünde sarıldım yaşlı kadına, "Kendine iyi bak dadıcığım," dedim.

"Sen de öyle," dedi, "Allah'a emanet ol, hem kendine hem de annene iyi bak. Nedim Bey'in emanetidir. Allah şifasını tez vakitte verir inşallah."

Asansörün düğmesine bastım, bekledik birlikte. Asansör gelince tekrar sarıldı bana, yanaklarımdan öptü. Asansörün kapısını kapatıp evime girdim. Evime kızarmış köfte, ellerime de dadının gülsuyu kokusu sinmişti. Camın önüne koştum dadıya el sallamak için. Ama o hiç dönüp bakmadı pencereye. Eriyen karların üzerinde uzun lacivert mantosu, siyah başörtüsüyle kara bir leke gibi, bastonunu çok yaşlı bedenine destek ederek ağır ağır uzaklaştı. Ellerime sinen, bana hep mevlitleri ve ölümü anımsatan gülsuyu kokusunu burnuma çekerken, Ziynet dadıyı son görüşüm olduğunu tuhaf bir şekilde bildim.

Sofrayı kaldırdıktan sonra, mantomu giydim ve çıktım. Hastaneye uğramadan sokaklarda dolaşa dolaşa, annemin evine geldim. Fatma, ya henüz dönmemiş ya da gelip yine çıkmış olmalıydı. Kimseler yoktu evde. Suçluların, ellerinde olmadan suç mahalline dönmeleri gibi, ayaklarımın ucuna basa basa yürüdüm yatak odasına doğru. Goblen kaplı kutuyu aldım sakladığım yerden, çantamdan anahtarı çıkardım, açtım kapağını. Bu kez yatağa değil, pencerenin yanında durduğu için, dışarının aydınlığını alan küçük berjere oturdum, ayağımı önümdeki pufa uzattım. Gözlüklerimi taktım, okumaya başladım. Annem bu defterde Nedim babayla tanışmasını ve Bozova'daki ilk günlerini anlatmış. Atlaya atlaya göz gezdirdim sayfalara, kendimle ilgili bir şeyler bulmak için. Maksadım annemi bunalıma sürükleyen nedenleri bulup suçluyu yakalamaktı. O kişinin ben olduğunu biliyorum. Hissediyorum bunu. Ama ille de gözlerimle görmek, ellerimle tutmak istiyorum annemin beni suçladığı satırları. Sonra aynanın karşısına geçecek ve işte anneni deli eden sensin diye parmağımı gözüme sokar gibi uzatarak suçlayacaktım kendimi.

Nedim baba sayesinde gözaltından kurtarılıp eve getirildiğim gün annemle yaptığımız kavgayı arıyorum sayfaların arasında, bu kez bana çok yabancı gelen, anneme karşı derin bir anlayış duygusuyla. 27 Mayıs çorbasına, bir tutam tuzla katkıda bulunan ve darbelerin hiçbir işe yaramadığını yaşayarak öğrenen annemin, şimdi iyi anlıyordum beni sokak kavgalarından neden korumak istediğini. "Hükümetleri, sokaklara dökülen heyecanlı gençler yönlendirmemeli," derken ne demek istediğini biliyormuş demek! Zaten hep söylemez miydi, "Üzerinden bir on yıl geçtikten sonra, gördüm ki, gençlik heyecanıyla çocukça bir eylem yapmışız meğer! Bir yıl daha sabretsek, seçimlerde devrilip gideceklerdi," diye.

Annemin anıları gün be gün düzenli bir şekilde tutulmamış. Bazen haftalarca hiçbir şey yazmamış defterine, bazen tarih koymamış. Karıştırıp duruyorum defteri ileri geri. Kimi olaylar çok önemli, kimi yazdıkları incir çekirdeğini doldurmayacak şeyler. Gördüğü bir filmi anlatmış örneğin. Hayatta en çok sevdiği insanı, babasını kaybettiği gün ise sadece bir tek cümle düşmüş defterine, "Babam gitti!"

Bir süre sonra, camdan giren ışık yetersiz kaldı. Hava erken kararıyor bu mevsimde. Defteri bırakıp kalktım, kapının yanındaki elektrik düğmesini çevirip döndüm yerime. Yine pufa uzattım ayaklarımı. Gözlerimi kapatıp bir süre oturdum öyle. Defterlerin en ilginçlerini sabah okumuşum, anlaşılan. Ben doğmadan önce yaşanan siyasi olaylara, içinde yaşamışım gibi tanıklık etmek tuhaf bir duyguydu. Annemin içtenlikle kaleme aldığı satırlar etkilemişti beni. Öğrencileri döven polislere, bu eylemleri destekleyen hükümete kızgınlık duymuştum. Daha sonra okuduklarımda dünyaya geliş öykümün dışında, beni ilgilendiren pek bir şey yoktu. Aradığımı bulamamıştım üstelik... kendimi suçlatacak satırları yani. Defterin sonuna da şöyle bir göz atıp eve dönmeye karar verdim. Koltuğun yanında yere bıraktığım deftere uzandım, içine koyduğum ayraç düşmüş olmalıydı, ortalarda bir yerdeydim ışığı yakmak için kalkmadan önce. Sonlara doğru bir sayfa açtım rasgele, okudum.

• • •

"Onları gördüm! Gördüm onları! Gördüm! GÖRDÜM! GÖRDÜM! Ne kadar yalanlasalar da, inkâr etseler de, bu gözler benim gözlerim. İşte bu gözlerle, kendi gözlerimle gördüm onları! Gördüm. Gördüm. Gördüm. Gördüm! Nefes almak istemiyorum. Hatırlamak istemiyorum. Yaşamak istemiyorum. Tanrım ölmek istiyorum. Hemen!"

Bu da nesi? Kimleri görmüş annem? Neden ölmek istemiş! Neden? Yüreğim öyle hızlı atıyor ki, başucu saatinin tiktakları gibi net duyuyorum sesini kalbimin.

Günlerden beri o kadar yorgun ve perişandım ki, Ayda'yı cezaevinden eve getirdiğimiz günün gecesinde, uyku hapına gerek kalmadan başım yastığa değer değmez dalıp gittim. Kimbilir kaç saat sonra, bir kâbusla uyandım. Polisler kızımı saçlarından çekerek sürüklüyorlardı yerde. Onun saç diplerindeki keskin acıyı, kendi başımda duyabiliyordum, bildik bir acıydı yılları aşarak gelip kafa derime yapışan. İriyarı, ayı gibi bir polisin tabancasını kızıma doğrulttuğunu görüyordum. Hayyyıırrr! Ter içinde uyandım, dikildim oturdum yatakta. Allah'a şükürler olsun, sadece bir karabasandı bu! Kötü bir rüya görmüştüm. Kızım içerde odasında mışıl mışıl uyuyor olmalı. Başucu lambamı yaktım. Nedim yanımda değildi. Salonda sigara içiyordur, o da benim kadar perişan oldu şu son günlerde, diye düşündüm. Keşke alaydım verdiği uyku hapını yatarken. Söylemişti, kötü rüyalar görüyorsun, al da rahat et demişti. Pembe hap hâlâ başucumda duruyordu. İndim yataktan, hapı elime aldım. Gidip bir bardak su alacağım mutfaktan. Ayda'ya da bakarım rahat uyuyor mu diye. Belki o da uyuyamamıştır. Uyanıksa laflarız biraz. Bir de çay kaynatırım ona, dedim. Mutfağa yürüdüm çıplak ayak. Kapı aralıktı, ışık vardı içerde. Herhalde Nedim sigara içiyordu. Kapıyı ittim yavaşça ve... ve... onları gördüm! Onları gördüm! Mutfakta! GÖRDÜM! GÖRDÜM! GÖRDÜM ONLARI!

• • •

Defteri bırakmak istiyorum, bırakamıyorum. Bağırmak istiyorum, bağıramıyorum. Terden sırılsıklamım. Gözlüklerim buğulanıyor. Elimdeki defterde bir resim beliriyor... Mutfaktaki formika masanın önünde annem, üzerinde uçuk pembe geceliği, elinde uyku hapı, saf bir çocuk gibi gözleri kocaman açılmış, dizleri, dudakları titreyerek duruyor, bir eliyle masaya tutunmuş düşmemek için.

"Yanlış anladın," dedi Nedim, "senin zannettiğin gibi değil." Sesim çıkmıyor ki cevap vereyim. Dizlerim titriyor, ellerim titriyor, dudaklarım titriyor. Binlerce nabız atıyor tüm bedenimde. Dişlerimin birbirine vurduğunu duyuyorum, takır takır. Nihayet bir ses çalınıyor kulağıma, insan sesine benzemeyen. Metalik bir hırıltı gibi, hayvan inlemesi gibi tuhaf bir ses bu.

"Seni emziren kadınla mı yatıyordun bunca yıl?" Tanrım, bu benim sesim.

"Biz onunla hiç yatmadık. Sen yanlış anladın," diyor.

Nasıl yanlış anlarım! Gözümün önünden gitmiyor gördüğüm manzara. Ziynet'in elbisesinin düğmeleri çözük, süt beyazı memeleri ortada. Kocam, benim kibar, nazik, beyefendi kocam, dadısının önünde dizlerinin üzerine çökmüş, başını kadının memelerine gömmüş! Ben bunun neresini yanlış anladım, biri söylesin bana, Allah rızası için biri bana söylesin. Kocam bana, sen rüya gördün, hayal gördün, kâbus gördün, desin! Demiyor. Sadece, yanlış anladın, diyor. O Allah'ın cezası kocakarı da aynı şeyleri söyleyip duruyor. "Yanlış anladın gülüm, yanlış anladın yavrum."

"Nedim, diyorum," "ne zamandır sürüyor bu ilişki?"

"Öyle bir ilişki yok!"

"Nasıl yok? Ben sizi gördüm."

"O, öyle bir ilişki değil?"

"Nedir o zaman? Nasıl bir ilişki bu?"

"Bu... bu... değişik bir şey, anlatması zor."

"Anlat!" Hışır gibi sesim.

Beni rahatlatmaya çalışıyordu. "Ayda'ya çok üzülmüştüm. Çok üzüldüğüm zamanlar... anlayamazsın Rengigül... sandığın gibi değil."

"Ne zamandır sürüyor?"

"Ne?"

"Bu benim anlayamayacağım ilişki?"

"Kendimi bildim bileli."

"Niye evlendin benimle o halde? Böyle bir cerahat varken hayatında, benimle niye evlendin?"

Yanıtlamıyor.

"BENİMLE NİÇİN EVLENDİN!" Kendi sesimden korkuyorum. Sesim duvarlara çarpıp kulaklarımda yankılanıyor.

"Bağırma. Lütfen bağırma."

"Niçin evlendin benimle? Niçin evlendin benimle? Madem o vardı, niçin evlendin benimle?" Fısıldıyorum bu kez. Sadece ben duyuyorum yılan tıslaması gibi çıkan sesimi.

"Sana âşık oldum. Çok güzeldin. Kimseleri beğenemiyordum ben. Seni görünce..."

"Hem güzel bir karım olur hem de evdeki hizmetçiyi beceririm, diye mi düşündün?"

"Neler söylüyorsun sen?"

"Gerçeği."

"Gerçek bu değil. O bambaşka bir ilişki, seksle, aşkla ilgisi yok." Bağırıyorum avaz avaz. Sesim yine duvarlarda yankılanıp bana geri dönüyor, "MADEM O VARDI, BENİMLE NİÇİN EVLENDİN?"

"Çok güzeldin."

Çok güzeldin. Çok güzeldin. Çok güzeldin. Güzelmişim. Çok güzelmişim. Kezzaplar döküp suratımı yakmak geliyor içimden, yüzümü tırnaklarımla parçalamak istiyorum. Canım acıyor, uzun tırnaklarım kan içinde. Ellerimi yakalıyor Nedim. Kurtarmaya çalışıyorum ellerimi. O benden güçlü, beceremiyorum. Tekmeler atıyorum kocama. Önüme gelen her şeye tekme atıyorum. Bir yandan da bağırıyorum avazım çıktığı kadar. "Neden?... NEDEN?... NEDEEEENNN?"

• • •

Ben de bağırıyorum "Neden, neden!" diye. Annemin satırlardaki çığlığına karışıyor sesim. Kendi sesimden korkup susuyorum. Ağlamak istiyorum ama gözlerim kupkuru. Ağzım da kupkuru. Dilim damağıma yapışmış. Hızla okuyorum sayfaları, hızla. Annemin çilesi süratle geçen bir kara tren gibi akıyor gözlerimin önünden. Okuduğum son satırlarda, "*Çıkarsınlar beni buradan. Evime Götürsünler. Ben deli filan değilim. Sadece konuşmak istemiyorum kimseyle. İçimden ağzımı açmak, tek bir laf etmek gelmiyor. Yemek yemek istemiyorum, su içmek istemiyorum. Uykum hiç yok. Bu odada değil de evimdeki yatağımda kimseyi görmeden ve hiç kalkmadan öylece yatmak istiyorum, ölene kadar,*" diyor annem. Defter elimden düşüyor. Ellerim öyle çok titriyor ki, defteri alamıyorum yerden. Kafamı kurcalayan yüzlerce sorunun yanıtını okudum az önce. Benim gözaltından çıkarılıp alelacele Londra'ya yollandığım, annemin bunalım nedeniyle kliniğe kaldırıldığını öğrendiğim, İstanbul'a geri getirildiğim ve annemin yatırıldığı yurtdışındaki klinikten evine sadece güzelliğini düşünen bir zombi olarak döndüğü yıl, bu! Onu bunalıma sürükleyen meğer ben değilmişim. İçimin rahat etmesi gerekirken, tarifsiz mutsuzum. Bin pişmanım defterleri karıştırdığıma, Pandora'nın kutusunu açtığıma. Gerçi şimdi çok şeyi anlıyorum ama bir soru var ki, onu kimse yanıtlayamayacak benim için. Neden? Neden Nedim baba, NEDEN?

Nedim baba telefonda, "Seni zorla gönderdik ama şimdi de geri istiyoruz Ayda," demişti, "sana büyük bir haksızlık yaptığımı biliyorum evladım, ama burada sana çok ihtiyacım var. Yılbaşında mutlaka evde ol. Kayağa sonra gidersin. Mart tatilinde, hep beraber gideriz, olur mu?"

"Ama ben kayağa arkadaşlarımla gidecektim. Zaten burada kendime bir muhit yapmam, arkadaş edinmem kolay olmadı... şimdi de tam onlarla birlikte tatil yapacakken..."

"Biliyorum çocuğum," diye sözümü kesiyor Nedim baba, "ne

söylesen haklısın. Bil ki, çok zor durumda olmasam senden bunu istemem. Annen eve döndüğünde senin onun yanında olmanın yararı büyük olacak."

"Nereden dönünce? Seyahate mi çıktı? Bozova'ya mı gitti yoksa?"

"Gelsen iyi olur. Senden bunu rica ediyorum."

Telefonu kapatınca avaz avaz bağırmıştım kendi kendime, "Beni de düşünen bir Allah'ın kulu yok mu?" diye. Ben de bir insandım onlar gibi, fikirleri, hevesleri, arzuları olan. Beni zorla sökmüşlerdi evimden, okulumdan, arkadaşlarımdan, sevgilimden ayırmışlardı, itirazlarımı hiçe sayarak kaldırıp atmışlardı bir başka memlekete! Neymiş, beni korumak istiyorlarmış! Sonra da tam düzenimi kurmuş, yeni hayatıma alışmışken, beni geri çağırıyorlardı. Elbette, diye düşünüyordum, İngiltere'de tahsil pahalıya patladı Nedim Bey'e! Üstelik ordu yönetime el koydu Türkiye'de. İhtilal oldu ihtilal! Tüm dernekler, partiler kapatıldı. Askerler beni bekleyen tehlikelerin hepsini bertaraf ettiler, ellerine sağlık. Böcek ezer gibi ezdiler solcuları, sadece sağcılar kaldı ülkede. Oh ne iyi, hem memleket hem de ben, kurtulduk! Ben kıl payı kurtulmuştum aslında. Yurtdışına çıkışımı on gün ertelemiş olaydım, hiç çıkamayacaktım, çünkü eylül darbesiyle insanların yurtdışına seyahat hakları da kaldırılmıştı. Askeri rejimle idare edilen bir ülkede, faşistlerin arasında yaşamak zorunda kalmadığım için şanslıydım. Ama bu kadarcık bir mutluluğu bile bana çok görüyordu annem. Sinan hapisteydi, annemin içi rahattı bu yüzden. Üvey babamın fabrikasındaki grevler sona erdiği için o da rahattı. Gerçi ilgisi kalmamıştı fabrikayla ama, yıl sonları kâr dağılımında alıyordu kendine düşen payı. Endişelenecek, korkacak hiçbir şeyi kalmayan annem, bu kez de uzaktaki kızını özlüyor ve kendi yurtdışına çıkamayacağı için, kızı ona gelsin, eteğinin dibinde oturup dursun istiyordu herhalde. Askerler, annem, Nedim baba, kardeşim ve ben huzur içinde, birlikte yaşayalım istiyordu!

Defterimden bir sayfa koparıp mektup yazmaya başlamıştım

Nedim babaya. Ona, neden dönmek istemediğimi anlatacaktım. Burada, siyasi tutkularımdan yavaş yavaş arınmaya başladığımı, arkadaşlar edinip huzur bulduğumu, İstanbul'a gelmeyeceğimi, fakülteyi burada bitirmek istediğimi yazacaktım. Kâğıdı buruşturup yeniden başlıyordum, özenle seçilmiş kelimelerle. Sinan hâlâ İstanbul'da, beni geri getirirseniz, onunla görüşmeye devam ederim, diye korkutsam, inanırlar mıydı? Ya da askeri idare altında bir ülkede sivri fikirlerimle bir tehlike arzedebileceğimi söylesem, korkarlar mıydı? Tüm bunları düşünüyordum da, annemin nesi var diye sormak hiç aklıma gelmiyordu. Kızgındım ona. Nedim babanın beni hapishaneden çıkarıp eve getirdiği gece, müthiş bir kavga etmiştik annemle bağıra çağıra. Kapımı güm diye vurup odama çekilmiştim. Annem ne ertesi gün ne de daha sonra konuşmuştu benimle. Sadece benimle değil kimseyle konuşmaz olmuştu evde... Beni yolcu ederken bile suskundu. Dönüp de ne yapacaktım!

Telefon tekrar çalmıştı. Bu sefer kardeşim vardı hattın ucunda. Sesi endişeli hatta ağlamaklıydı. Annemin bir kliniğe yatırıldığını, bir ay süreyle kimseyle görüştürülmediğini söylüyordu. Acaba intihara mı kalkıştı abla, diye soruyordu bana. Hayır, annem öyle şey yapmazdı! İkna ediyordum kardeşimi.

"Gel abla," diyordu "ne olursun gel."

"Bu telefonu baban mı ettirtiyor sana?"

"Nasıl yani?"

"Baban mı söyledi beni çağırmanı?"

"Babam söyler mi hiç! Ben de sana tembih edecektim, aman babam duymasın aradığımı ne olur. Kızar sonra bana," diye.

Telefon kulağımda, ne diyeceğimi bilemeden duruyordum öyle, şaşkın şaşkın.

"Utku annem evde değil mi?"

"Söyledim ya abla, annemi hastaneye kaldırdılar. Pardon, hastaneye değil, kliniğe... babam, orası hastane değil, kliniktir, dedi. Dinlenmek için gidilen bir yermiş. Önce hiç göstermediler.

İki hafta sonra ziyaretine gittik babamla. Annem çok zayıflamıştı. Yüzü solgundu. Bizi görünce çok sevindi. Bana sarıldı, öptü, öptü."

"Nerede bu klinik?"

"Şişli'de."

"Evde kim var şimdi, Ziynet dadı mı? Annem yokken sana kim bakıyor?"

"Ziynet dadı yok. Bozova'da o. Evde aşçıyla hizmetçi var, her zamanki gibi. Ne demek bana kim bakıyor? Birinin bakması mı lazım bana?"

"Sen bir Bozova çocuğu değil misin? Ölene kadar bir dadı dolaşmalı peşinde."

Utku'yu hep kızdırırdım böyle ben. Ama bu sefer hiç oralı olmamıştı kardeşim. "Abla ne olur gel," demekle yetinmişti. Telefonu kapatınca yazmakta olduğum mektubu buruşturup çöpe attım. Yılbaşı tatilinde onlarla kayağa gelemeyeceğimi söylemek için arkadaşlarımı aramalıydım. Annem hastalanmış diyecektim onlara, evime dönmem lazım.

Nesi var diye soracaklardı. Öldürücü ve bulaşıcı olmayan, romantik bir hastalık bulmalıydım. Annem kafayı üşütmüş diyemeyeceğime göre, verem mi olmuş deseydim acaba?"

"Portakalları aldırdın, içmedin. Tazesini sıktım yine sana, şuraya bırakayım mı?... Aaa, ağlıyor musun Ayda Hanım? Ben de ne yapıyor diyordum odaya kapanmış. Ayol bir kötü haber mi geldi yoksa?"

Ne zaman girivermiş Fatma odaya? Nasıl duymadım geldiğini?

"Bırak portakalı şuraya Fatma. Hayır, kötü haber filan yok."

"Ağlama kuzum. İyileşecek hanımım bak görürsün... hem Allah'ın işine karışılmaz, gücüne gider sonra. Bir şey daha söyleyeyim mi sana, artık insan belli bir yaşa geldi miydi gidicidir, buna da alışmak lazım."

"Fatma, portakalı bırak çık lütfen!"

Fatma çıkıyor gücenik suratıyla. O içeri girerken aceleyle yerden topladığım defter yüreğimin üzerinde. Yüreğim bir ateş topu. Ben ne yaptım? Ne hakla yasak alanlarda dolaştım, gizli bahçelerinde annemin? Bundan sonra ne yapacağım ben? Nasıl göğüsleyeceğim hakkım olmadan öğrendiğim gerçekleri. Kıskanç, kötü huylu, hırsız ben! Annemin yüzüne nasıl bakacağım? Ya Ziynet'e? Ziynet'e ne diyeceğim, nasıl davranacağım? Annem yanılmış olabilir mi, bir hayal, bir kâbus görmüş olabilir mi? Tanrım, doğru olabilir mi okuduklarım? Aslı gel kızım gel, elimden tut, güç ver bana. Anneannen yoğun bakımda yaşamla savaşırken, annen de burada can çekişiyor.

İtiraf

Ziynet, elinde hazır ettiği bozukları şoförünün avcuna boşaltıp indi dolmuştan, yavaş yavaş köşe başına yürüdü. Fırının önüne gelince duraladı. Herkes ekmeğini çoktan alıp evine çekilmişti besbelli, bomboştu fırın. Çıtırlığını kaybetmiş ekmeğin parasını ödeyip torbasına atarken,

"Hamur olmuş bu," diye söylendi.

"Kusura kalma teyze, ekmekler hep rutubet kapmış kar yüzünden," dedi fırıncı.

"Onu kaloriferin üzerinde ısıtırım biraz. Zaten çorbaya doğrayacağım," dedi Ziynet. Çıktı fırından, bakkalın önünde de bir an duraladı, vitrinde iştah kabartan pastırmalara göz attı ama girmedi içeri. Tek tük kar taneleri uçuşmaya başlamıştı yine. Hızlandı, soldan ikinci sokağa sapınca, çantasında el yordamıyla anahtarını arayarak yürüdü. Kapısının önüne gelince, elindeki anahtarı hemen soktu deliğine. Apartman kapısının iyice kapandığını kontrol ettikten sonra, ikinci anahtarla giriş katındaki kendi evinin kapısını açtı, torbasını kapının yanında duran küçük masaya bırakıp ışığı yaktı, mantosunu askıya asıp tabureye oturdu. Kapı hızlı hızlı vurulduğunda, ıslanmış ayakkabılarını çıkarıyordu ayağından.

"Kim o?" diye seslendi.

"Benim Ziynet teyze, benim... Asım."

Belini tutarak doğruldu, yeni kapattığı kapıyı açtı.

"Buyur oğlum, ben de şimdi girdim içeri, soyunuyordum."

"Biliyorum Ziynet teyze, pencerede yolunu gözlüyordum."

"Hayırdır?"

"Bir ziyaretçin var."

"Ne ziyaretçisi?"

"Bir yaşlı adam geldi, seni sordu da..."

"Allah Allah! Kimmiş?"

"Eski bir tanıdıkmış, sizin oralardan. Akşama doğru mutlaka gelir dedik, gitmedi bekledi."

"Nerde şimdi?"

"Bizde bekliyor bir saattir. Seni görünce bir haber vereyim dedim... alacaklı malacaklı olmasın da..."

"Adı neymiş söyledi mi?"

"Söyledi ama unuttum. Sizin oradanmış, Bozova'dan yani."

"Yolla bakalım Asım oğlum, kimmiş, ne istermiş görelim."

"Yani Ziynet teyze, istemezsen eğer, bu saate kadar dönerdi, bugün gelmez artık der salarım adamı."

"Benim kimseden ne alacağım ne vereceğim var. Yolla gelsin."

Asım çıktı, Ziynet'in dairesinin tam karşısındaki evin aralık bıraktığı kapısında kayboldu. Ziynet, Asım'ın açık bıraktığı kapıyı kapattı, terliklerini geçirdi ayağına, siyah başörtüsünü kapının yanındaki portmantoda asılı duran mantosunun üzerine özenle yerleştirip konsolun çekmesinden çıkardığı beyaz yemeniyi saçlarına örttü. Oturma odasının ışığını yaktı. Kapı vurulunca gitti açtı kapıyı.

"Aaa, Yusuf Bey!" dedi, yüzünde ve sesinde şaşkınlıkla.

"Nasılsın bakalım, Ziynet Hanım," dedi Yusuf.

"Hayrola beyim. Hangi rüzgâr attı seni buralara bunca yıl sonra?"

"Ziynet teyze, ben kalayım mı?" diye sordu Yusuf'un arkasında duran Asım.

"Ömrüne bereket evladım. Sen evine git, annene de misafirimi evine aldığı için teşekkür ettiğimi söyle."

Asım gidince, içeri yürüyüp pencerenin önünde karşılıklı duran iki koltuktan birine oturdu Yusuf.

"Güzelmiş evin," dedi.

"Kaç kere geldin de kira toplamaya filan, bir kere uğramadındı. Ne oldu da yolun benim eve düştü, Yusuf Bey?"

"Atma Ziynet, kirayı ben toplamam ki, toplar yollarlar hesabıma. Ben gelsem gelsem en fazla üç kere gelmişimdir bunca yıl içinde. Bu yüzden de karda zor buldum ya burayı. Ben gelmeyeli her taraf değişmiş. Yeni yeni yollar açılmış, kocaman binalar yapılmış."

"Sen de çok değişmişsin. Yaşlanmışsın görmeyeli, epeyi çökmüşsün, saçların da beyazlamış... Çay içer misin Yusuf Bey."

"Sağ ol, seni beklerken komşun ikram etti bir bardak çay. Dönüşüm için buralarda taksi bulunur, değil mi?"

"Ana caddede karda bile vızır vızırdır taksiler. Senin araban, şoförün yok mu kuzum?"

"Yok. Taksiyle geldim. Bu havada seni evde bulurum sanıyordum."

Yusuf karşı duvara dayalı konsolun üstündeki aile fotoğraflarını tetkik etti göz ucuyla. Kocaman bir çerçevede Nedim'in dadısının kucağındaki dört-beş yaşlarındaki resmini görünce, yıllar önce eliyle çektiği fotoğrafı hatırladı. Demek büyütmüştü Ziynet fotoğrafı. Bozova'dan resimlerle doluydu konsolun üstü. Yusuf'tan başka herkesin, kızları Serpil ve Semra'nın bile resimleri vardı konsolun üzerindeki aynanın kenarlarına iliştirilmiş.

"Karşı tarafa geçmiştim, Rengigül Hanım hastaneye kaldırıldı da, haberin vardır herhalde."

"Yooo. Yeni duyuyorum. Ne oldu?"

"Beyin kanaması," dedi Ziynet. Yusuf'un karşısındaki koltuğa oturdu.

"Deme yahu! Geçmişler olsun. Nasıl şimdi?"

"İyidir. Sen niye geldin buralara? Apartmanda bir mesele mi var? Yine kazan mı patlamış yoksa."

"Yok yok. Rengigül hangi hastanede yatıyor?"

"Yüzün var mı onu ziyarete, Yusuf Bey?"

"Ziynet, seni alakadar etmeyen aile işlerimize burnunu sokma, emi."

"Sizin aileniz, benim de ailem sayılır. Yaptıklarını ettiklerini hep bildim ben, Yusuf Bey."

"Ve bana hep lanet okuyup durdun, öyle değil mi?"

"Kim demiş?"

"Bozova'da bir ağızdan bir laf çıkmaya görsün, onu duymayan kalmaz, bilmez misin? Ben hepsini duydum senin beddualarının."

"Ben sana değil, çömezine lanet okudum."

"İşte ben de bu hususu konuşmaya geldim seninle."

Ziynet merakla baktı Yusuf'un yüzüne.

"Yıllarca bana okuduğun beddualar boşa gitmedi Ziynet. Prostat kanseri oldum ben."

"Geçmiş olsun Yusuf Bey. Uçkurunu önüne gelene çözdün de o yüzdendir."

"Sen nereden biliyorsun benim uçkurumu kime çözdüğümü?"

Güldü Ziynet. "Yaşlandım ama bunamadım beyim," dedi, "ben bilmez miyim seni. İlk bildiğimde, on üçüme yeni basmıştım, unuttun mu?"

"Uçkur çözmekten kanser olunmaz."

"Olunur. Yalnız kanser değil bir sürü belalı illet olunuyor. Yıllardır dinliyoruz televizyonda."

"O halde ağababamla Nedim de bu yüzden öldüler, desene! Onlar da prostat kanseri oldular."

"Haşa!"

"Bu işin uçkur çözmekle alakası yok. Ailede var bu menhus hastalık. Ağabeyim şanslıymış ki, kalpten gitti. Tık diye öldü, çekmeden."

"Onun üzüntü ve utançtan yüreğine indi. Kimin yüzünden yüreğine indi, onu da söyleyeyim mi?"

"Sen hiçbir şey söyleme, sadece beni dinle. Buraya kadar geldimse bu havada, kavga etmeye gelmedim, bir diyeceğim var elbet. Doktor kontrolüne gelmiştim İstanbul'a. En çok dört ay zamanım kalmış. Yarın sabah erkenden dönüyorum. Bir daha görüşemeyebiliriz."

"Hakkını helal et öyleyse. Allah şifanı versin, çektirmesin Yusuf Bey, ölüm ergeç hepimizin kapısında. Çok günah işledin ama, onların hesabını Allah'a verirsin artık." Ziynet ayağa kalktı.

"Diyeceğimi bitirmedim Ziynet."

Ziynet tekrar oturdu yerine, "Gecikirsen taksi bulamazsın diye... hani hastayım dedin de... Söyle bakalım diyeceğini."

"O nefret ettiğin Yağız var ya..."

"Eee ne olmuş ona?"

"O kim, biliyor musun?"

"Neriman'ın oğlu."

"Sen öyle zannet!"

"Babasının Hilmi efendi olmadığını ben biliyordum zaten."

"Babasının kim olduğunu biliyor musun, peki?"

"Nereden bileyim?"

"Yağız'ın babası benim, Ziynet."

Ziynet'in ağzı bir an açık kaldı. "Aaaaa! Neriman'ı ne zaman şaaptın Yusuf Bey?" dedi, "boşuna dememişim uçkurun gevşektir diye..." yüzünde alaycı bir gülümseme, parmaklarıyla yaş hesabı yapmaya çalıştı, "kırkına yaklaşmış koskocaman kadınmış Neriman, nerdeyse anan yaşında. İlahi Yusuf Bey!"

"Yağız'ın anası Neriman değil, Ziynet."

"Tevekkeli, huyunu suyunu sana benzetirdim Yağız'ın. Hep derdim Satı'ya, bunlar baba-oğul gibi, diye... Allah söyletirmiş meğer."

"Anası Neriman değil, dedim."

Ziynet sustu, şaşkın şaşkın Yusuf'a baktı.

"Anası kim, biliyor musun?"

"Nereden bileyim ayol!"

"İşte ben de sana bunu söylemeye geldim."

"Bana ne ki?" Yüzünün rengi kaçmıştı Ziynet'in.

"Ölmeden önce bütün hesaplarımı kapatmak istiyorum. Evet,

dediğin gibi günahlarım oldu, haksızlıklar da yaptım. İnsan öleceğini bilince, bir tuhaf oluveriyor, Ziynet. Birkaç ayın kaldı demeseler, bu sırrı mezara götürürdüm ama bütün taşlar yerli yerine otursun istiyorum şimdi. Sır mır kalmasın."

Ziynet hiç konuşmadan, dizlerini bitiştirmiş dimdik oturuyordu koltuğunda.

"Bozova'daki o yazı hatırlıyor musun Ziynet... senin koynuna gelirdim."

"Irz düşmanı." Çok yavaş sesle söylese de, duydu Yusuf.

"Bana ırz düşmanı gibi davranmazdın ama..."

"Ben mi çağırırdım seni yatağıma, körolası," diye lafını kesti Ziynet.

Yusuf Ziynet'in kızgınlığına aldırmadan sürdürdü konuşmasını, "Sen gebe kalmıştın o yaz."

"Sen de ortadan kaybolmuştun. Anan olacak Sultan Hanım, dertop edip yolladıydı seni bir yerlere. El kadar kızın üstüne bindim, gebe bıraktım, bari bir imam nikâhı kıyayım da namusunu temizleyeyim, demedindi. İşte o yüzden hiç sevmem ya seni."

"Bana kimse fikrimi sormadıydı. Büyükler ne derse onu yapardık, bilmez misin?"

Ziynet yanıt vermedi. Yaşlanan gözlerini pencerenin dışında bir yere dikmişti.

"Sonra ne oldu o çocuğa, biliyor musun?" diye sordu Yusuf.

"Ölü doğdu o çocuk. Pek de isabet oldu."

Yusuf, Ziynet'e doğru eğildi, kulakları ağır işitiyorsa duysun diye, tek tek ve yüksek sesle, "O çocuk yaşıyor Ziynet," dedi, "o çocuk Yağız. Yağız senin oğlun!"

Hiç tepki vermedi ihtiyar kadın. Gözlerini Yusuf'un yüzünden kaydırıp pencerenin dışındaki beyaz geceye baktı sadece. Yusuf bekledi. Ziynet değil başını, bakışlarını bile Yusuf'a çevirmeden sessizce oturuyordu.

"Ziynet, hişşş Ziynet, neyin var kuzum... Bir şey söylesene... Ziynet beni duyuyor musun?... Ziyneeeet! Bana duymuyor numarası yapma. Ziyneet... sana söylüyorum... Ziynet!"

Yusuf telaşla fırladı yerinden, karşı koltukta oturan kadının nabzını tuttu parmaklarının arasında. Başını göğsüne dayayıp kalbini, soluklarını dinledi. Sakinleşti.

"Bak, ben söyleyeceğimi söyledim. Ya sen? Sen de bir şey söylemeyecek misin?... Eh pekâlâ sus bakalım... Hoşuna gitmediğini biliyorum. Benim de hiç hoşuma gitmemişti bunca yıl sonra gerçeği öğrenmek ama n'apalım, kısmette bu da varmış! Sultan Hanım böyle bir oyun etmiş bizlere, günahı boynuna kalsın. Sen de artık lanet okumayı bırak oğluna, tamam mı. Ben zaten gidiciyim, o yüzden benim için de zahmet etme..." Yusuf küçük odanın içinde sıkıntıyla dolandı.

"Yahu Ziynet, bir taksi çağrılmaz mı buraya? Telefonun var, biliyorum..."

Ziynet'ten ses gelmeyince, sehpaya bıraktığı şapkasını geçirdi kafasına,

"Ben çıkıyorum, caddeden çeviririm artık taksiyi... Haydi eyvallah Ziynet, hakkını helal et. Ben sana hakkımı çoktan helal ettim. Bazen düşünürüm de, ne fıstıktın gençliğinde sen de yani, böyle zehirli yılana dönüşeceğini hiç düşünemezdim o yıllarda. Gül gibi kızdın. Senin koynunda açtım gözümü ben... neyse, hakkını helal et..."

Kapıya yürüdü Yusuf,

"Yahu, öleceğim diyorum, bir güle güle bile yok mu? Ne tuhaf bir kocakarı oldun sen, be!... Tamam, konuşma bakalım, inatçı keçi!" Kapıyı açtı,

"Haydi Ziynet, Allahaısmarladık."

Yusuf tam kapıdan çıkmadan önce bir kere daha dönüp baktı pencerenin önündeki koltukta oturup kalmış Ziynet'e. Sultan Hanım'ın ona küçük bir kızken öğrettiği gibi, iki dizini bitiştirmiş, elleri kucağında, saygıyla ve dimdik hiç konuşmadan öylece oturuyordu hâlâ. Başı pencereden yana çevrili olduğu için, kadının gözlerinden sessizce düşen gözyaşlarını görmedi.

Veda

onlar sizdiniz bilmez miyim
sırtlanıp gölgelerinizi
nasıl da kanatlanıp gidiyordunuz
sadece baktığım kalıyordu
...
oysa gelseydiniz
en kırılgan yanlarınızla olsun
...
hiç durur muydum
çarpar giderdim geceye
bende biriken düş kırıklarınızı
çok bekledim
yoktunuz
usulca okşayıp akşamlarınızı
sesimi bırakıp gidiyordum
duymuyordunuz

TEKİN GÖNENÇ

"Alo!"

"Anne, niye açmıyorsun telefonu, saatlerdir çaldırıp duruyorum. Nerdesin kuzum?"

"Duymadım."

"Nasıl duymazsın! Belki yüz kere çaldırdım. Telefonu bir yerde unuttun sandım sonunda."

"Ne var Aslı, ne istiyorsun?"

"İyi misin sen?"

"İyiyim."

"Sesin bir tuhaf da... Nerdesin şimdi?"

"Anneannenin evindeyim."

"Ne yapıyorsun bomboş evde?"

"Biraz ortalığı toparladım."

"Fatma yok mu?"

"Var ama ben de biraz... bir şeyler alacaktım evden, annemin başucuna koymak için. Doktor söyledi ya..."

"Nasıl anneannem? Bir değişiklik var mı?"

"Yok. Hâlâ yoğunda. Niye aradın beni?"

İçimden bir ses, akşam yine eve gelmeyeceğini söyleyecek şimdi, diyor. Ne olur Allah'ım, demesin bunu bana. Kızımla ne dalaşmak ne de evimde yalnız kalmak istiyorum bu akşam. Ona ihtiyacım var.

"Okuldan çıkacağım birazdan. Buluşup hastaneye gidelim diyecektim."

Sesimin tınısı hemen değişiveriyor.

"Buluşalım. Hastaneye yakın bir kahve var... hemen orada, eczanenin karşısında. Orada buluşalım mı? Açsan bir şeyler de yerdik," diye cıvıldıyorum. Aslı sesimdeki değişikliği fark etmeden soruyor,

"Manhattan Cafe'de mi?"

"Adını bilmiyorum. Öyle olmalı."

"Tamam. Ben yarım saat sonra orada olurum. Bay bay anne."

"Bay bay."

Bay bay! Kendimi bay bay derken yakaladığım için, kulaklarıma kadar kızarıyorum. Sinan duysa ne kadar alay ederdi bizimle, şimdi.

Tanışmamızın üçüncü ayında, ilk kavgamızı bu yüzden yapmıştık. "Ne olacak, Amerikan kolejli annenin kızı, hoşça kal demesini bilemiyor," diye alay etmişti benimle. Birbirimize girmiştik. Annemi korurken, için için hak veriyordum Sinan'a. Yok bay baymış, yok okeymiş, yok süpermiş... neydik biz, onun söylediği gibi, Türkçe konuşamayan züppeler mi? Ertesi gün, evde ağzından ilk İngilizce sözcüğü kaçırdığında, duman etmiştim annemi. Şaşırmıştı zavallı. Ağzımdan çıkan her sözün sadece Türkçe değil, öz Türkçe olmasında kocamın etkisini yadsıyamazdım ama anneme bu kadar yüklenmemde de payı var mıydı acaba Sinan'ın?

Annemin defterlerini yerlerine koyup kilitledim gardırobunu. Anahtarı başucundaki çekmeceye sakladım. Salonda şöminenin üzerinde duran aile fotoğraflarını çerçevelerinden çıkarmadan attım bir poşetin içine. Birden aklıma müthiş bir fikir geldi. Ona evinin sıcaklığını, vazgeçemediği alışkanlığını hatırlatacak yorganını da taşısam hastaneye, izin verirler miydi acaba üzerine örtmeme?

"Fatmaaa," diye seslendim. Koşarak geldi Fatma.

"Annemin yorganını koyabileceğim bir şey bulsana bana."

"Yorganı götürüp de ne yapacaksın? Hastane battaniye dolu."

"Sen yorganı katla hele. Annemin boş valizleri nerede duruyor?"

Hayretle yüzüme bakıyor Fatma.

"Sana bir şey sordum."

"Sandık odasında."

Ben sandık odasına yürürken, "Buna da oldu olanlar," dediğini duyuyorum Fatma'nın. Karanlık odada ışığın düğmesini arıyorum, çevirince odaya dolan çiğ ışıkta gözlerim kamaşıyor önce. Rafların üzerinde sıra sıra boş valizler dizili. Ben hiçbir zaman annem gibi tertipli olamadım. Benim evimde valizler, açılan dolapların tepesinden insanın kafasına düşer çoğu kez.

"Bunların hepsi kocaman valiz," diye sesleniyorum Fatma'ya.

"Küçükler büyüklerin içindedir," diye geri sesleniyor Fatma.

İndirip açıyorum bir tanesini. İçinden, yorganı sığdırabileceğim büyüklükte bir torba çıkıyor. Fatma'nın katladığı yorganı torbaya tıkıştırıyorum. Birden aklıma geceyi hastanede geçirebilme olasılığı geliyor. Annemin geceliklerinden bir tane seçip onu da yorganın yanına tıkıyorum.

"Gece kalacaksan, diş fırçası filan da lazım olur," diyor peşimde dolanan Fatma.

"Onları hastanenin karşısındaki eczaneden alıveririm."

"Terlik?"

"Boş ver."

Fatma torbamı asansöre kadar taşıyor.

"Uyandıysa benden selam söyle hanıma," diyor, "çorbasını yarın götürürüm gayrı."

Bir elimde torba, diğerinde çerçeveleri koyduğum poşet, kendi çantam omuzumda asılı çıkıyorum kapıdan. Soğuk hava tokat gibi çarpıyor, ağlamaktan ve anıların arasında savrulup bunalmaktan alev alev yanan yüzüme. Elimdekilerle kendimi dengelemeye çalışarak ağır ağır, dikkatle yürüyorum buzlu kaldırımda.

Kızımla buluşacağım için, bir ferahlık var içimde, bir sevinç var. Sanki onunla karşı karşıya oturup sıcak bir bardak çay içince, her şey yoluna girecek. Daha kolay katlanabileceğim beni bekleyen zor günlere. Okuldan erken çıkıp benimle kahvede buluştuğu, birlikte bir çay içmeyi kabul ettiği için ne kadar da mutluyum. Aslı'yla buluşacağımız kahveye giriyor, yorganı tıkıştırdığım torbamı ona buna çarptırarak, kalabalık salonda iki kişilik bir masa arıyorum. Cam kenarları dolmuş salonun dibinde bir yer ilişiyor gözüme. Bir sandalyeye elimdekileri bırakıp diğerine oturuyorum.

"Bunları vestiyere alayım," diyor garson.

"Kızım gelecek birazdan. O gelince alırsınız."

Aslı geldiğinde, yer bulamama olasılığına karşı, emniyete alıyorum böylece ikinci sandalyeyi de, bu karda taa Barbaros Bulvarı'ndan kolay kolay gelemeyeceğini düşünerek. Kendime bir çay ısmarlıyorum. Bir de üzümlü kek kestiriyorum gözüme ama keki kızım gelince, onunla birlikte yiyeceğim, sindire sindire. Garson az sonra getiriyor limonlu çayımı. Bir büyük yudum alıyorum çaydan, etrafımda oturanları incelemeye başlıyorum. Birbirleriyle çene çalan genç kadınlar var çoğunlukla masalarda. Cam kenarındaki iki kişilik yerde oturan genç bir kızla, genç erkeğin saçları birbirine değiyor fısır fısır konuşurlarken. Oğlan kızın parmak uçlarına dokunuyor usulca. Kızarıyor kız, ama çekmiyor elini. Aslı da böyle mi flört ediyor acaba heykeltıraşıyla? Gülümsüyorum kendi kendime. Bozova'dan, annemin anılarından, acılarından kopup önümde akıp giden şimdiki zamana yeniden katılmak iyi geliyor. Erzurum'dan yola çıktığımdan beri ilk kez birazcık mutluyum. Aslı'yla buluşacak olmam mutluluk veriyor bana. Bir yudum daha alıyorum çayımdan, kahvenin gürültülü, dumanlı ortamında huzur bulabilmeme şaşarak gevşiyorum, kızımı beklerken. Sonra nedense bir acı tat yayılıyor ağzımın içine... Limonu mu ısırdım ben, ne yaptım? Hayır, sadece kaç kere annemin, bir yerde buluşup bir şeyler içme önerisini geri çevirdiğimi hatırladım. Hep vaktim yoktu. Hep bir yere, bir şeye yetişiyordum. Ben, boş gezenin boş kalfası değildim onun gibi, çalışan kadındım. Pastanelere gidip çaya, kahveye gidip sohbete oturacak zamanım yoktu benim. Ona ancak ameliyat olmak için hastaneye yattığı günlerde ayırabiliyordum değerli zamanımı. O yüzden bıçak altına yatmak için hep hafta sonlarını seçerdi annem. Sonraları bu ufak tefek ve gereksiz ameliyatları, ya alıştığından ya da söylenip durduğumdan haber vermez olmuştu bana zaten.

Bir an önceki mutluluğuma gölge düşüyor. Gürültülü salonun sıcağına sığınmış kızımı beklerken, anneme bir çay içimi zamanı çok görüp ayıramadığıma yanıyorum, şimdi. Biraz da kızıyorum ona, sırlarını benimle paylaşmadığı için. Yaşadıklarını bilebilseydim böyle mi olurdu ilişkimiz? Keşke mektupları, günlükleri karıştırma huyum olsaydı da yıllar önce okusaydım o defterleri. Keşke aramıza bir duvar örmeseydim. Keşke ona sorular sorsaydım. Neden mutsuz olduğunu öğrenmeye çalışsaydım. Kimbilir ne kadar alınmış, gücenmişti bana; onu, evinde çalışan biriyle aldatan kocasına ve aldattığı kadına, ondan daha yakın durduğum için.

Çay boğazımdan geçmiyor artık. Masanın ötesine itiyorum önümde duran fincanı. Aslı gelir gelmez, burada oturup vakit kaybetmeden hemen annemin yanın gitmek istiyorum. Bilinçsiz de olsa, uyusa da, annemin elini tutmak, yatağının başında oturmak istiyorum. İçimdeki ses, elini sımsıkı tutarsam, alnını usul usul okşarsam, ıstırabını ve yalnızlığını paylaştığımı anlayacaktır annen, diyor bana.

Koşa koşa gitmek istiyorum hastaneye ki eğer uyanıksa, "Anneciğim," diyeyim, "ne kadar güçlüymüşsün meğer. Utku'yla benim iyiliğimiz için kendini feda ettiğini nereden bilebilirdim. Beni bağışla emi. Seni hayat boyu kırdığım için bağışla beni."

Eğer kendinde değilse, başucunda oturup bekleyeyim, uyanınca ilk beni görsün istiyorum. Yalnız olmadığını bilsin. Hesabı getirmesi için işaret ediyorum garsona. Aslı gelmedi ama, hesap ödenmiş olsun ki gelir gelmez kalkalım.

Gecikiyor kızım. Cebinden arıyorum. Basık mekânda çekmiyor telefon. Kapının önüne çıkıp soğuğa aldırmadan yeniden arıyorum Aslı'yı. Allah'ın cezası telefon, kapsama alanının dışında! Yerime dönüp bir sigara yakıyorum. Bu sigara bitene kadar geldiyse geldi, gelmediyse garsona haber bırakıp hastaneye gideceğim. Telaşıma rağmen, yavaş yavaş, içime çeke çeke içiyorum sigarayı. Tablaya bastırıp söndürüyorum. Bahşişi bolca tutuyorum ve garsonu çağırıyorum.

"Bakın, kızımla buluşacaktık burada, gecikti..." Aslı'nın bu sabah üzerinde olan giysileri tarif ediyorum, "Gelince, 'Annen hastaneye gitti,' deyin. Beni hastanede bulsun." Önce beni köş dinleyen garson, tabaktaki bahşişi görünce tavır değiştiriyor. Tekrar tarif ediyorum Aslı'yı.

"Merak etmeyin," diyor garson, "kızınızı yollayacağım hastaneye."

Bir elimde torba diğerinde poşet, sıkışık iskemlelerin arasından geçmeye çalışıyorum onu bunu itiştirerek.

• • •

Hastaneye girince doğru yoğun bakım katına çıkıyorum. Asansörün karşısındaki camlı bölmede duran hemşirelerden biri beni görünce yanıma geliyor hemen. Elinde bir kâğıt parçası var.

"Doktor, gelir gelmez telefon etmenizi rica etti."

"Annem nasıl?"

"İşte onun için…"

"Annem?" sesim bir çığlık.

"Sakin olun. Lütfen."

"Annem nerede?"

"Odasında."

"Yoğundan çıktı mı?"

"Bu katta bir odaya aldık."

"Oh Allah'ım, sana şükürler olsun! Kaç numara?

"Koridorun sonunda sağdaki oda… durun, bir dakika…"

Koşuyorum koridorda. Çizmelerimin taş zeminde çıkardığı sese aldırmadan deli gibi koşuyorum. Odanın kapalı kapısına 'GİRİLMEZ' yazılı bir karton asmışlar. Kapıyı açıyorum. Annem yatağında mışıl mışıl uyuyor. Sağ bileğine bir serum takılı. Hemşirenin elini hissediyorum omzumda.

"Uyuyor, değil mi?"

"Doktoru arayın, o size anlatacak."

"Neyi?"

"Durumunu."

"Neyi var ki? Bir şey mi oldu?"

Kadının yüzünde tuhaf bir ifade var. Beğenmiyorum ifadesini.

"Söyleyin. Allah aşkına söyleyin. Ne oldu?"

"Doktor size…"

"Bırakın doktoru şimdi. Siz söyleyin, ne oldu?" Bir tereddüt geçiriyor hemşire, sonra ayıp bir şey söylermiş gibi, alçak sesle konuşuyor yüzüme bakmadan,

"Yeni bir kanama daha oldu beyinde."

"Eeee?"

“Komaya girdi.”
“Komada mı şimdi?”

“Evet.”
“Niye tutmadınız onu yoğunda?”
“Yapılacak her şeyi yaptılar. İkinci bir müdahaleyi kaldıramaz. Şimdi bekleyeceğiz sadece.”
“Ne zaman oldu bu?”
“Bugün, siz gittikten sonra.”

Dizlerimin üstüne annemin yatağının yanına çöküyorum. Ben onun acılarına ortak olurken defterlerin sayfalarında, o burada can çekişiyormuş, bu sabah.
“Hiç kendine geldi mi ben yokken?”
“Gelmedi,” diyor hemşire. Beni omuzlarımdan tutup ayağa kaldırıyor.
“İskemlede oturun. Yerde üşürsünüz.” Telefon numarası yazılı kâğıdı, yatağın üzerine bırakıp çıkıyor odadan, yerine dönüyor. Poşetten aile resimlerini alıp annemin başucundaki masaya sergiliyorum. Torbadan yorganı çıkarıyor, üstündeki beyaz pikeyi kaldırıp yorganı yayıyorum yerine, kenarlarını, sevdiği gibi, yatağın altına sıkıştırıyorum. Telefon numarası yere düşmüş. Aldırmıyorum. Doktorlarla işi bitti annemin. Ayakucuna ilişiyorum yatağının.
“Annem. Geri dön. Geri dön ki konuşalım. Çay içelim, kahve içelim karşılıklı. Alışverişlere, sinemalara gidelim birlikte, yolculuklara çıkalım… zamanımın hepsi senin olsun. Lütfen. Lütfen anne! Hak etsem de beni cezalandırma böyle. Aç gözlerini.”
Yorganın kaygan dokusunda gidip geliyor ellerim. Annemi okşuyorum sürekli. Serumun bağlı olmadığı sol elini tutuyorum sımsıkı. Zaman geçiyor. Oda kararıyor yavaş yavaş. Kaç saattir buradayım, bilmiyorum. Işık yanıyor birden odada.
“Anne!”
“Geldin mi kızım?”
“Ne yapıyorsun karanlıkta? Neden beklemedin beni?”

"Geciktin."

"Vasıta bulamadım. Yürümek zorunda kaldım." Yanakları, burnu soğuktan kıpkırmızı olmuş Aslı'nın.

"Aaaa, anneannemin yorganını mı getirdin buraya? Âlemsin anne!"

Aslı omuz başları kar tutmuş mantosunu çıkarıyor üstünden, iskemleye bırakıp anneannesine doğru eğiliyor. Dönüp bana bakıyor sonra, dehşetle. Hiç telaşa kapılmadan yatağın başucundaki zili çalıyorum. Annem kavuniçi yorganının altında, güzel yüzü bembeyaz, bir buz prensesi gibi yatıyor. İçeri giren hemşire nabzına bakıyor, elini bir süre tutuyor, bırakıp dışarı fırlıyor. Birkaç kişi birden doluşuyorlar odaya. Telaşla bir şeyler yapıyorlar biz ayakta onları seyrederken. Kolundan serumunu söküyorlar.

"Hayır! Hayıııır!" diye bağırıyor Aslı önce, sonra başını göğsüme dayayarak avaz avaz ağlamaya başlıyor. Az önce şefkatle, sevgiyle annemin ipek yorganını okşayan ellerim, şimdi kızımın ipek saçlarını okşuyor. Tanrım yardım et bana, kızıma ulaşmakta geç kalmayayım. Bu kez geç kalmayayım, ne olur!

"Anne, babamı aramak istiyorum," diyor, hıçkırıklarının arasında.

"Ara yavrum."

"Dayımı da."

"Onu, eve dönünce ararız."

"Ziynet dadıyı da arayalım."

"Hayır!" Sert bir emir verir gibi sesim.

"Aaa, neden ama?"

"Sevmezdi annem Ziynet'i. Hayatı boyunca dinlemedim lafını, hiç olmazsa, ölümünde saygı gösterelim arzularına. Fatma'ya da tembihle, Ziynet aranmayacak!"

Şaşkın şaşkın yüzüme bakıyor Aslı. Hemşireler annemin üzerindeki yorganı alırlarken durduruyorum onları.

"Sizden bir ricam var. Lütfen, annemle beni yalnız bırakır mısınız biraz. Bir on beş dakika... on dakika..."

"Hazırlayalım da öyle..."

"Şimdi. Hazırlamadan. Yalvarırım." Yaşlar iniyor gözlerimden.

"Peki," diyor hemşire, "on dakika…"

Çıkıyorlar. Aslı yaklaşıp elimi tutuyor.

"Yavrum, sen de çık."

"Ama anne…"

"Annemle yalnız kalmak istiyorum. Çık lütfen!"

Aslı, yüzünde küskün bir ifadeyle çıkıyor. Kapıyı kapatıyorum arkasından. Odadaki yegâne iskemleyi kapı tokmağının altına yerleştiriyorum, kapıyı kimse açamasın diye. Çizmelerimi, ceketimi çıkarıyorum. Yorganı kaldırıp, annemin yanına sığınıyorum yatakta. Yorganı başımızın üstüne çekip sarılıyorum annemin hâlâ sıcak vücuduna. İgluculuk oynuyorum onunla, çocukluğumda yaptığım gibi. Bir eskimoyum ben, buz evinde annesiyle baş başa yaşayan. Dizlerimi karnıma çekiyor, başımı göğsüne dayıyorum annemin, ağlıyorum. Gecenin sesleri bana Bozova'dan masallar anlatırken doya doya, kana kana ağlıyorum, yıllardır çok çok ama çok özlediğim annemin koynunda.